青味文丛编委会 //

主　编：梁永周

副主编：许新栋　李振凤

编　委：（按姓氏笔画排序）

王建忠　王梅梅

刘存玲　刘　莲

许新栋　李振凤

李永福　陈旭东

周庆吉　梁永周

半枝莲

紫　陌/著

中国文史出版社

CHINA CULTURAL AND HISTORICAL PRESS

图书在版编目（CIP）数据

半枝莲 / 紫陌著. -- 北京：中国文史出版社，
2022.10

（青味文丛 / 梁永周主编）

ISBN 978-7-5205-3643-1

Ⅰ．①半… Ⅱ．①紫… Ⅲ．①散文集－中国－当代
Ⅳ．① I267

中国版本图书馆 CIP 数据核字（2022）第 156258 号

责任编辑：方云虎

出版发行	：	中国文史出版社
社　　址	：	北京市海淀区西八里庄路 69 号院　邮编：100142
电　　话	：	010-81136606　81136602　81136603（发行部）
传　　真	：	010-81136655
印　　装	：	临沂市昱昇印刷有限公司
经　　销	：	全国新华书店
开　　本	：	32 开
印　　张	：	10
字　　数	：	160 千字
版　　次	：	2022 年 10 月北京第 1 版
印　　次	：	2022 年 10 月第 1 次印刷
定　　价	：	396.00 元（全 8 册）

情怀，撒在生活的沃野上（序）

□郇如启

紫陌的散文贴近生活，字里行间弥漫着人间烟火味。她以跳跃的思维、高洁的素心在多彩的生活沃野收割着一个个酸甜苦辣的故事，在或快或慢的节奏里咀嚼、感悟。近日，紫陌的散文集《半枝莲》正式出版，这无疑是她点滴生活的映现、心血气骨的结晶。

紫陌的散文取材丰富，寄慨遥深，既有人性人伦的深切体验，也有家事国事的殷切情怀；既有都市平民的烦琐生活，也有乡土的历史沧桑；既有大自然的旖旎风光，也有对社会人生的洞察。

丰富的生活阅历为紫陌的散文写作提供了源源不绝的素材，她以先天感觉的敏锐，捕捉着琐碎生活的点点滴滴。一些看似平常的细节，不经意间就凝聚到她的笔端，幻化为真情独具的文字，引发读者的共鸣与深思。作者的细致观察、深意思索，揭示出网络时代世态人情的变迁。

在《裙子的情节》里作者感喟独深："从此裙装成为我心中的秘密向往，也仅仅是向往，内心清楚那是海市蜃楼，那是空中楼阁。放学后就忙着割草拾柴，满身泥巴，一身青草味的丑小鸭，怎敢有公主的梦想……裙子似乎成了更多女孩的偏爱，常常羡慕海南的女人，可以一条裙子穿四季，那份飘逸、那份舒缓、那份娴淑总是让人难以割舍，北方的夏季总是太短，飘飘的裙装飘不了几天，就如灿烂的夏花一样收场。"这些娓娓道来的话语，字字由心涌出，率性而发，达于人心。好多文章都有这种唤起读者同频共振的阐述。

亲情是无形的，但它又是萌动在心里的情感力量，父亲关爱的目光，母亲絮叨的话语是一抹温馨的抚慰，是血脉围起来的避风港。体味亲情，感悟亲情是文学写作的主题。记述亲情、表达亲情在紫陌的散文中占据着重要份额。紫陌在家中姐弟中排行老大，姐妹小时，她承担着看护弟弟妹妹的责任；父母老时，她挑起照顾父母的重担，嘘寒问暖，无微不至。《夕阳下的父亲》作者这样描述车祸康复后的父亲："父亲用近乎呆滞、尴尬和老年人特有的羞涩笑着答应了，松开了我的手。我风风火火地把车停好，一路小跑，回到门诊楼，见父亲正像一个听话的孩子，乖乖地坐在候医的专用排椅上。"这个特写的镜头，不由让读者联想到自己的父母、自己的祖父母们，他们进入老年是否也是这个样子？他们也需要儿孙辈们的呵护啊！现实中懂得回报父母的人才是一个胸怀善良的完整的人。《亲情篇》部分作品都是弘扬传承博爱、美德、孝德的优美散文。

大自然生机勃勃的姿态、鲜艳夺目的色彩给人以美感的同时，唤起人们崇尚大自然、敬畏大自然的意识。春夏秋冬，大自然总是敞开胸怀回馈着人们：徜徉在百花丛中，徘徊在林荫道旁，望着硕果缀满枝头，皑皑白雪覆于原野，谁都会丢弃心中的块垒，用愉悦的心情拥抱这大自然的美景。紫陌状写大自然的散文反映出对自然和人生的感悟，用慧心的思维扩充着大自然仙境般的意境气韵。在她的笔下，一座山、一条河、一棵树、一片叶、一朵花都吐露出人文情怀。《半枝莲》这篇散文刻画出生命的顽强与不屈，半枝莲虽朴实弱小，但在低劣的环境中一样开花结子，绵延传承着生命。"一个个比绣花针头还小的嫩芽正在酝酿生长，或许太弱小，花盆的土壤太厚太硬，它们好不容易才得以破壳而出，浑身憋得微微泛红，还是因为自己的渺小而羞涩？"作者拟人化的手法，使人如临其境，不由让人联想到社会中的普通大众，他们不也是在迎风激浪中成长的吗？显示出对自然、对社会与人生的深思和挚爱。

王国维说："一切景语皆情语。"是啊，从紫陌的散文里你可以体会到这句话。山川河流、花草树木等自然之景在紫陌笔端妙语连珠，情思泉涌，形成一篇篇锦绣文章。写景散文，调度着紫陌"我在自然之中，自然在我之中，人与自然相互渗透"的思维，抒发出拥抱大自然的情怀。

自然风光本就美丽，一经作者的设色敷彩，更是美不胜收了。在作者笔下万物有灵，万景含情，山川花草、风霜雨雪有着高低回旋的婉转与激荡。

三万里河东入海，万千仞岳上摩天。紫陌的散文情思沉至、襟抱广大，对人生充满执着，对生活满怀激情，展现出浓厚的时代气息。沂蒙人吃苦耐劳、艰苦创业、无私奉献的精神在紫陌的散文中得到淋漓尽致的体现，沂蒙人与党和军队水乳交融、生死与共的精神在情感的喷发里彰显。《庚子春节》以亲闻亲历记叙着沂蒙人民和全国人民抗击疫情的凡人壮举。读着这些文字不由热血沸腾，每当灾难来临，沂蒙人从来都是直面灾难、敢于担当、勇挑重担的。这也是全民抗疫的缩影啊。

《感悟篇》多通过自己真实的情感经历，反映人生哲理，映现出平凡大众的家国情怀。

紫陌的散文在叙述上心游万仞，缓缓道来，从容不迫，驾驭语言文字的功力深厚，作品浑成。愿紫陌老师在今后散文写作中继续走自己不吐不快的路子，并向着清新秀丽、纯真典雅的方向迈进。

语出肺腑，声发胸臆，相信紫陌老师在散文写作上会百尺竿头更进一步。

2021 年 3 月 28 日

（邰如启，山东作家协会会员，中国辞赋家协会会员。）

目　录

感悟篇：昨夜西风凋碧树

旅行篇：东城渐觉风光好

拾贝篇：数点梅花天地心

春风不改旧时波

亲情篇

海棠花开

春天的美总是铺天盖地而来，春风十里，唤醒万物，犹如大幕拉开，按捺了一冬的花骨朵，一下子就爬满了千树万树的枝头。迎春、杏花争先顶雪而行，桃李闻风而动，玉兰梨花接踵而至，纷纷扰扰忙着登场，谁也不想错过春天这场盛大的联欢。今年这个春天与往年不同，一切都像按了暂停键，戛然而止。我们经历了一月的疫情，二月的封城，三月的等待……终于迎来了美好的四月！几十天的禁足似乎错过了很多，杏花早就收场，桃李渐渐老去，一直担心错过了今年的一场花事，好在暮春不负人，此时舞台留给了不慌不忙的主角——海棠。

如果说牡丹是花中贵妇，国色天香，雍容华贵；海棠则是大家闺秀，不像桃花那么妖娆轻佻；也不像梨花泼辣，一下子如雪如粉倾泻而来。海棠从初春开始慢慢孕育，轻梳妆，慢打理，微点胭脂，细抹粉，轻挪莲步，缓登场，等到嫩叶长齐，众星捧月一般盛装而来。恰似元好问的诗句："枝间新绿一重重，小蕾深藏数点红。爱惜芳心莫轻吐，且教桃李闹春风。"待到桃李皆在收场的时候，海棠恰如压轴的主角才缓步登场，大有千呼万唤始出来，犹抱琵琶半遮面的美女，海棠的花朵精致，在嫩叶的衬托下一簇簇外红内白含羞绽放，一个枝头总有盛开的、浅开的、微放的、待放的。花瓣大小错落，骨朵红绿深浅依次排开，大家不急于开放。总感觉此时的海棠有些低调，尽管此时已到暮春，但海棠从来不慌张，早开的花朵耐心地等着后来者居上。由是整个枝头，一棵树上也就有了层次，先开的颜色渐开渐浅，初开的羞涩正浓。因为有层次，有了秩序，也就有了格调，更是彰显着高雅。古往今来诗人赞美海棠从不吝啬，唐代何希尧、郑谷最喜半开的海棠："著雨胭脂点点消，半开时节最妖娆。""秾丽最宜新著雨，娇娆全在欲开时。"宋代文人欧阳修说得最直接："百花次第争先出，惟有海棠梨第一。深浅拂，天生红粉真无匹。"

海棠就那么美得让人心疼，让人怜惜。也就有了苏东坡的"只恐夜深花睡去，故烧高烛照红妆"。有了易安居士的心痛"绿肥红瘦"，更有西花厅的海棠依旧。甚至陆游高赞诗云："虽艳无俗姿，太皇真富贵。"

海棠的栽培历史可上溯几千年，最早《诗经·卫风》中有："投我以木瓜，报之以琼琚。匪报也，永以为好也！投我以木桃，报之以琼瑶。投我以木李，报之以琼玖。匪报也，永以为好也！"诗中的木瓜、木桃、木李皆为海棠的一种。《诗经·召南·甘棠》中有"蔽芾甘棠，勿翦勿伐"《山海经·山中经》提到岷山其木多梅棠。汉晋之时已被种植于皇家宫苑之中据《西域杂记》中载汉武帝上林苑中有群臣敬献海棠四株。晋代《诗话》载荆州刺史石崇酷爱海棠，自己的洛阳金谷园中有海棠。真正作为观赏普遍种植应在唐代，唐玄宗李隆基就喜爱海棠，传说宫殿的西府就曾大量种植，西府海棠的名字至今保存。唐玄宗更是把爱妃杨玉环比作海棠。五代王仁裕《开元天宝遗事·解语花》载："明皇秋八月，太液池有千叶白莲数枝盛开，帝与贵戚宴赏焉。左右皆叹羡久之，帝指贵妃示于左右曰：'争如我解语花？'"因此海棠雅号"解语花"。时光穿越千年，旧时王谢堂前燕飞入寻常百姓家。唐后海棠在民间大量种植。

家乡临沂的沂州海棠，从地方志中记载，早有千年种植历史。在西府海棠、垂丝海棠、贴梗海棠、木瓜海棠四大名品的基础上更是开发出复色海棠、东洋锦、银长寿、醉杨妃等优质品种，最为出色的当为本地培育的沂州海棠。

记忆中家乡大面积种海棠应该在二十世纪八十年代，最早种植木瓜，木瓜饮料滞销后，聪明的河东汤河人，以木瓜为原木嫁接海棠，获取了成功。借助温室催化，每年赶在春节之前盆栽上市，远销广州、上海、香港等各大花卉市场，曾经一度身价倍增，那时花农可谓挣得瓢满锅满，沂州海棠名噪一时也荣居临沂市花。从此海棠开满了临沂的大街小巷，走进了千家万户。四月一到，临沂似盛装妩媚的佳人，风姿万千，浪漫无限。半城春水，半城花，一任春风起，满城飘海棠。

栽种海棠成了时尚，也成为当代农民致富的一条路径。小小村落成了海棠的世界，乔木、灌木、树苗、盆栽应有尽有；街道两旁，池塘岸边，庭院内外到处都是海棠的影子。大田里成片的苗圃，孕育着一代代花苗将走向神州，把美丽带向远方。最早苗圃只有汤河小镇小面积培育，后来像滚雪球一样遍及大片的县区成亩上顷的种植。随着海棠栽培业的扩大，海棠苗的价位一落千丈，海棠销售成为花农的一大难题，不少跟风的县区无奈地砍伐，曾经身价不菲的海棠沦落到无人问津。但这里的乡亲种海棠的热情仍然如初。村西一片湖地，千亩苗圃，暮春时节"西湖海棠"（因种在村西湖被村民戏称西湖海棠）给平凡的村庄带来无尽的奢华，大有"粉霞一抹红千顷，万朵娇玉压枝低，落红成雨香满路，姹紫嫣红尽妖娆"之势。此时的海棠美出一种气势，秀出一种壮观。我曾问过一位乡邻，海棠苗不值钱了，为何还要栽种？他回答得云淡风轻，因为喜欢，几辈人的栽种已经形成了习惯。海棠历尽沧桑有过奢华，有过没落；贵有皇家的尊宠，骄有文人追捧；住过皇家园林，也栖息于山间小溪、草屋田头。无畏寂寞，看淡荣辱，在时光中沉淀，芬芳美丽了一个又一个的春天。

今年刚刚送走了母亲，陪父亲守着几间老屋，本来有些悲凉灰暗的日子，因为海棠的盛开增加了亮色。前几天本家嫂子送我的贴梗海棠开得正旺，花朵纯正的中国红中吐出金黄的花蕊，小小院落一下子就布满了生机。远离闹市的村庄，多了一份宁静，多了一份淡然，春光里村民忙着追肥，修剪移栽，疫情似乎早已走远，虽境外仍惊涛骇浪，这边花开静好。我在花海中徜徉，漫步在人间四月，荡开一抹浮尘，掠一把轻红，似水流年，看时光变暖。捡起邻居随手修剪下的花枝，插入花瓶，呵护着娇艳的花朵，也算截取一段春光。万千浮华，哪比一缕清香？守护着一枝嫣然，轻语对东风！

汪沟——念你如初

汪沟于我既熟悉又陌生，陌生是因为记忆只有听说，从未实地到过。熟悉是因为在四五十年的岁月中，汪沟这个地名，时常跳跃在父亲的碎语中，汪沟的传说、汪沟的特产、汪沟的山山水水、汪沟的故事像小溪一样缓缓地在家中流淌，慢慢浸沁在每个家庭成员的心中。

听着汪沟故事长大的我，知道那里是父亲工作生涯的第一站，也是他曾经青春的见证地，自然也就成为他一生的怀念，一次次深情回望的第二故土。

父亲于二十世纪六十年代初期毕业于临沂师范，成为新中国培养的第一代人民教师，响应组织号召支援费县教育事业（当时汪沟属于费县）在那里工作了七年，直到1968年统一下放，才得以回乡。

在父亲的言谈中，我们知道汪沟是有山多水的地方，那里是笃圣二十四孝之一的闵子骞的故里，鞭打芦花的故事代代相传。那里有驰名中外的徐公砚，东集前、西集前的传说，有很多充满诗意的村庄，桃花店、杏花庄、柴火山、竹园……

也更多听到了当年生活的艰难，大山水库边关于狼的传说总是让人胆寒，行路的艰难阻挡多少人的梦想……

辛丑年春，刚刚走过新冠疫情的雾霾，不便远行，周末闲暇之时又不想负了美好春光，开启周边游，忽然想起，何不去父亲曾经朝思暮想的汪沟走一遭？

驱车出启阳，与自家先生一起乘三月的柔风，沐初春暖阳，一路北上西行。当导航提示到徐公店的时候，我知道已经接近汪沟地盘了，因为听母亲说过，她曾经抱着仅有八个月的我来过竹园探亲，必在徐公店下车，再走十几里的山路，然后才能到达竹园小学。

半个世纪过后，我再次来到汪沟的大地上，审视着这充满神奇的地方。似乎并没有父亲说的那么遥远，驱车从临沂市里出发不过半小时一盏茶的工夫。在父亲的记忆里却是两头不见太阳的跋涉。从我们老家河东汤河到汪沟导航显示四十八公里，上百里路的徒步，从凌晨鸡鸣走到夜幕降临，不由感叹上辈人吃苦耐劳的精神。

在父亲的记忆里汪沟属于山区，然而我现在的脚下感觉地面开阔，只有少许起伏。村村通工程，宽阔的柏油路通向一个个绿色掩映下的村庄。此时正是桃花盛开的季节，漫坡秀美披红霞，岭上清香飞蜂蝶。忽然有种到了传说中桃花源的感觉，想起一个村名"桃花店"此时应该叫桃花镇更确切。沿着乡间公路，蜿蜒盘旋在鲜花中穿行，几爿小桥，潺潺流水，清澈透明，点点野花，美得让人心动，处处氤氲着春天的清新与迷人。

瓦蓝的天空之下，高大白杨木枝条尚未吐绿，铮铮铁骨直指苍穹，一枚鸟巢坐立空中，两只欢快的喜鹊，嬉闹中唱着爱情的歌谣。

远处的小山包，翠绿恬静。公路两旁商店厂房林立，自从京沪高速穿镇而过，日东高速也在这里汇合。此处再也不是偏远山区，农田大多集约机械化种植，村民就近工作，告别了面朝黄土背朝天千年不变的农耕生活。然而面对如此安静的小桥流水，如云落花，内心随之安静下来，我们常常向往的生活有诗有远方，远方在哪里？到底多远才算远，其实平淡了内心噪杂，我们会发现远方就在我们身边。

"汪沟"字面带水两字，决定汪沟是多水的地方。据地方志记载，镇内水库、塘坝星罗棋布，有中型水库 1 座、小（一）型水库 2 座、小（二）型水库 14 座、塘坝 57 处，兴利库容 6000 万立方米。有水的地方就有灵气，汪沟注定人杰地灵。在两千多年前，孔子的得意门生，七十二贤的闵子骞在费邑任费宰，并把家迁到闵子庄（今闵家寨）。《史记》《艺文类聚》都有记载。闵家寨曾有闵子祠一座，是珍贵的历史文化遗产。因在"文革"时期遭遇到人为破坏，后在当地政府的支持下，经族人的共同努力，于 2004 年重新修复，重现光彩。中央民族学院的杜博士曾在闵家寨村进行过为期一年的学术研究。孝悌忠信仍然是纯朴村民的信仰，尊老爱幼最为崇尚的道义。

沿波光粼粼的水库，在一路芳草的陪伴下，尽情领略着汪沟的美丽风光。不觉中，来到父亲曾经工作过的地方——"竹园村"，于村道旁停车歇脚，两位白衣白胡须的神仙似老人正在新柳之下从容下棋，听到了我们的来意，热情邀请我们入座。

与老人攀谈重话当年，感慨万千。二十世纪六十年代初的竹园村，全是土屋子破台子，全村仅有一辆自行车，小学仅有两个复式班（复式就是一个班内有多个年级的学生）听我父亲说过，教师住的宿床上没有一张席子。最艰苦的时候曾经有过三个人住一张床。最为惊险一次记忆，他和另一位同事住一间，屋子中间有一堵简易墙隔为里外间，父亲住里间，同事住外间。一天凌晨，他们还没起床忽然听到隔墙老师喊他："李老师你看这墙怎么回事？"父亲抬头一看大呼："快跑，墙下面都裂开一条大纹了。"隔壁老师来不及穿衣服，披着被子，一步蹿到门外。父亲从里间刚要跑，墙轰然倒下。好在向外间倒的，他和同事劫后余生暗自庆幸都捡了一条命。孩子上学的课桌是泥台子，教室木棱窗黑屋子，学生入学率不足百分之十。父亲谈起当年的经历，最担心就是学生退学，经常翻山越岭走村串户动员学生入学。

二十世纪九十年代初父亲退休后曾经故地重游。那时的竹园村全村脱贫，整体搬迁到了北岭，房屋整齐划一地建设为排房。父亲回来后倍感欣慰，感慨换了人间。又一个三十年后，春风再绿汪沟镇，我踏上汪沟大地，走进竹园，这里已经是最美乡村的示范地。村民已经住上楼房，成立了社区，街道平整，井然有序。村前有流水，户户有花草，出行有汽车，条条大路通南北。老人自豪地和我讲着现在的幸福生活，村里青年才俊早已走出了大山。他们借助当地石英石、石灰岩等天然资源把生意做到了大江南北；也将瓜果桃李、板栗核桃远销海内外。新时代下的汪沟人接受了新的发展理念，但没有丢掉传统文化，笃圣故里仍然注重孝道文化，做到老有所依、老有所养，各种敬老院、爱老机构为老年人提供着最优质的晚年生活。同时老人也解开我内心的疑惑。汪沟本来就属于丘陵地带，原交通不便时，行路难，必然感觉山高，也就看山不厌山，居山行觉难。如今交通便利路宽车轻，曾经的阻碍已然成了风景。

如今的竹园小学，已经是中等规模化学校，教学楼多座，办公楼、实验楼，配套齐全，现代化体育场，红墙绿树，美丽如画。在学校宣传栏处看学校的发展历史，记录为1975年建校，后经搬迁至此，不禁疑惑，我父亲1961年就在竹园小学工作，怎么竹园小学75年才建校？校门卫解释为从75年学校重建开始记录了。我们继往开来，眼光放远，我们无须揪着历史不放，但父亲至今还保存着当时的油印读物、泛黄了的作文选、黑白的学生毕业师生合影照，以及当年的手抄笔记本。六十年过去了，都说往事如烟，可看着这些珍贵的照片和物件，虽然六十年弹指一挥间，但是，往事并不如烟还在不断浮现，因为，在父亲的内心深处有一份情感，依然让他心心念念。

这些五六十年前的照片和物件，虽然陈旧，但承载了他对汪沟的一份情感。依着父亲的意愿，如果有那么一天，他愿意把这些珍藏着的物件，赠送给汪沟，以此来表达他对汪沟的那份惦念。

汪沟这片人杰地灵的沃土，在新时代已迎来新的发展机遇，祝愿汪沟的明天会更好，我会转告八十岁的父亲，他念之如初的第二故乡恰如人间四月春光明媚、风华正好。

写此文时，欣闻兰山作家协会组织作家采风团，走进汪沟，相信在众位妙笔生花的作家笔下定会各有千秋，但也必定是风姿卓然！

庚子春节

庚子大年初二，一夜辗转终于熬到凌晨，黎明前的黑暗笼罩着大地。四周是令人窒息的安静，我悄悄起床，不想惊动熟睡的女儿，匆匆告别先生，驾驶汽车向城郊老家的方向驶去。

临沂城似乎还在熟睡中，曾经的喧闹，曾经拥挤的街道，此刻显得异常宽敞寂静。街灯昏暗但忠实地亮着，看不出一丝过节的气氛，如果不是街边摇曳的红灯笼很难和举国欢腾的传统节日"春节"联系在一起。

一场来势汹汹的疫情打乱人们正常的生活节奏，疯狂的病毒肆虐着神州大地，上下不到一个月的时间，共和国地图的雄鸡迅速像烤熟了一般红彤彤起来。武汉告急！湖北告急！一天天噌噌增长的确诊、死亡数字，揪紧了一颗颗悬着的心。可怕的妖魔随着春运大军也流传到了我们沂蒙大地，一时风声鹤唳，人人自危。翻开史册，历史上一次次触目惊心的瘟疫大泛滥，常常以百万计生命涂炭，尸横江湖，饿殍遍野，惨不忍睹。清朝进士冯可参的《灾民歌》所记录的惨状常常让人不寒而栗。

疫情就是命令，举国响应。一个个曾经柔弱的女孩，儒雅男生在除夕的夜晚，在新年的黎明，辞别亲人，穿上战衣，踏上征程，义无反顾地奔赴前线。没有硝烟的战场，冒着随时牺牲的危险，去和死神争夺，和时间赛跑，去打赢一场不能输的战役。

庚子年这个不同寻常的春节注定会让我们在人生的历程中刻骨铭心。假期中的人们为了减少疫情扩散，也为自身的安全，停下欢庆的脚步，所有集会娱乐活动戛然而止，此时此刻家成为最安全的港湾，减少外出，小心蜗居成为今年春节的共识，手机微信、微博刷到滚烫。

我必须专心开车，不能想得太多，我知道家中年迈的父亲和年幼的侄子等着我的到来。年前刚刚送走了母亲，一家人还沉浸在悲伤之中，本来弟弟携全家打算好好陪父亲过年，疫情告急，弟弟、弟媳都是医生，他们的医院紧急抽调医务人员支援前线，本来调好的休班彻底泡汤，弟媳年初一就赶回单位，弟弟也必须马上顶班，八十岁的父亲和三岁的侄子成了他们最大的牵挂，也成为我义不容辞的责任。

看着网上新闻的刷新：省际公交停止，城乡公交停运，乡村封路，为不被封在村外，我必须在天亮之前赶到老家。曾经繁忙的205国道此刻十里不见一人，三刻不过一车，一路畅通。还好通向村庄的小路还没设障，擦着东方的微白我赶到家中。

村庄和城里一样空巷宁静，所有的热闹都在手机中，人们刷着新闻，在忐忑中调侃着无聊的日子，各种段子、快手、抖音充斥网络。大家默默遵守钟南山院士的提示：不出去，不添乱，就是为国家做贡献。坚持就是胜利，翘首期盼确诊数字早些出现拐点，疫情早些过去，柳暗花明春天早点来临。我陪着一老一少守着电视，把着手机数着日子。父亲耳朵背得厉害，记忆力下降，母亲的去世对他更是灭顶般的打击。为了和他说清楚疫情的形式，不让他外出，一遍遍地和他讲着新闻。小侄子三岁还不懂世事，一箱子玩具汽车，和无休无止动画片是他的最爱。但不论他玩得再投入，只要我手机一有动静，他就会飞奔而来："谁的？妈妈吗？"一次次看他失望的眼神，怎能不让人泛起一阵阵的酸楚，感叹小小年纪不该承受的别离之痛。

　　好几天没见到妈妈的侄子终于和妈妈有了一次视频，远在省城医院的弟弟说他已经报名随时准备在下一个梯队奔赴前线；女儿接单位通知为了保障网络安全的畅通也提前上班。网络时代，微信、微博、短信、自媒体泛滥，各种信息鱼龙混杂，甚至谣言四起，人心惶惶，做记者的文友阿莲每天昼夜不停坚持采编新闻，以主流媒体记者的担当把最新、最权威的信息以最快的速度更新，倡导和引领着正能量的宣传。好友"水无痕"是妇幼医院的产科大夫，她不停地告诫我们，现在医院是最危险的地方，没大事尽量不要去医院，但她今天又接诊了100多位病人，尽管家中还有两岁的孩子，仍然签下上前线的报名，而且就在第一梯队。很多朋友去做了志愿者，更多的人做到自动守在家中，听从统一安排，独善其身不恐慌、不添乱。

　　新闻中医护人员的鲜红的请战手印、逆行的忘我身姿、一方有难八方支援奔涌的场景、武汉市民唱国歌的视频让人泪目。中华民族到了最危险的时候，我们每个人都必须奋力前行，我们以各种方式尽着自己最大的努力，保卫我们的家园，中华民族五千多年的发展历史，一次次在废墟中站起来，一次次重生，现在也不例外，我们万众一心，我们众志成城，我们有信心，我们一定能赢！

今天大年初六，母亲曾说过初六是打鬼送神的日子，家家动磨掐碓，吃渣豆腐"打鬼脑子、磨鬼脚，打下粮食没处搁"。希望初六的碓磨也能磨走这该死的"冠状病毒"一张纸船对天烧，叫声瘟神快走吧！

半枝莲

　　周末闲来无事，打开博客，品读雪小禅的文字。她的一篇《看花贴》里面记叙多种花花草草，行文美妙，语言优美，仍是小婵特有的那种银碗盛雪的优雅。小资味十足的写作方式。让人陶醉清新的感觉油然而生，里面记叙一种花名"半枝莲"引起了我的兴趣。正如作者所言，多么让人心疼的名字，花开要半，月儿要半，莲儿要半。半枝莲有诗意的干脆，莲已经叫人心动了，为何还要半枝莲呢？有意思的是它还有一个更为底气十足的名字"死不了"。这两个名字的差距太大了，一个委婉得让人心动，一个豪气冲天；一个似小家碧玉，而又亭亭玉立的美女，另一个如果比作美女的话，那也是"女汉子""男人婆"之类轰轰烈烈的人，一定会有顽强的生命力，用生命书写青春故事的侠女。

　　看作者几句简单的描写总觉得这种花有一种似曾相识的感觉，遇事问百度，百度一搜，当我看到这位称之为莲的花姑娘时笑了，竟然就是我花盆的常客，原来它还有好多名字："午时花""松叶牡丹""太阳花"等，邻居大娘叫它"大马齿苋"。因为它长得很像一种可以入药的小草——马齿苋。它们都有嫩嫩肥肥的叶茎，这种叶子比马齿苋更小，尖尖的肉肉的挺可爱，但它的花要比野生马齿苋大得多。

我也是怜香惜玉、喜欢养花的人，看人家小小阳台方寸之地，常常群艳争芳，暗香流动，雅致井然，内心很是羡慕，也常常有热心的朋友相送，或者自己心血来潮，走街串市临时淘来，先后养过高贵的皇后荷包牡丹、优雅的公主蝴蝶兰、艳丽的小女丹顶红、热烈奔放的姑娘杜鹃，但是它们都有一个共同的命运，就是背我而去，甚至等不到花开吐艳完毕，就香消玉殒，枝残叶枯。如果说黛玉葬花伤感，她葬的是青春，是美丽，是她柔弱的内心；那她损失的也只是几瓣残落的花片，至少还有希望，明年春风至，仍会不负赏花人，它们还会来赴约的，花虽走，树还在。而我的花是死得彻底，连本带根，统统毁掉，走得干净，不留一点念想。最后只留下一阳台空空的花盆，让你独自兴叹，说不尽的相思空茫茫。

名花难养，不再伺候，春天到了，偶尔的一天去凉台晒衣服，一只花盆内却有了小小的变化，半盆的土壤内似乎有一种生命在涌动。一个个比绣花针头还小的嫩芽正在酝酿生长，或许太弱小，花盆的土壤太厚太硬，它们好不容易才得以破壳而出，浑身憋得微微泛红，还是因为自己的渺小而羞涩？可爱哦！只要是生命就要成长,我喜欢！盛来一碗清水仔细地喷洒，生怕伤了这幼小的生命。几天下来，这有情的小草，似乎不想辜负我的希望，得到一点清水后，便开劲地生长着，几天的时间已经长得满满的一盆，拥拥簇簇，密密匝匝还带着浅红的羞涩，只是多了一点青涩的成熟。我家有花初长成，内心因小花的生长那个春天心情喜悦起来。邻居大娘过来看见了说："这叫大马齿苋，好养活，但是你这盆里太密了，长不开的。"说着就动手开始了间苗，她狠狠地拔着，一颗颗幼苗被她无情的手指拔下，毫不吝惜扔在窗台边上。一盆满满的花苗，仅剩下几株弱弱地在空荡荡盆里摇曳着，看起来很是单薄，但它们还是幸运的，比起那些被筛选下来的同伴。花如人生啊，或许不轻易的一个转折，就会伴随一次生命的跌宕。就如人生的选择一样，几个关键的十字路口或许就决定了终身的命运的改变，问题是大多是容不得你去选择，只能任人摆布，甚至随波逐流。

过了两天了，再度回看那些被随意扔在凉台边上的小草竟然还活着，有的在烈日下尽管有点变软、变蔫了，但是没有枯萎。因为它们看似娇嫩，但实则有着顽强生命的潜质，茎叶内肥肥胖胖地储存了大量的水分，以便抗击恶劣环境，所以它看起来不美，没有骨感的躯体，没有窈窕的枝干，没有婆娑的翠叶，叶子小得近乎忽略，一切都是为了维护这稚嫩的生命做着不懈的努力，能够生存就是大妙。不禁心疼起来，这些生命才刚刚开始呢，怎能让它们半路夭折？反正那么多的花盆都空着，干脆都移栽上吧，端来清水一盆盆地移栽，看着满凉台瞬间生命勃发起来。忽然自己有一种说不出的欣慰，面对柔弱的小草，此时此刻我何不是它们生命的上帝？

空闲的时候常顾盼，忙了也许十天半月顾不上，不用担心它们照常生活得很好，间过苗的那盆原装的，已经重新长满了，移栽的也不示弱，满凉台郁郁葱葱起来，夏天到了，它们绽放的时机来临，你争我挤地忙着开放，颜色那么丰富，热烈鲜艳，有淡淡的绯红，有娇艳的橙黄，有嫩翠可爱的浅金，有丰满的复瓣花蕾层层叠叠的贵妃，也有含蓄羞涩的单瓣娇娘。那个夏季它们就一直那么盛开着，开得热闹、开得舒心、开得蓬勃。真的喜欢这些给点泥土就扎根、给点阳光就灿烂、给点雨水就恣意的小生命。

夏季的骄阳似乎太热情了，娇贵牡丹借着春风赶紧结束了自己的盛宴匆匆收场；璀璨的樱花也只是烂漫了一时，就留下一地的凄凉；喜欢高调的牵牛花，尽管坚持到了夏季，每天吹着高分贝的喇叭，宣告自己的美丽，但面对热情的阳光公子，还是败下阵来，每天不到十点，就偃旗息鼓。只有那最不起眼的半枝莲，似乎是为太阳而生的，它们热情拥抱着多情的阳光，把炙热揽在怀里，拥在心中，每到中午阳光最热烈的时候，也是它们开得最舒心的时候，只有它们最懂热情阳光的给予，珍惜这难得的机会。我观察了属于每朵花的生命只有一天，机会均等，你方唱罢我登场。小小的枝头，一个个花蕾簇簇拥拥，每天只能推出一位明星出场，一天的时间，吸收阳光，尽显魅力，获得生命的延续，剩下的时间就是卸去繁华，默默孕育生命的种子。我曾轻轻拨开花谢后成熟的子胞，一个如米粒大小的种荚内，却储藏了够上百颗的黑中略带浅灰圆圆的颗粒，放在掌心，慢慢揉搓，感受到圆滑细腻。这大概是世上最小的种子了吧？小到谷米也大它的几十倍，小到看不清她的胚芽，小到轻轻一吹，随风漂泊，掉到地下混入了泥土再也寻不到。可就是这小小的种子，却蕴含了顽强的生命，无须收割，无须储藏，自己就会躲过严冬，等到春风化雨时，再把生命传承。

我不知道它们为什么会有那么好听的名字？是因为夏季

唯一可以和莲花一样在骄阳下盛开的生命吗？它没有莲花那么高雅，那么孤傲，那么拒人于千里之外，它也没有那得天独厚的一汪清水的拥抱，但它具有了莲的气质，为生命开放。一颗莲子可以存活上百年，一粒小小种子蕴藏了顽强的生机，都是生命的楷模，只是存在形式不同。这半枝莲不禁让我想起如今广泛流传的一词："草根"，草根文化，草根作者，草根写手，草根歌手，甚至有了草根专家。平凡得不能再平凡的人，也有闪光，也有灿烂；没有显赫的身世，没有科班培养的荣耀，甚至没有适合生存的土壤，有的只是坚韧和不堪的经历，不曾屈服的努力，奋力地挖掘争取难得的机会，只要给点土壤、给点阳光、给点雨水就会活出生命的璀璨，就如这半枝莲盛开时照样风华绝伦。

腊月二十八的豆腐

小孩小孩你别馋，过了腊八就是年。二十三，糖瓜儿黏；二十四，写对子；二十五，扫屋土；二十六，炖白肉；二十七，宰公鸡；二十八，把面发；二十九，蒸馒头；三十儿，晚上熬一宿；大年初一，扭一扭。熟悉的过年歌谣不知怎么就缺少了做豆腐？在我们家乡春节做豆腐，可是过年大戏里面最重要的一折。特别是二十八的豆腐更是有讲头、有说头。

那时母亲常说，腊月二十八是最大的腊八，全年的八，"豆腐"谐音"都发"腊月二十八的豆腐也就格外的庄重，头一天母亲就忙着挑选饱满的黄豆，洗净放在清水浸泡。刷洗所有做豆腐的工具，大锅、缸盆、把量子（一种放在锅上的支架）过滤袋子、裹豆腐包袱、压豆腐盖顶等。父亲每当看见母亲忙碌的身影总会打趣说：乡下娘儿们做豆腐——当成大事了。可不是大事嘛，记忆中，那时家里一年最多也就做两次豆腐，一次年关，一次在九九重阳节，重阳吃豆腐是我们当地的风俗，秋季刚接下来新豆子也叫尝鲜，那种豆腐清香无比，是极好的美味。但重阳节也是秋收秋种最忙碌的时节，有时饭都顾不上吃，哪有时间去做豆腐，匆匆中用豆子换一块成品也就算过节了。

年关的豆腐是必定要做的，不单单是一顿美餐，更重的是要讨好彩头，一年要都发呀！俗话说熟能生巧，一年才做一次当然手生了。第二天，天刚亮，母亲忙着把再次淘洗好的豆子，放到石磨上磨成豆沫。推磨这个艰巨的任务常常落在我和妹妹的头上，一开始盼着吃豆腐兴奋得很，一圈圈的磨道乾坤，慢慢地磨没你所有的耐性，母亲看不见的时候，偷懒把豆子多些放入磨眼（石磨的进料口），以便加快速度磨完。被母亲看见会训斥的，豆沫磨粗了会少出豆腐，做出豆腐效果也不会太好。

磨完豆沫母亲兑水稀释，然后用绡布袋子一次次地挤压过滤，直到把豆汁和豆渣分离。满满的一盆一缸雪白的豆汁微微翻泡，小心地烧火煮开，火不能太大，一不小心就会溢锅。母亲敲开紫色的盐卤石，慢慢化成卤水，等待时机点卤。眼睛一刻不离地盯着，看见锅内一开始星星点点，似繁星眨眼，慢慢越来越多，直到形成大的浪花，微微翻滚，就赶紧停掉明火。煮开的豆汁飘着豆香气，像牛奶一样雪白滑爽，母亲总会舀出一碗，祭奠一下灶神，留给姥姥品尝，由姥姥做出判断味道正否纯正、可否点卤？母亲特庄重地点卤，点卤是有技巧的，既不能点得太急，还要掌握适量，点多了豆腐老了，发硬，没弹性，口感不好；点少了，蛋白质凝结力不够，豆腐不成形，太密口感不好。母亲做这道工序时，姥姥总在旁边念叨：豆腐是从幽州来的，要悠着点，慢慢来。一勺勺的卤汁慢慢一圈圈地融合进豆汁内，直到豆汁内的蛋白质逐渐凝结成块，似天上一朵朵白云在水中漂浮，汤汁变成青绿色，而且特别清亮，透明起来。形成的团状豆脑，等不及的人赶紧先吃上一碗。

待豆脑继续凝结后，用一个大包袱装好四角聚拢，用盖板压住把里面的水挤出，挤出的水称之豆浆，控去水分，压成块后豆腐就做成了。母亲把大块割成小块，而且要赶紧在一家人开吃之前拿出一块，用作年三十压锅用，切来大盘辣椒大葱，自古有辣椒拌豆腐，一物降一物之说，刚出锅的豆腐伴着热辣，全家吃得浑身冒汗、畅快淋漓。母亲和姥姥却最喜欢喝刚刚出锅的豆浆，她们总是说：真鲜！二十八的豆浆最好喝了。看着那略带黄色、满是豆腥味的汤汁，尝一口，有点豆子的鲜香，更多的是一种涩涩之感，很特别的味道，那时年轻，怎么也不理解为什么就那么合她们的胃口呢？

　　全家吃完豆腐宴，剩下一大缸的豆浆，母亲总会用热乎乎的豆浆给每位孩子洗头，二十八的豆浆洗过头，一年不会头疼，再剩下的豆浆要用瓶子装好保存起来，一年中谁有跌打损伤，熬开中温烫过就好。母亲总说：二十八的豆浆，毒！能克百病。

　　时光荏苒，吃豆腐不再成为期盼，做豆腐似乎已经成了记忆，石磨也变成沧桑的符号，感叹岁月无情。今年回家，母亲突然心血来潮，兴奋地告诉我们再做次豆腐，过去的工具早已烂掉，怎么做豆腐？我很诧异时，母亲拿出新式的电动磨浆机，轻轻一按，白色的豆浆汩汩流出，一次便汁渣分离，烧开点卤即可。一会儿热气腾腾的豆腐即可上桌，我却怎么也吃不出当年的味道，倒是豆浆的味道已经适合了我的口味，痛快地饮上一碗："真鲜！"看着孩子们困惑的表情，我忽然明白，我已被时光甩出了老远……

夕阳下的父亲

父亲车祸后出院已经一个多月了，虽说车轮下保住了一条老命，但是身体已经大伤了元气，看上去似乎一夜之间衰弱了。苍老就像枷锁一样套住他，让他无力摆脱，任其牢牢地困住了他昔日的年华，我清楚地知道属于父亲的那个时代已经过去了。父亲被岁月的洪流冲到了对岸，只能静静地坐在沙滩上看潮起潮落，从年轻的弄潮儿身上去寻找当年矫健的影子。

今天我带着虚弱的父亲去市级医院的法医门诊，做司法鉴定，以便定下伤残的情况，向保险公司索赔。缓缓地开着车子，随车流在市区内左转右拐，终于来到了好友介绍的医院。这家医院，我也是第一次来，不太熟悉，门诊楼在前面，后面是住院部，最后面才是停车场。从门诊楼到停车场，有比较远的一段距离，天气太冷，北风呼呼地刮着，父亲的腿脚又不太灵便，我不能带他到停车场，只好先把他送到门诊楼的一楼，暂且暖和一下。我告诉父亲我去停车子，停好我马上就会回来。父亲用近乎呆滞、尴尬和老年人特有的羞涩笑着答应了，松开了我的手。我风风火火地把车停好，一路小跑，回到门诊楼，见父亲正像一个听话的孩子，乖乖地坐在候医的专用排椅上。看见我舒心地笑着说："你还很清楚路的，我自己来的话，是找不到道路走的，这里我都不熟悉了。"

司法所在二楼，挽起父亲，上楼，在那里等号办理。父亲在陌生的环境中，竟然像一个好奇而又很胆小腼腆的孩子，悄悄地看着屋内的一切。由于病后消瘦得厉害，过去的衣服极不合体，一件件都显得那么肥大宽松，拖沓地包裹着他那瘦瘦的身体。额头青筋凸出，满头白发如雪，两眼深陷，目光迟缓呆滞，浑身上下给人的感觉就是苍老。

看着面前这个孱弱的老人——我的父亲，心内一阵酸楚。这个男人就是我曾经畏惧而又崇拜的父亲吗？是那个充满自信、意气风发、多才多艺的父亲吗？是那个曾经抓着每个孩子的脑袋玩拔萝卜的游戏、把孩子高高举过头顶的父亲吗？是那个发起火来厉言厉色、绝不姑息孩子错误的父亲吗？

记得小时候父亲一直是我崇拜的对象。他是一位高中语文兼美术老师，他爱好文学，从小就给我们讲解古典的诗词歌赋，他的美术很好，工笔牡丹、下山猛虎是他最喜欢的题材。村里有人婚丧嫁娶的总喜欢找他索画求字，姑娘媳妇更是求他给画鞋垫、枕头上的花样，都说他画得大气好看。父亲通古博今，喜欢给我们讲历史，常常从远古的夏朝，一个个朝代地向后推算，佩服他的记忆力能把一个个复杂的年号记得清清楚楚，还能把中国历史和世界历史串起来讲，比如中国的汉代在欧洲应该对应到什么时期，名人轶事典故随口拈来。讲地理他能用所特有的美术技能把一张世界地图默画下来，山川河流如数家珍，说起一些国家的首都城市能滔滔不绝。在幼小的心灵中感到父亲是那么的多才、能干甚至是伟大。

父亲的严厉也是让我们记忆犹新的。小时候我们姐弟和所有的孩子一样贪玩。一次看见父亲走了，我们悄悄地溜到院子里，玩起打仗的游戏，弟弟更是激动异常，满院子地疯跑，忽然一阵熟悉的脚步声传来，我们吓傻了，知道父亲来了。父亲很生气，老远就听到他的怒吼："什么情况？为什么不读书？疯什么疯！"我们一个个像见了猫的老鼠缩着脑袋，回到各自的墙角旮旯乖乖地读书去了。父亲的怒气并没有消退，咔嚓一声，一根棍子狠狠地打下去，好在不是打在我们身上，他抡起棍子硬磕在一条石凳上，粗粗的棍子断成两截，随着棍子的断裂声我们的身体几乎同时打下一个寒战。现在想来尽管父亲有时会暴怒，但从未真正打过我们一次。

父亲的生活似乎一直是寒酸的，他几乎节俭到了极致，但是给孩子买书籍，从不心疼。记得当时学校里的老师几乎都戴上了手表，父亲的手腕上始终空空的，一次攒好钱，说是去城里，买块手表，没想到走到书店看到刚发行的英汉对照读物很好，把买手表的钱买回来一大堆的书籍，那个暑假我们徜徉在知识的海洋里过得很快乐。父亲要求孩子读书，自己也能以身作则，闲暇的时间几乎都用来读书。就在他即将退休的那年，他完成了大学的自考全部课程，连考官都笑话他："多大年龄了，还来考试，没娶儿媳妇吗？该抱孙子了。"父亲的倔强劲儿上来了，他说："我不怕晚，即使将来在我的悼词中出现一句我完成了大学学业，我也认了！"父亲的付出也得到了承认，就在退休前搭上了末班车，被评为优秀高级教师。

岁月沧桑无情，让年轻的容颜最终苍老。几位工作人员接过我递过去的资料，向我询问父亲的病情。父亲那微弱的听力几乎每一句都要我趴在他的耳边大声翻译。费尽周折，总算办完了手续，一位年轻的工作人员问我："他会写字吗？需要他的亲笔的。""啊？"我惊诧，她竟然以为我父亲不识字？我扶着父亲在桌前坐下，告诉他签字，父亲拿起笔，庄重地签下了自己的名字，随着他的笔停下，一个很有个性的签名跃然纸上。所有的人都惊呼，"好漂亮哦，绝对文人！"因为父亲即使签字，用硬笔，他也习惯用他擅长的隶书工工整整地去写，一辈子养成的习惯，凡事认真。

父亲就这样站在我面前，岁月张开了大口吞噬着他的一切，青春、智慧、容貌。如今的父亲被落日的夕阳笼罩着，好在他并没有全部失去，还有女儿，我轻轻挽起父亲，"爸，我们回家。"心底里在呼喊：别怕，有女儿在呢！

母亲的嫁妆

老家的房子坍塌了，为了给心灵多份依托，给父母一个念想，顶着两个月的烈日，不停地往返穿梭，新房子终于建起了，就在原址，不够豪华，算不上大气，朴实简单，依着父母的愿望尽量复制原来旧屋的样子。只不过比原来高大了、敞亮了，四间主屋，一圈的平房，北方四合院的结构，宽敞的大门，汽车可以直接开进，虽说比周围邻居家的楼房别墅式有些单薄寒酸，但我们已经很满足了，因为这座房子不单单是座房子，它更是老家，是记忆，是心灵的归属之地。

周末带着父母重回故地，看望那座新落成的房子，由于前段时间盖房，一些旧家什都放到周围的邻居家里，需要搬回来，也要添置一些必要家具，毕竟是新房子嘛。尽管我们回来很少，也许不会留宿，总要像个家的样子。弟弟很着急已经先行一步，早早地到了，预先订购的家具已经运回。父母一路坐在车里安静地不说一句话，从他们温馨从容的脸上，我读到了满足，是的，老家一直是他们的心病，总是担心老家会失去他们记忆的根一样，不停地惦记着，房子盖好也该舒心了。

一路飞驰，停下车来，母亲匆匆地扭着肥胖的身躯疾步地冲到门前，表情凝重起来，脸已经涨红，急着找弟弟，一股要算账的架势，看着气呼呼的母亲，急匆匆走向几件破旧的家具前，心疼落泪的样子，终于明白了：弟弟定了一套新式家具已经摆到住房堂屋，打算把原来的这堆破旧的家具砸碎扔掉，因为实在太破了，不想让它们影响整个房间的布局风格。委屈的弟弟哪里知道他犯大忌了，那堆家具那可是母亲的心肝宝贝。在众人的帮助下，七手八脚把它们抬放东面平房内，靠墙角依附好，实在是太老了，它们已经斑驳地失去往日的光彩，甚至看不出当初的颜色了，默默地停留在那里似乎在无声地诉说着它的前世今生。母亲像个孩子得到了可心的糖果一样，开心地抚摸着，每一件的边角、缝隙，嘴里不停地念叨着。

这些家具总共五件，都是母亲的嫁妆。一个对开门的站厨，一个翻盖的柜子，一张老式的书桌，还有两个俗称"马杌子"的方凳。每一件都是那么的熟悉，都带着层层的过往，伴随我们度过那艰难而又温馨的岁月。

那件站厨，在记忆里是那么高大，幼年时，常常要踩着凳子才能够得到它的上层，母亲总喜欢把好吃的东西藏在那里，小瓶蜂蜜啦，糖果呀，要过年用的干果呀……记得那年春天母亲从放蜂人那里，打来一瓶带着槐花香味的蜂蜜，小心地放在橱子的最上层的抽屉里，然后再关上橱门，扣好门挂，但是母亲不会上锁，对亲人不设防这是我们家的习惯。所有的橱子柜子都不会上锁，或许贫穷就没有值得上锁的东西。那蜂蜜是家人受凉咳嗽时饮用的，每当有人风呛咳嗽，母亲总会小心地用小汤匙舀一小匙，对上热水，轻轻喂孩子喝下，咳嗽最多似乎是妹妹，蜂蜜好像总会被她喝掉。当一天实在忍不住馋虫的诱

惑，悄悄地踩着板凳打开橱门，小心地拉开抽屉，用力拔开紧
扣的瓶塞，吐着舌头，用一根筷子伸进瓶内，轻轻地蘸一点，
带着酸甜的蜜汁，拖着长长的细丝，放到早已等候许久的舌尖
上，顿时一股酥酥，甚者带着一点咸味的甘甜传遍全身，不敢
吃多，一点就够了。可是有了一次，心里惦记着，就像中了魔，
吞噬罂粟的烟鬼一样，总会有第二次，第三次，直到母亲发觉
蜂蜜下得太快了，厉声质问时，只得低着脑袋羞愧难当，看着
在一旁不停吐舌头的弟弟，知道做小偷的不止我一个了。

　　记得那时候橱子是家里最体面的家具了，高高大大威严
地矗立在那里，全身刷着能够照出人影的中国红，两个金黄的
门环，像两朵巨大的梅花一样，俊俏帅气。母亲也常常自豪地
说：这个橱子买来时是白茬，意思是全新的后来上的漆。那时
候生活贫穷，很多家庭女儿出嫁陪嫁送不起橱子的，有的会把
家里祖传的，比如母亲的橱子重新上漆后送给女儿。如今这位
曾经风光的巨人像一个饱经风霜的老人，落寞灰暗但却倔强地
站在那里。

　　母亲常常给我们讲起这几件嫁妆的来历，母亲九岁时就
失去父亲，没有伞的孩子学会了快跑，小小的年纪，会做所有
农活，当地的编织能手，她编斗笠又快又好，成品灵巧可爱，
集市上最为抢手。在当地成为美谈，有句儿歌："刘家的姑娘
不用夸，一天织十八。"那是对母亲最大的赞誉。记得姥姥说
过，母亲编织斗笠、席子，常常是起五更睡半夜，夏季母亲就
在院子的门楼底下编织，生产队出工钟声响了，她伸伸头，看
看出工的人，还没有到齐，挑动灵巧的手指，飞快地再织进几

根蔑子。母亲的青春似乎就在不停地编织中度过。编好的席子、斗笠，还要带到集市上去卖的。一二十里的夜路，一个幼年的姑娘背着沉重货物，跟在同村人后面，鸡鸣就出发，一路漆黑，有男人的家庭是不会让女孩去的，但母亲没办法，没有父亲，弟弟幼小，姥姥小脚，她必须自立。母亲说过赶集的路上要经过一片乱坟岗的，一次不小心被蒺藜扎了脚，忍着泪水，拔下利刺，不敢哭，一哭会引来鬼的。听着就感到浑身起鸡皮疙瘩，问母亲不怕？母亲淡淡地笑笑：怎么不怕？头皮都发麻呢。怕能不去吗？一家人的生活开销油盐酱醋，怎么办？弟弟妹妹上学的学费怎么办？还有自己的嫁妆钱，都要去挣的，咬咬牙也就过去了。

"咬咬牙就过去了"成了母亲的口头禅，是的，在母亲艰难的编织中，舅舅、小姨完成了学业，舅舅成为名医，小姨当上了教书的先生。母亲也置办齐了自己的嫁妆，风风光光地嫁给了父亲，在那个年月，能够有橱子、有柜子、有桌子，还有马杌子做嫁妆已经很不错了。每件嫁妆都有故事，母亲说过那张桌子是古董了，买了一家没落地主家的旧家具，桌面上还残存了两个抽大烟时烧成的小坑。但整体很结实，明清家具的特点，做工大方线条流畅，细节考究，桌子的边角采取凹形内扣的榫卯结构，抽屉的抓手铜质雕刻成莲花图案；底下的装饰花边采用镂空的云纹雕刻镶嵌而成。四条腿的边角带有凹形回纹线，底端蹄装接脚。显得美观大方。母亲说这张桌子在所有嫁妆中最为昂贵的，编了一冬一春的斗笠才买回来的。问母亲为何要那么执着，没有桌子一样可以结婚的呀？母亲会给我们翻古：在过去有钱人家嫁女儿要配送四张桌子的，公公一张抽旱烟，婆婆一张放笸箩，丈夫一张读书写文章，自己一张裁衣裳。母亲眼里父亲是文化人，怎么也要买张桌子给父亲看报写文章。那张桌子后来真就成了父亲的书桌，一头放着两纸箱子父亲的家当——书籍，另一头，成了他备课批改作业的领地；以后我们长大了被我们强行占领为写作业地方。记忆中一盏油灯，一瓶墨水，一摞厚厚的书籍，就在这张古老的桌子上度过了多少无眠的夜晚，留下多少青春汗水。如今桌子已经承受不了岁月的侵蚀，衰老得面目全非，底下装饰雕版已经脱落，半耷拉着，抽屉歪斜，油漆斑驳，那精致的铜质抓手上长满绿色的铜锈，只有那依稀可见的文身，还在诉说曾经的辉煌。

　　这些家具中最好要数那件柜子，大概很少动的缘故，还相对完整安静地待在那里，沉默着自己的暮年。最惨的要数那两个马杌子了，说是马杌，就是所谓方凳，有半米见方。如今已经歪斜，面上的板子都掉下几块了，根本不可能完成自己使命，供人落座负重，它自己都似乎受不了自己身躯的重量了，这两个小凳子在这些家具中最小，但是付出确是最多的，时光飞回幼年的岁月。那时农村难以想象的贫困，孩子上学学校里没有桌椅提供，要学生自己从家里带。我和妹妹就一人一个，抱着母亲的小马杌子当桌子，拿个更小的凳子去上学，两只方凳在我们摔摔打打中，磨光了色彩，破损了身躯，也陪我们完成了小学时光。

　　时光像一辆飞驰的列车，一路前行，当回过头看时，美好东西已经溜走了太多太多，承受不起岁月蹉跎的不止几件陈旧的家具，内心的记忆却像反复咀嚼的口香糖一样，尽管失去了甜味却不忍吐掉。母亲找来抹布，小心地擦拭着，像是久违的朋友，又像是对心疼的孩子。母亲也像满屋的嫁妆——老了，满头白发，沧桑的面颊，微驼着脊背，低声地唠叨着，诉说那过去的时光，曾经的岁月……

父亲与老家

　　父亲回老家了，接到母亲的电话，我震惊了。将近八十的老人耳背得厉害，反应迟钝，不会坐公交，步行往返六十多里路，顶着初夏的烈日穿梭于纵横交错繁忙复杂的城乡交通网中，想想就感到可怕。父亲前些日子曾提到过要回老家的要求，我因忙没放在心上，没想到他竟然做出这么个壮举，把一家人吓坏了。

　　问父亲有什么重要的大事，急于回老家？回答让人哭笑不得：我的草帽搬家时忘了，回去拿。一个戴了不下十年的破草帽值得如此？其实我内心清楚，父亲想家了，怀念他的老房子，他在寻找各种回家的理由。老家确切地说，就是三间老房子一个最普通的农家小院，在记忆中似乎修建伴随了我整个童年和少年时代。记事起堂屋安装着破旧的房门，另一间单间就没有门，只能挂一条帘子，院子的大门简单到没有门楼，没有厨房，后来在靠近东院墙的地方简易搭起三面无墙的棚子，就在那里烧火做饭。

　　父亲是六岁父母双亡的孤儿，赶上中华人民共和国的成立，获取了上学的机会，好在他一路拼搏考取师范成为小小村庄第一位走出的教师。初期工作在外地七年，他调回本地时仅仅一个帆布书包的家当。三间房屋在兄长及村民的帮助下盖成，娶母亲过门算是有了自己的家，靠着父亲微薄的收入和母亲的艰辛，不停攒钱修葺着自己的小窝，今天有钱买盘磨，明年宽裕置办个碓。用母亲的话说："洼地难填，穷坑难满。"多年来就一直过着捉襟见肘的紧巴日子。新房子一直用着破旧的房门，父亲说那门是从他祖辈老房子拆下来的，具体什么年代的，谁也不记得，那也是他得到的唯一遗产。门缝开裂四周漏风，底下用墼块（土砖）填补，一到冬天母亲就会用稻草塞、纸条糊，方可挡住寒风的入侵。尽管生活得清苦，日子仍然过得富有情趣，每到过年父亲一定把院墙粉刷一新，房门油漆一遍，或许是父亲喜爱美术独特的审美观点，绝不刷那种农村惯用的黑漆，他总会把房门刷成嫩黄色，把院子大门染成墨绿色，用简单红绿纸把小屋子收拾漂亮，在那灰色的年代给我们一个童话般的亮色伴随我们成长。

母亲把院子里外都栽上了树木，待到树木长大成材时，我也满十岁了，已经成为父母的帮手。仍记得那年秋天，放倒了院子内长了十多年的两棵榆树，还有几株洋槐木，装上地排车，父亲驾辕我拉偏耕，拽着一车沉重的木头去二十多里外木材加工点，锯木头解板。父亲告诉我解好板子，我们就可以有新大门了。

怀揣希望，日子就有了生机。记得那天起了个大早，一路跋涉待到我们赶到时已经接近中午，前面已经排了长长的队伍。记忆中第一次出那么远的门，尽管两条腿累得发抖，依然感到兴奋，第一次看到宽阔的柏油公路，第一次看到宽敞的大型商店。中午父亲在饭店要了一毛钱的菜肴，两片烤排，感到好丰盛，多年过后依然记得那顿饭的香味。时间到了下午本来挨好的队伍，大家心焦起来，争着向前挤。我当时不过十一二岁的小女孩，体小力薄，父亲或许有些清高不愿意与人相争，当人们蜂拥向前的时候，我们却不停地退后。天色完全黑下来时，偌大的厂区只剩下我们父女孤独地在等待，不巧的是机械锯条又断了一根，那种大锯换一次锯条非常麻烦，工人已经辛苦了一天，都想着早些下班休息。从不抽烟的父亲从怀里掏出了烟卷，恳求师傅帮忙，无论如何帮助锯完。或许人家看我们的确可怜，师傅们挑灯加班，等到加工完装上车子时，已经到了深夜。走在漆黑的乡间路上，夜晚的凉风吹拂中，身上的汗水干了湿、湿了干，又困又饿，每挪一步都是那么困难，有时走着走着打盹摔倒。路途中有座高桥，崖头绵延上百米。我和父亲两人几乎身子扶到地下却没能翻过，车子在半途停下，我们只得小心地退回坡底，休息一会儿，然后拉起车子猛跑，借着惯性才闯上去。

　　有了那些门板之后请木工做成新门，后来终于盖起了厨房，建起漂亮门楼，一套房子才算相对完整。那时父亲已过不惑之年，家里孩子一大堆正是上学读书的时候，农村刮起修建风，村内街道拓宽，我们的房子沿街被列入了拆除之中，只能说拆除，因为那时农村根本就没有拆迁一说，少到不足百元的补助款，我们清楚地知道，如果房子砸了，只能露宿街头，根本无力另盖。全家陷入了恐慌绝望之中，就在我们最无助的时候，有朋友透露一条消息：每个村庄在拆建时，都有乡镇统一的规划图，那是专业人士测量定制，富有权威性，也代表了政府的意见，你去看看也许你家不在拆除之列，别让人家骗了。父亲像溺水者抓到了最后一棵稻草，当得知按规划我们真的不在拆除之列时，一向木讷寡言的父亲暴怒了。他做了一辈子的老好人，不会与人吵架的，此时开始了激烈的反抗，一次次和村委干部争吵，一遍又一遍地申诉，一家人陷入矛盾旋涡之中，出门感觉天都是黑的，本来是很好的邻居，因居住的方向不同成了利益对立面。我们拼命抗争最后三间房子保住了，给正在上学的弟弟妹妹挣来了暂时的安定。付出的代价是母亲难以承受巨大的心理压力患上更年期抑郁症，父亲的性格变了，他不再沉默，经常为一些无谓的事争吵甚至唠叨，一些事情的处理上变得执拗无法变通，随着他年龄的增长越发严重。

　　随着我们姐弟学业完成，我们把家安在了城里，回去的次数也越来越少了，直到父母退休也远离老家，跟着子女安享晚年，老屋没人居住似乎在一夜间衰老起来，随着周围的邻居新房建起，甚至寒酸到有点不堪目睹，但父亲依旧牵挂，最担心的是那已经苍老得面目全非的老屋经不住岁月的侵蚀。然而老屋还是没有躲过它的厄运，最终在一场大雨中永远地趴下了。当时父亲已经七十岁了，坚决翻盖：即使不回去住，也要有自己的房子，有房子才有家，故乡才能有根。烈日下我不停地往返于城乡之间，父母干脆搭棚住在旁边。两个月的辛苦在老家原址上一套新房重新立起，新房比原来的房子高大宽敞，按照当下最新的流行设计，简单大方实用。房子完工时我们全家请所有帮忙的邻居亲友赴宴答谢，也看到父母由衷的微笑。

　　母亲住惯了城里，不愿意回去，他们年龄都大了，我们也不放心，新房就留在家里，父母还是像往常一样隔段时间一定要我们带他们回去看看。有时他们回去仅是在家里站站坐坐，或许不需要开门，就在门前停留一会儿即可。

　　老房子对于父亲不单单是老家，那里有他青春的记忆，有他奋斗的历程，当然也承载着他曾经的艰难与屈辱，然而一切又让他不能忘怀！

怀念姥姥

姥姥离开我们已四个年头了。姥姥走的那个冬天特别寒冷，流下的泪水似乎都凝成了冰滴，天空阴郁着，刮着阵阵刺骨的寒风，那是天地同泣吗？四年来，在我的心里，从未感觉姥姥远离过，闭上眼睛就会见到她的音容笑貌，就会感受到她的温厚和慈爱。

姥姥出生于 1919 年，她的幼年经历了战乱、缠足，也承受过亲人的离殇。先是失去了疼爱自己的父亲，而后又失去了亲爱的丈夫，锥心之痛并没有将姥姥击倒，她反而更坚强了。就在她三十五岁那年失去丈夫之后，毅然用柔弱的肩膀挑起了家庭的重担，踮着一双备受摧残的小脚，含辛茹苦地供养着三个孩子，奇迹般地竟让三个孩子都能读书识字，这在那个艰难困苦的年代，简直是不敢想象的。舅舅成了一位当地的名医，姨妈做了教师，我母亲是老大，读的书最少，但也能识字，进行简单的阅读。用我舅舅的话说，我们一直吃的是"学问"饭，之所以在社会上不感到落后于别人，都得益于姥姥当年的努力。

我从小就和姥姥在一起，是在姥姥跟前长大的。母亲说，我小的时候十分挑食，加上当时物质匮乏，饿得骨瘦如柴。母亲年轻时不怎么会养孩子，还担心养不活我呢。姥姥把我抱回家去，说也奇怪，在姥姥怀里我什么都吃，很快长得白白胖胖的，几张仅有的幼年照片，留下的都是胖妞的形象。在幼年模糊的记忆里，我总是跟在姥姥身后，她的大手始终牵着我稚嫩的小手，跟她一起下地，一起去菜园摘菜，一起去麦场晒麦子，一起走巷入户去串门。

姥姥的手很灵巧，做得一手精致的针线活，十里八乡的人都知道，有姑娘出嫁，总会请姥姥帮忙。常记得一个个夜晚，我躺在床上，姥姥坐在我的身边借着微弱的煤油灯光，穿针引线，给人家做嫁衣呢。姥姥一边做着活，一边给我讲着那久远的故事。后来读高尔基的《童年》，知道高尔基很感激自己的幼年幸亏有位多才多艺、勤劳善良的外祖母，使他得到了潜移默化的熏陶。我常常回想，也是姥姥的智慧启迪了我的人生。姥姥满脑子都是知识，满肚子都是故事，尽管她是一位仅读过一天私塾的家庭妇女。记得姥姥给我讲过，她嫁去的婆家，公公是位很开明的绅士，提倡无论男孩女孩都要读书接受教育，自己亲自开学堂，让自己的女儿和儿媳都去学文化，相信读书能明理。那时社会动荡不安而兵荒马乱，连命都顾不过来，哪里还有心情上课识字，姥姥也就只听了公公一天的课，认识了几个字，学会了自己的名字，懂得了读书的重要，她一生都不曾忘记。

寒冬过去了，在姥姥的童谣里，春暖花开。姥姥开始用灵巧的双手，把一根根芦苇，编成芦席，一束蒲草结成蓑衣，换来微薄的收入。记得那时候，最盼望姥姥去赶集，天不亮姥姥就把早已编好的斗笠打包，背着要走十多里地到集上去卖。

我守在窗前，看裹着一双小脚的姥姥背着沉重的货物，渐渐消失在漆黑的夜色里。姥姥那个弓腰负重的身影，深深地烙印在了我的记忆里。姥姥每次从集市回来，老远就呼喊我的乳名，她总会用卖斗笠换来的微薄收入给我买回来很多新奇的、可爱的玩具，多是些好看的帽帽，美丽的头绳，酸酸甜甜的葡萄，包装精美的糖果……

夏季就在姥姥的故事里遥望星空，寻找那条雪亮的银河，和银河两岸的牛郎、织女星。姥姥告诉我好多天文知识、农时谚语，如"春打六九头，吃穿都不愁；春打五九尾，穷命使煞鬼"；"三星对了门，门前可蹲人"；"头顶锅、热呵呵"；"七月十五定旱涝，八月十五定太平……"最有印象的一次，是天空出现了一种罕见的云纹现象，她说这是"天乾"，预示着将出现涝情。后来我真的从一个文献中看到了这种解释，也不知道姥姥是从哪儿获得这些知识的。

"秋天燕南飞，气候渐转凉。"在繁忙的间隙里，姥姥纳着鞋底，度着时光。那时做件新衣服很不容易，会做衣服的人很少，特别是剪裁，其中有一道技术叫作"开肩"，就是现在说的挖领口。如挖去的部位太多，衣服上身后襟就会翘起不好看；如挖去的部位太小，衣服就会起皱穿着不舒服。姥姥挖领口的技术很拿手，常帮人裁衣开肩，总能熨帖舒展。那时候很多人请姥姥帮忙，似乎有个不成文的习俗，挖下来的那块叫"肩窝"的布，当归开肩者所有。"肩窝"有句谚语："男如柿子，女如梨。"那块小布就像柿子和切开的梨子那么大。姥姥把那些如柿、梨一般大小的布片收藏好。攒下的布片，姥姥总会为我精心拼接缝制漂亮的云肩，就像现在的披肩一样，只是小得多。一块块五颜六色的花布，像一片片花瓣般拼在一起，精致到每一枚纽扣都用丝线滚边、盘花缝制，而且在边角上缀满叮叮当当的铃铛，一旦穿上跑动起来，花团飞舞，铃声悦耳，赚足了小伙伴们羡慕的目光。似乎整个童年，我都是在那叮当叮当的铃声中愉快度过的。若布片攒得多了，姥姥就将它们拼成不同的几何图形，给我缝制成衣服，叫百家衣，说穿了百家衣的孩子好养活，能活一百岁。姥姥做的百家衣十分考究，针脚的大小、排列的顺序都有一定安排。一次我看见衣服上都是三个针脚连在一起，一组组的排列，问姥姥怎么回事？姥姥说那叫散针，希望我穿上这件衣服能够散得开、跑得快。一针一线中蕴含了姥姥多少汗水和心血，承载着多少关爱和祝福呀！

一个个寒冷的冬夜，姥姥总是把我冰凉的小脚丫放在自己的身上，暖了再暖。不等寒风刮起，姥姥早早就把棉衣棉鞋给我做好了。有姥姥的冬天没有寒冷。姥姥的家门前有棵香椿树，有一次在姥姥的呼唤声中，我从远处跑来，看见姥姥就站在树下等我，我牵着姥姥的手，在香椿树上吊个提溜就爬到姥姥肩上，由姥姥背着穿过一个黑漆大门，悠悠地回家去了！姥姥的背那么宽厚，那么温暖，趴在姥姥背上那么舒服！好时光总是过得太快啊，随着香椿树慢慢长大，树冠盖过了半个院子，我到了该回家上学的年龄。父亲来领我，我抱着香椿树哭天抢地死活不愿意离开，姥姥也哭红了眼睛，那是人生中最深刻的一次亲情剥离的剧痛。

尽管舍不得离开姥姥，但最后还是被父亲带回了家，书总是要读的。随着学业的升高，工作的变迁，在后来的岁月里，我一次次走近姥姥，又一次次远离姥姥。姥姥总是站在香椿树下，一次次地等我，又一次次地送我。香椿树在一年春天，竟然没有再吐新芽，静静地老去了。姥姥那年戴着老花镜为我做好了新婚的被褥，我带着姥姥的祝福走进了婚姻的殿堂。那年秋天，迎来了姥姥八十大寿，我骑着自行车跋涉上百里赶来给姥姥祝寿，买好的蛋糕在崎岖不平的路上颠簸得面目全非。时值农忙，舅舅全家都去秋收了，只有我一人陪姥姥过生日，只见她兴奋地戴上皇冠，高兴得像个孩子，并把压在箱底的寿衣也找出来穿到身上给我看，家乡的习俗寿辰穿上寿衣可以延年的。看着穿上寿衣的姥姥，忽然一股酸楚涌上心头，我明白终有一天，姥姥会离开我的。

姥姥的身躯日渐不再像以前那么硬朗，脸上布满了沟沟壑壑，头上白发如雪，背已经弯了下去，手上的皮肤能拽起很长，捏成一道城墙了。我也有了自己的女儿，随着女儿的出生，我的生活开始凌乱了。没人帮我带孩子，工作生活都成了问题，八十岁的姥姥再度出征，替我带女儿，帮我度过了最艰难的两年。姥姥一直陪伴着我，教会我如何持家，如何做母亲，直到女儿要上幼儿园时才回来。以后每年的秋天，姥姥都会托人给幼小的女儿捎来过冬的棉衣。

岁月在流逝，姥姥一天天在衰老，最终败给了时光。姥姥记忆力衰减得特别厉害，最可怕的事情还是发生了，姥姥患上了可怕的老年痴呆症。每次回家，看见她那茫然的眼神，我的泪水就禁不住悄然而出。姥姥没事做会很着急，于是我找来口罩拆开，让姥姥把一根根棉纱抽下来，告诉姥姥我需要用棉线的。姥姥每天不停地抽呀抽，每当我回家就会拿给我看她的成果，今天又抽了一大把呢。我像鼓励孩子一样，夸姥姥真棒，她就会很高兴。随后那些棉纱都让我做了抹布，擦了桌子，希望天堂的姥姥知道真相后原谅孙女的不敬！

也许是我们不够孝敬，或是照顾不周，在那个寒冷的冬天，姥姥还是走了，在亲人的守护中，她安详地闭上了眼睛。最疼我的姥姥离去了，奔涌的泪水打湿了衣襟，结成了硬邦邦的冰。亲友劝我说，姥姥九十多岁了，高寿了，已经是喜殡了。可是失亲之痛又怎么能够承受得起！

当一切平静下来，关于姥姥的记忆，一幕幕更加清晰起来。昔日的香椿树一次次回到我的梦里，幼年的那件云肩成了最珍贵的收藏。姥姥，你在天堂还好吗？我知道你一定在看着你心爱的孙女，有着太多牵挂。姥姥放心吧，孙女一路有你同行相伴，如今的我已经长大懂事了，你不要为我担心。

每当我上网打开 QQ 显示九十五岁，就知道姥姥与我同在，有姥姥相伴的人生很温暖，不孤独！深深地怀念姥姥，愿姥姥，安息！

家有芳邻

寂静的夜晚，辗转难眠，故走出家门，在小区院内独自悠行，此时虽说夜未央，但忙碌了一天的人们大多睡去，院内非常的安静，月亮穿过薄薄的云层，跳过一座座高耸的楼房，从其间隙里泻下一层斑斓的银光，洒在低矮的灌木上，涂在斑驳的楼房墙壁上，温柔得像轻轻拍打入睡婴儿的母亲，侍奉着这座城市进入梦乡。还稍有的几家窗口亮着柔和的灯光，像长夜中微微瞌睡的眼睛，这要是在几年前，我能说出那是谁家谁的窗子。

轻叹一句时光真快呀，变化太大，虽然我还没有离开，这里已经定为待改造区域，是的，楼房还是几十年前的，大多是四层至五层的，已经破损得厉害，暮气垂垂，失去了昔日华丽。周围一圈似乎是一夜间长起的高高楼林，它们年轻漂亮、现代、妩媚，像一个个急于显摆的贵妇，层层叠叠，把这里包围。这片昔日也曾经辉煌的小院，显得寒酸、单薄、苍老，感觉像在古老的天井里一样，想看看月亮，也要等到夜半，玉兔爬上中空才可以，好在今夜的月亮还是不错的。

伴着朦胧的月光，任思绪飞扬，追回那不太远的年代，记得那时我们刚刚告别低矮的平房，搬来时最大的欣喜就是邻居间的融洽，这里的结构是一楼都不各自带院，一出门就是公共地盘，大家的院子，虽说一楼不带院子，从来没感觉到不方便，洗过的衣服，就放在大院绳索上晾，你从不用担心下雨呀，或晚上回家晚了没人收，回家的时候，邻居大姨，早就给收好折叠好了，即使忘了锁门，那也没关系，保证丢不了东西。

感觉就像高了一点的大杂院，这里居住的大多是退休后的职工，我们当时是最年轻的，少有几户年轻些的，也比我们要大一点，大家亲热得就像一家人，虽说是老人居住，但是孩子挺多的，他们大多帮子女带着孩子，我们就生活在这满院子的老人和孩子中间。夏日的傍晚，早早的杨大爷，就会搬出他那把古老的摇椅，那把芭蕉扇子，摇呀摇，摇得一圈都是孩子，听他讲古，不知道他讲了什么故事，逗得那些孩子就像贾宝玉跟着刘姥姥刨根问底：后来呢？讲故事的人最怕问后来，总听到他打着哈哈：爷爷累了，给我表演一段再讲，刚从幼儿园回来的孩子，表演欲可算得到满足了，一伙欢蹦乱跳的小孩像模像样表演着学过的舞蹈和儿歌，换来周围大人一阵阵开心的笑声和掌声，记得那时女儿每天下午最重要的事，给院里爷爷奶奶表演节目。

谁说城里人冷漠，大家尽管来自四面八方，操着不同的口音，但热情是一样的，楼上的赵姨烹饪高手，她大概来自遥远的南方，所以很重视夏季，每当立夏季节来临，新鲜的豌豆接下来，她说她老家风俗要熬豌豆汤喝，才能防高温呢，立夏的晚上孩子像过节一样，一人一个小凳子做好，赵姨端下一大锅飘着满满热情和融融暖意的豌豆虾米鲜汤，喔！至今还记那清新扑鼻的香味，不要说喝，但那漂亮的颜色，翠翠绿绿的豌豆中，几粒红红的虾米，就把孩子一个个馋得垂涎欲滴了，一人一碗，把小肚皮撑得圆圆的，大呼赵奶奶做得好喝，赵姨满足的脸上泛着红晕，开心地说，宝宝喝了豌豆汤，身体棒棒的，今年不怕热老虎。

小院不是太大，几乎所有人我们都认识，甚至谁家的亲戚都能叫出名字，那位留着长长的头发，穿着个性，始终拿着相机的远看像讨饭的，近看是美院的，那是隔壁孟姨的儿子；画得一手漂亮的国画，喜欢摄像，院里的孩子老人几乎都被他抓拍过，能进入他的镜头最快乐的是孩子，人家可是艺术家。走路铿锵有力喜欢结交朋友，每次回来总喜欢带一大帮前呼后拥的小伙，那是二楼韩叔叔家的儿子，每次在楼梯口碰见总会热情地喊我嫂子，有时会庄重介绍给他的朋友：这是我嫂子，或我大姐，感觉就是亲弟弟。夜晚小院内总有钢琴声飘过，或舒缓或激昂，那是顶楼余姐的孩子在练钢琴呢，大家都很理解，没人抱怨过，那高高的女孩长发飘飘，功夫不负有心人，现在已经是清华大学的音乐教授了，也是我们小院的骄傲。

记忆最深的那年我刚学会开车，技术那叫烂，特烂到马尾穿豆腐没法提，一天当我跌跌撞撞、胆战心惊、扭七歪八地终于开回来，因为小区陈旧，过道是很窄的，刚想停在车位上，一看在接近车位的旁边停着一辆外来的轿车，留出的距离刚刚能过一辆车，还很紧，不能停在路上因为随时有下班的人会回来，容易造成塞车，壮着胆试着开吧，刚走几步发觉，坏了，我的后车尾距左边的车也就几厘米，右边离车位上一辆车也不过几厘米，不敢走了，再走一定要划车的，想下来车门却打不开，当时可想我窘迫的样子了，一会儿就一头汗，赵大娘看见了，感觉来救星了。大娘大呼：别急我给你找刘师傅去，刘师傅是四十年驾龄的高手，退休在家，胡姨也从家里赶来：我给找找谁家的车。看着胡姨摆着肥臀，两只肥大乳房不停地颠簸着，似乎要窜出来的兔子，岂止一个感动了得。

一会儿，车边围满了院子的老老少少，大家都忙着指挥我，好壮观呀，也好温馨的场面，几位大爷甚至想把那辆碍事车搬开，找车主的胡姨没回来，满头汗的赵大娘带着刘师傅回来了，我这才注意到赵大娘的手里还握着一双筷子。在刘师傅的指导下总算有惊无险。这时胡姨也气喘吁吁地领着司机赶来，大家七嘴八舌抱怨他车子停的不是地方，最后灰溜溜地道歉开走，算明白一句话：谁的地盘谁做主。

面对如此友好的邻居，我们总想着该怎么报答大家，好在我家先生是多面手，学过机械，通下水道，修水管，简单的电工难不倒他，住房老了这些问题时常发生的，谁家有问题，提着工具就走，并且手到病除，常常得到老人一再感谢，老人带孩子辅导作业是她们最头疼的问题，那恰恰是我强项，几乎给每位孩子讲过数学题，也是我感到最欣慰的。

转眼间孩子都长大了，老人也更老了。我们的新房早就买好了，一直感觉这里亲情好，总是拖着不想搬走，遗憾的是，并不因为我不走，就不在变化，几天不注意怎么多了那么多陌生人，熟人一个个离去，讲故事的杨大爷去世了，孟姨被北美的儿子接走了，听说走时哭得很痛，赵姨买了新房也搬走了，楼上的余姐一家随女儿定居北京了，唯一一个和我们一般大的苏明，已经全家移民新加坡了。房子或卖或租，有的已经换了好几次手了。

换来的年轻人高冷，当在楼梯口遇见冲人家微笑打招呼时，看到的是一双惊愕而警惕的眼神，还好总算给我个面子，半天缓过来变成职业的点头，很含蓄、很标准，甚至很有修养，唯一缺少的就是热情，似乎根本就不会讲话，传递的只有所谓礼节。就不明白了这大楼越盖越高，人越住越密集，怎么心与心的距离就越来越远呢？

夜已经深了，不敢久待，还好邻居赵大娘和胡姨都还在呢！天亮一开门还有一位94岁的老人等着给我问好呢，那是三楼郑姨的母亲，早上睡不着早早就起来，在我家门前空地上坐着，头脑很清楚，我们一家人的生日都能说上来。见我出来总会重复那句说了够十年的问好，操着她特有的青岛口音："嫚来！你又胖了。"我会马上回她："姥姥您也胖了！"她满是褶皱的脸上笑得像盛开的花一样："我没胖哦！"只有我理解，"嫚"是青岛方言，小姑娘的意思，她说的胖了，就是又漂亮了。这么大年纪了，还有人喊你：嫚，又胖了，能不高兴吗？

上年坟

　　一路艰难地行走，终于在腊月二十八的下午赶到久违的家中，父母一颗悬着的心也算落下，匆匆吃过午饭，其实已经两点了。过年的一条重头戏，马上开场，上年坟，其实我们一路奔波赶来，一是为看望父母，还有一条就是要赶上家中二十八日上年坟。公公忙着指挥着他的子孙，上坟的东西一样不能少。

　　压坟头的小型方纸片，坟前要放的炮仗、纸钱、一沓沓的草纸，虔诚地卷好，折叠，那是给逝去亲人送的纸钱，祭奠用的水果供品，先加工的几盘菜，婆婆特意嘱咐一定是单数。山上还有几间没人住的房子，公公特意带了几个福字，两副对联，即使没人住，也要贴上的。所有的东西准备就绪，先生发动汽车，一家人准备前去大山，婆婆急乎乎地赶出来，向我们喊着，忘了带酒呀，百密还有一疏，幸亏婆婆临时想起。看婆婆这颤颤巍巍的身子，不禁伤感起来，她年龄大了，脑子不好用，老是忘事，甚至怀疑是老年痴呆症的前兆。

　　岁月就像一条长河，淹没着一切过往，张开大口吞噬着一切，一代代的人流就像田地庄稼，种了一季又一季，割了一茬又一茬。

　　几年前，那时爷爷奶奶还在，住在山上。每到春节，我们总会从遥远的城区，一路奔波，赶回来陪老人过年，山上的夜晚万籁俱静，听爷爷讲着久远的故事。看奶奶忙碌中准备上年坟的供品。那么虔诚、那么细致，我们家的祖坟就在山上房子右面不远处的山坳里，翘起脚尖就能看到祖先的坟头。奶奶总是小心地叮嘱她孙子：记着，敬酒的时候，不要敬多了，不要让祖宗酒后失态，出丑的。子孙们含糊地答应着远去。

上完坟后聚餐，老家的风俗，桌子的东北角是最上岗，那是爷爷的位置，爷爷总是对着镜子把那花白的胡须，剪得齐齐整整，很精神的样子。子孙排排坐，听爷爷讲他爷爷的故事，翻古的话转眼就忘，哪里还记得，爷爷讲得很亢奋，总是红光满面，似乎回到他曾经的岁月。时光荏苒，如今爷爷奶奶都做了古，成了要祭拜的一员。看着那座荒芜的坟头，心头泛起阵阵凉意，先生把早就裁好的方纸片庄重地放在了坟头上用石块压住，告诉世人，这座坟墓的子孙曾经来过。如今公公成了主角，向他的子孙介绍着一排排的坟墓的主人，这是我爷爷的墓，那是你太爷爷的，讲着讲着他也尴尬起来，再向前已经没有了记忆。

十年生死两茫茫。不思量，自难忘。千里孤坟，无处话凄凉。奶奶曾经对着山屋门前的一棵老槐树说：我在，树就在！如今那棵老槐树还孤独地站在风里，一直守护它的人，已经入了黄土。多少次槐树下告别爷爷奶奶，远赴征程追寻自己的梦想。然而谁又能逃得过时间的追赶。这座荒山，多少年后或许就是我们永远的归宿。

如今饭桌最为尊贵的位置，坐的是公公，侧边是虚弱的婆婆，岁月的长河在流淌，冲刷着记忆，漂白着人生，一代一代，周而复始，庆幸的是我们还活着，父母还在。

梦里繁华花未尽，人生无处不红尘

——写在工友相聚前夕

戊戌年来临之时，忽然接到昔日工友的邀请，参加日化职工团聚会，坦诚地说有点震惊。岁月沧桑，转眼十五度春去春又回，恍惚间那段岁月、那段记忆、那段历史，如已经沉淀的调料缸。再度打翻，可谓五味杂陈袭上心头，再度激起长长的回忆，有心痛、有苦涩、有酸楚、也有甘甜……

十五年，只是把记忆暂时封存，不敢触碰，任岁月尽情冲淡，十五年青春年少沧桑了容颜，皱纹爬上了脸庞，白发飘向鬓间。日化厂的那段历史不会忘记，那时我们正是人生最好的岁月，从四面八方结缘相聚于此，也赶上了日化厂最为辉煌的时刻，省级优质产品，市级先进企业，产品远销神州各地，漂洋过海外汇滚滚，厂区内机器隆鸣，客商云集，货运大车往来穿梭。

相识就是缘分，美好时光，我们结下深厚的友谊，曾记否多少次夜班途中，我们相伴而行？多少次在皂化锅边畅谈理想，多少次出皂间隙我们谈笑风生；曾记否年长的师傅真诚帮助，我们满怀感激；曾记否入库途中板车欢声笑语中飞奔；曾记否为了产品指标合格，我们在不停地摸索，一次次往返于调和与化验室的路上；曾记否大年三十的夜晚，我们仍然加班在透明皂的生产中。辛苦着，也幸福着，努力着。那时的化工厂就是我们共同的家园。

　　然而世上真的没有不散的筵席，我们赶上了改革的前沿，企业资质的变更，由企业主人，变为入股的股东，再变为产业工人、打工族，身份的变低，没能挡住时代的发展，企业小舟在风雨中飘摇。然而该来的还是来了，十五年前的秋天企业再无回天之力，一声珍重从此别了天涯，一句道别、各自东西。那个凄凉的秋天，我们有了最时髦的名字──下岗工人，我们在承受改革的阵痛。时过境迁我们不再纠结谁对谁错，孰是孰非，一切都是过眼烟云。

　　人生一世，白云悠悠，飘走多少沧桑与泪水，人生苦短，沉淀的又是多少往事与回忆？那时民营企业还在雏形当中，再就业，谈何容易，一次次听刘欢的"从头再来"，是的，人生豪迈，大不了从头再来。工作可以从头再找，事业可以从头开始，可我们的青春呢？我们不再年少，我们失去了最美的年华，市场大潮中我们没有任何竞争的优势可言，我们该何去何从，我们共同经历着岁月的煎熬。

　　村上春树说过："世上没有十全十美的文章，世上也没有彻头彻尾的绝望。"挥挥手，我们选择了坚强；不再抱怨，我们从最底层做起；我们白手起家；我们穿越黑夜，我们挺过来了。十五个春秋多少人在忙碌，多少人在彷徨中前进，走过艰难。多少次路过祝丘路，看到曾经熟悉厂区宿舍楼，欲停还休，多想大声问问昔日的工友，你们还好吗？或许是近乡情更怯，或许往事不想回首，总之，我们清楚地知道我们相隔不远，或许就在一个城池，却似远隔天涯。十里春风走得漫长，再回首，内心是否依旧？

不少工友多年的打拼事业再度辉煌，更多朋友在平淡中学会了成熟，庆幸的是我们无人下坡，我们守住我们人生底线，我们坚守人性的辉煌，勤勤恳恳工作，踏踏实实做人，不在乎贫穷还是富贵，我们对得起大写的"人"字，面对后辈，我们可以问心无愧！岁月流逝了我们青春的时候也给予我们丰厚的回报，多少朋友如今已经子孙满堂，由昔日的青葱少女、毛头小伙，变成了慈祥的奶奶、爷爷。为工友高兴，为您庆贺。

十五年后的相聚，一杯浊酒能否找回当初的情感？梦里繁华花未尽，人生无处不红尘，长歌当哭，思念做酒，也是一种幸福的忧伤，更是一次甜蜜的惆怅，必将化为温馨的记忆，既是对昨日的沉淀，也是对明天美好的向往。

借用当下最流行句子：

祝愿今天我们的聚会，成为亲如兄弟姐妹般的工友情的碰撞、同乡谊的升华。让我们在这重逢的短短时间里，坦诚相待，真心面对，不问收入多少，不问职务高低，更多地说说心里话！让我们抛开种种的顾虑，放下所有的恩恩怨怨，倾情交谈，共诉衷肠，传递真诚，共浴 2018 年明媚的阳光！让我们尽情地谈笑风生，畅叙友情吧！让我们的聚会成为一道让人羡慕的风景线，让我们的聚会成为一种美丽的永恒！

过年那些事

——虚虚实实的邻居

今年是我搬到新居过的第二个年，时光虽然过去一年，小区内却没增加几个熟人，唯一认识的也只有对门一家。这样说似乎也不合适，在微信邻居群里我们可都是老相识。

刚刚搬来没几天，就有人拉我进群，说是邻居群，问怎么知道我的号码？对方笑答："做我们这行的，想知道周围朋友的号码太简单了。"后来才知道原来这位邻居是做微商的。小区千多户人家，大家都聚在一个群里也算热闹，大家天南地北地神侃，话时政、聊家常，有时骂物业、看新闻，最多是讲笑话、说方言。小区内外发生大大小小的事，群内全知，邻居群成为生活不可或缺的窗口，停水呀，停电呀，交物业费等等消息都从这里获悉，每天的聊天记录不停翻滚，两天不删记录手机就会累到罢工。

春节到了，群里更加热闹，卖酒的，卖菜的，好吃的，好喝的，无所不及，只要你愿意，微信付账一点，瞬间交易完成，一会儿就有人敲门给你送货上门。今年的年货也太方便了，似乎不用出门，微信群里聊聊天全解决了。小年已过，群内拜年声声，各种美图、视频、歌舞变着花样地翻新，群内几个非常活跃的群友，我认识了"春天""小林""木桃子""知更鸟"……群内大家恣意地开着玩笑，拜年问候，亲热到我常常怀疑我们是邻居吗？更似亲人呢！大年三十群内下起了红包雨，邻居争着发红包，似乎谁不发，就会显得谁小气，虽然数额不多，要的就是开心快乐、其乐融融。

年底女儿终于放假回来，大年三十我们商量好不再走地下车库，就从一楼到地面走，出去逛逛我们美丽的小区。一路电梯我们从高层下来，先后有几层停留，有邻居上来，我还沉浸微信群中的兴奋中，热情和一对年轻的夫妇打招呼"新年好！"年轻人先是投来惊诧的目光，那位男士似乎一下子反应过来，脸上挤出一点笑意，"好！"那位女子瞅我木然地掏出手机，低下头去，没有吱声。女儿悄悄地拽拽我的衣襟提示我不要讲话。再后来上来的是年龄稍大点的一位父亲抱着幼小的儿子，我不敢再找没趣，那位看似很有修养的男士冲我礼貌地点点头，我礼貌回之。彼此点头算是打过招呼，倒是他们怀中的孩子，对我羞涩地咧了咧着嘴巴，露出一排雪白奶牙，我对他报以一开心微笑。

走在小区的小路上穿行在一片草坪与绿化树丛中间，院子内稀稀疏疏有些人在散步，人们都很悠闲，小路曲径通幽，盘旋多变，可选择的余地很多，大家似乎很默契，轻松避开，不会碰头，也就不存在打招呼。我在想他们中间或许就有群里的春天，木桃子或者知更鸟？我在暗自对号，却怎么也对不上。

这就是网络时代，我虚虚实实的邻居，打开手机全是朋友，关上手机一人不识！

孩子，我拿什么来爱你？

新年伊始，妹妹于妇幼医院诞下一女，家庭新年添丁，为之大喜。

今日出院，为迎接新生命回家，我特地起了个大早，当我拉开窗帘的一刻，面对白茫茫的空中（尽管雾霾的预警早已发布多日，想到今日空气不会太好）眼前这不足三米的能见度还是超出我的意料。

好在路熟，沿滨河大道一路南下即可。小心地开着雾灯，打着双闪，车速如蜗牛般爬行。曾经临沂人引以为豪的滨河两岸，鳞次栉比的高楼赛香江维港，沿途风光媲美上海新外滩。集世界建筑之俊，纳神州园林之美。沿滨河行走常常有种画中畅游的感受，这里一直是对外宣传的名片，是临沂的骄傲与自豪。此时雾霾偷走了一切风光，也偷走了我愉悦的心情。

小心翼翼中半个小时的车程，我几乎走了半天，赶到医院时，宝宝的出院手续已经办妥。当我抱起这柔弱的生命，徘徊在病房的大门之前，内心如针扎般的疼痛。一个刚刚出生的生命，她第一次来这个陌生的世界，她呼吸的第一口空气，伴着毒雾，她甚至裹在褓褓内还没穿过衣服，却要戴上防毒口罩；她在我怀里安静睡着，我真的怕她睁开眼睛，担心她第一眼看到的世界如此的苍凉。

手托孱弱的生命在混沌与苍茫中穿行，内心的惆怅却如冬日涨潮的海浪，一波波地袭来，带来无限的悲凉。孩子，如果呼吸都不能给予，我不知道该拿什么来爱你？思绪回到曾经的幼年，我们的父辈给我们撑起的天空，那时清苦，没有汽车，没有楼房，上学的教室内没有暖气，乡间布满泥泞的小路，乡亲们听柳琴、扭秧歌当作娱乐。地理课本上讲着外面的世界，我们羡慕多伦多的摩天大厦耸入云端，惊叹东京的高架桥的雄伟，甚至欣赏着雾都伦敦的缥缈，眼馋德国的高速公路。我们憧憬着美好的二十一世纪，记得那时畅谈理想，曾经有位同学大胆发言，"要是到了二十一世纪，一人一辆小轿车，再也不怕鞋底总挂泥。"当时成为同学们的笑谈。那年的考试作文题竟然是《给二十一世纪的小朋友一封信》记得我把二十一世纪描绘得无限的美好，也曾激情满怀地夸下豪言壮语，"美好的前景不是等来的，需要我们的这代人的努力，我们会把一个灿烂的明天交给你们……"

我们没有辜负自己的誓言，一直以为我们付出了很多，我们努力，我们拼搏，三十年来我们在创造着财富，改变着世界。二十一世纪我们拥有高楼入云，汽车如流，我们的高铁高架终于赶上甚至超过了世界步伐。当我们终于享受到现在文明的成果，却发现曾几何时，我们的蓝天白云不见了，我们的绿水青山成了记忆中的美景。拥有时我们没感到珍贵，失去了才知道遗憾的味道。苍苍蒹葭、幽幽南山，小桥流水，牛衣古柳只能去古人诗词中寻找。本不多见的"雾"却铺天而来，"雾"

在唐诗宋词中，那是仙境的描写，飘忽曼妙得让人心醉："乍似含龙剑，还疑映蜃楼。拂林随雨密，度径带烟浮。"江中绿雾起凉波，天上叠巘红嵯峨。什么时候雾和霾结了亲家，飘逸的仙子变成了险恶的巫婆？几年前看着莫奈的名画，调侃伦敦本来没有雾，皆因画家绘画雾。悠忽中雾霾像魔咒一样就附上神州大地，超出标准几百倍的有害物质玷污着我们赖以生存的空气。蓦然回首，三十年来我们是在奋斗还是作孽？我们享受文明之时，也接受着大自然无情的惩罚。当一口清新的空气都没有了，我们还剩下什么？我们拿什么爱我们挚爱的孩子？

人的欲望却永无止境，我们仍在疯狂地索取，看看今天的雾霾想想祖宗的遗训，凡事有度，过犹则不及。"欲速则不达，见小利则大事不成。"忘记凡事适度的原则就会急功近利，不计长远。天行为常，不为桀亡，不为尧存。面对一天天恶化的环境，我们每个人都应当反思，不是抱怨，保护环境从我做起，绝不能仅仅停留在口号之上！

为自己喝彩

　　一大早，习惯打开手机，查看信息，竟有那么多朋友祝贺我生日快乐，一条条祝福温馨甜蜜，一个个生日礼物新颖别致，喔！原来自己的生日快到了，心里顿时涌起一股暖流，我也是有生日的？也可以过生日？还有朋友祝贺，真的很激动。一直以为过生日都是别人的事。

　　记得从小生活在农村，家庭生活相对清苦，用母亲的话说，穷人的孩子不过生日，当小狗一样拉扯着，好养活。那时我以为过生日只是老年人的专利，当自己能挣钱了，不论再忙，一定记着回家给姥姥过生日。姥姥的生日恰是秋季农忙季节，那个年月辛勤的农耕者，是没有假期的，我刚参加工作不久，姥姥生日那天，当我提着蛋糕奔波几十里回到姥姥家，舅家全家都去秋收了，农时不等人的，只有我一人陪八十岁的姥姥吃蛋糕，煮面条。我内心充满了酸楚。然而姥姥却异常的兴奋，她高兴的是外孙女路远迢迢回家和她一起过生日，记得姥姥像孩子似的把生日皇冠戴在头上，笑得那么开心，她还把那红得像火一样的夹袄穿上，让我看，知道那是寿衣，家乡习俗生日穿一穿寿衣，能够消灾延年的，我内心隐隐作痛，明白姥姥有一天会离开我。也是那时明白姥姥的每个生日是那么的宝贵！

　　我老公像麦子说，奋斗十八年才能和你一起喝咖啡的那群所谓的凤凰男一样，一路拼搏带着满身的土腥味，来到城里的第一代人，内心清楚得很，没有背景，没有依靠，像浮萍一样，只有靠自身努力获取生存的机会，勤勤恳恳地工作，踏踏实实地生活，克勤克俭过着拘谨的日子，认真精打细算，尽着一个家庭主妇的义务，努力做好女儿、好媳妇、好妻子，演好每位角色。

记得怀孕妊娠反应时，看着同事娇气地被当作国母一样伺候着，还常常天真地自得：自己皮实。老公也说媳妇好养活。一次和老公的奶奶一起逛街，大概也是这个季节，看见一位农夫守着一筐新鲜的黄杏在卖，还带着翠绿欲滴的叶子呢，一个个杏子金黄金黄嫩得可爱，是它的新鲜吸引了我吗，还是孕妇本身嘴馋？好奇走过去问价格，当我刚要触摸那可爱的杏子时，听到那昂贵的价格，忐忑中缩回伸出的手指，那不是我能接受的。身边的奶奶心疼地说："孩子！不贵的，买吧！"加上小贩子的热情推荐，终于挑选了四个小杏子，捧在手里，像孩子得到心爱的玩具一样，难得的一次对自己的奢侈。

每天拼搏于职场，游走于市井，奔波于家庭，事业未来，老人孩子。人至中年，像上紧了发条的时钟，一刻不敢怠慢规规矩矩在嘀嘀嗒嗒声中或许是哀怨，或许自得中暴走着；像是上了套的老马，拽紧了缰绳，任凭千斤的负重压向身躯，只要大车不到，也要拉着前行；为了心中的大厦，不停抱砖，再抱砖，心中只有一条信念记得最清楚，责任、责任！责任是必需的付出。所有的亲人都是要关怀的，唯独疏忽也许只有自己。哪里会顾得上自己的生日，往往等想起来时，早已过去了。

没办法，孩子、老人、房子，都是我们必须扛的责任。当一路走来，一切不再是问题时，一首《时间去哪儿了》，唱得我们荡气回肠，唱得泪流满面。是的，时间都去哪儿了，怎么转眼就老了，还没有好好享受年轻，白发已经攀上了双鬓，蓦然回首青春已经不再，似水流年带去了多少美妙的岁月，时间煮雨，不再年少。

还好我还不是太老，在这美丽的初夏，再次迎来流年的生日，像姥姥说的这个季节生人，冷暖适宜，麦子就快接下来了，或许会辛苦劳累一些，但一生不会挨饿、受冻。一切生命正是蓬勃之时，谢谢母亲把我带到这个美丽多彩的世界；谢谢父亲，多年的抚养，使我成人。悄悄地给母亲打过电话，道声安康，真想陪母亲一起过生日，但我清楚地知道，不可以的，因为父亲的固执，家人没有人敢在家过生日的。

感谢朋友真诚的提醒和祝福，今早一打开手机满空间的礼物祝福像潮水一般涌来，全是甜甜的，美美地赛过琼浆，有人说网络是虚无的，我却更多感到网络朋友的真诚，纯真的友谊，没有世俗的杂质，只有朋友热情的鼓励和指点。一天都沉浸在幸福中，常常扪心自问，我何能何德可以得到这么多朋友的关注和祝福？

今夜清风习习，花香缠绵；今夜星光灿烂，欢声笑语；今夜歌舞升平，岁月静好。我欣喜地相信，即使错过了最美的年华，掬一捧旖旎的心事，内心的幸福无与伦比，任花开花谢，充满爱的内心依旧灿烂。像一位朋友的祝福中的调侃：人生得意须尽欢，莫使金樽空对月。我同样调侃式回复他：章台折柳后庭花，紫陌红尘拂面来。举杯对流水，千里邀知音，朋友同乐！斟满酒，燃亮烛，举杯为自己喝彩，祝自己快乐，醉一次又何妨？

又遇七夕

又到七夕，雨后的傍晚，清新舒然，一场大雨暂时带走炎热，换来短暂的清凉，满眼的绿色翠得欲滴，饮饱了甘露的花朵，水汪汪的可伶可俐，身上还挂着晶凝的玉珠，剔透滚圆，不忍触碰，有调皮的孩子轻轻一晃，满盘的珍珠滚落，瞬间落地就和你躲起迷藏不见了，却不小心湿了你薄薄的衣裳。怎么不喜欢这个多雨的季节呢？

夏季是彰显美丽的季节，满街的美女，亭亭玉立，婀娜多姿，或长裙飘逸，或干净洒脱的短衫短裤，露出白白嫩嫩的肌肤，把青春的活力鼓鼓胀胀不遗余力地向外凸显着，也难怪那些英俊挺拔的帅哥顾不得炎热，把美女揽在怀中，秀色难拒呀。一对一对的情侣把此时黄昏的街道装扮得浪漫风情。

街边商铺用尽各种能用的手段招揽着生意，满满的玫瑰，一筐筐，一篮篮，一束束，红的欲醉，蓝的梦幻，黄的高贵，紫的艳丽，鲜鲜嫩嫩，羞羞答答含苞欲放，欲语还休，层层细腻的花瓣把跳动狂放的内心，轻轻包裹，细长绿绿的脖颈上长着几片绿叶那是点缀、是烘托，几根稀疏的小刺提示美人难求，稍有点个性的，其实那也仅仅是妆点了，全身的温柔已经盖过所有棱角，再说真正有胆量的勇士，绝对不会在乎这小小的针刺，更加增添了摘取的情趣和快意！这可人的玫瑰新娘，总能帮人把甜蜜的爱情传递！已经够美了，精明的商家，又给他们穿上精美的外衣，一幅幅华丽的包装，由土妞瞬间变贵妇，摇曳妩媚地等着她的客人。

娇羞的姑娘，扯着恋人的衣襟，或躲在情人臂弯下，千娇百媚，风情万种，甜透了，醉迷了，布满红晕的脸颊荡漾着幸福甜蜜，看情人精心地挑选着美丽的玫瑰，最终抱着满满一怀温馨与浪漫，徜徉在街头！七夕这醉人浪漫的节日，天上的织女和牛郎看着人间这温馨的时刻，该做何种感想？感叹换了人间？或许已经醉在了祥云之中，曼舞清风，遗忘今夕是何年！

看着一大束、一大包的玫瑰，经不住内心的激动和好奇，真想问问她们价格，没敢开口，知道那会煞风景的，在这浪漫的季节，一抛千金博得美人笑，哪会顾上价格呀？没听那舒缓的曲子正在卖力地播放：你是我的小苹果，怎么爱你都不过。我知道我OUT了，或许心灵即使依然萌动，但已经学会了收敛，人生的阅历告诉我，生活不单单是浪漫。

记得最早听姥姥讲牛郎和织女的故事，很久以前安静的村庄，忙碌了一天的人们，晚饭后，三三两两坐在凉席，或小竹凳上，聊天拉家常，手中一把蒲葵扇子，摇呀摇，驱走蚊蝇，带来清凉，摇走好时光，皱纹爬满姥姥的脸庞，也使我告别了童年。看着满天的星斗，姥姥告诉我那是银河，银河的边上那颗最亮的星星是织女，她身边不远处还有她牛郎哥哥，扔来的牛甲；对岸就是牛郎，最亮在中间，两边两颗小星，是他的儿女，不远处一个菱形的星座，那是织女扔过来的织布梭。姥姥说她们一年才能见一次面，还要喜鹊去搭桥。

望着天空痴痴地想，怨恨那狠心的王母娘。众人口中的浪漫的故事夹杂了太多的生活，她们会说牛郎一年中，一餐用一个碗，要等到七夕织女给她清洗，尽一个妻子的义务，织女是个灵巧的姑娘！七夕时的雨特别的多，一天不停地下，还都不大，姥姥说那是织女的泪水！姥姥提示我们七夕要做做针线，将来会手巧的，只有手巧才会成为可爱的新娘。那儿歌还记得几句：天皇皇地皇皇，俺请七姐姐下天堂。不图你的针，不图你的线，光学你的七十二样好手段。

在姥姥蒲葵扇子的摇晃中，长大的我，有了自己折扇，也有了自己的秘密。父亲用娟秀的字体，给我题上温庭筠的词句：梦中鸳鸯。才知道温君是位多情郎，香艳诗章美名扬！悄悄地去翻读那风情万种的唐诗，品味宋词里那风骚迷人经典语句。

那个年月爱情是压抑的，一切只在悄悄地生长，中学了男女生同桌，却不讲话，一条三八线清晰地规定着势力范围不可以越界的。平静的外表下，青春在勃发，骨头在噼噼啪啪地生长，心也长成许多奇异的棱角，轻轻触碰就会疼痛。和最好的朋友也是校内最美的女孩瑞瑞同床，常在夜深人静的宿舍内悄悄地看琼瑶的言情小说，为作者笔下那不食人间烟火的唯美爱情故事沉醉。也曾悄悄地谈论憧憬萌动的爱情，爱情那么迷人，记得瑞瑞看着黑黑的窗外，曾经梦幻般说：

"今年我十七岁，十年后，二十七岁，应该结婚了吧？谁会娶我？谁是我的情人？"

"嘘！"羞红了脸颊赶紧打住，捂紧了嘴巴。少女的内心是脆弱的，就像梁淑珍少女时代写下的"初合双鬟学画眉，未知心事属他谁。待将满抱中秋月，分付萧郎万首诗"。内心把美好填得满满的，羞于外漏！

毕业的前夕她收到男孩的一封情书，我们俩悄悄地在灯下打开那个折叠得像只鸽子一样美丽的信纸，读着温婉的语言，我很兴奋、很好奇。瑞瑞一定更激动和慌乱，看见她拿信的手一直在颤抖。我们商量该怎么处置这封热情洋溢的情书，最后还是小心地写了一封回信，委婉地拒绝！

当我们告别母校走向新的征程，那年暑假我们一起去海边游玩，瑞瑞说找一个帮忙拍照的同往，竟然是我的同桌。我就纳闷了，在我眼皮底下，一句话不说的一对男女怎么就好上了，戒备那么森严的校园，老虎怎么就走入了他们的内心。那位男孩热情地给我们拍照，美丽的海边、沙滩，留下了我们的笑声和倩影，也留下了我的遗憾，他们俩总是把我撇下，系鞋带的工夫就常常跑得很远很远了，总是追不上他们。流着委屈的泪水明白：原来再铁的友情在爱情面前也会不堪一击。

后来我们各奔东西，十年后再相遇，我们都已经结婚生子，但是，瑞瑞的丈夫不是那位男生，倒是我们仍是好朋友，看来友情有时要比爱情长久得多。

看着现在的年轻人轰轰烈烈地恋爱，浪漫大胆地追求心中的爱情，感叹爱情的时代来了，但上午结婚下午离婚的感情儿戏，宁愿坐在宝马车内哭的爱情选择，也同样挑战着我们的承受力，或许爱情是浪漫的，生活是踏实的，只有摆正了爱情航线，才能让爱的小舟徜徉在江阔云低的水面，欣赏雁叫西风的美丽。

病房记事

不明之病

被疼痛折磨了近一个月的母亲，最终来到临沂市人民医院，由于中心院区病房太过紧张，转到河东医疗区住院治疗，东医疗区的病房一样紧张，临时在观察室等待了一上午，下午三点终于等到一位出院的病号，腾出一张病床，母亲住到第三病室。

河东医疗区前身是原胸科医院，最近几年才被市医院兼并，二楼门诊三楼四楼普外病房，病房空间狭小从南到北依次三张病床，母亲在最南面，靠近窗子。中间床上躺着的是一位中年男子，最北面的是八十多岁的老人。三张病床，加之每张病床配一只床头柜子，一张简易折叠椅子，供家属陪床夜间休息用的，室内已经满满的，有时要想从外面进来不得不侧着身子。室内人员少了隐私，但方便了交流，这不，刚来大家就熟悉了，中间床上的男子性格不温不火看起来很和善。

几位病人看起来气色都还不错，每天除了打点点滴，大多时候大家一起拉呱打发时间。拉呱中知道，中间床上的男子姓张来自莒南是位小学教师。张老师个子不是太高，说话不紧不慢脸上始终带着笑容。他告诉我，"我来了已经八天了，我和婶子（我母亲）病情不一样，她是疼痛，找不到原因；我是没有任何不适，查体发现了问题，一直等着医院的检查结果，和医生的决定。"他说原来身体一直很好，在本乡镇小学代课，没有任何不适，前些日子还参加学校的运动会，跑八百米很轻松。单位组织职工查体，做胸透时发觉右侧肺部出现一小块阴影，建议复查。拿到结果张老师内心忐忑起来，不敢声张，打电话给远在县城帮儿子带孩子的妻子，悄悄向学校领导请假。担心惊动了家中老人。父母亲、岳父母都已八十多岁高龄，怕他们知道着急上火。旁边的妻子（暂称她张嫂）接话说，这都来八天了，家里父母该担心了，原来他一天一趟看望父母，这么多天父母能不猜测？

　　我问那其他兄弟姐妹，他们可以去照顾一下。张老师说，我兄妹五人，哥哥定居在青岛很少回来，弟弟在广东打工，大姐身体一直不好指望不上，妹妹现在在长沙帮儿子家带孩子，只有我工作离家近，照顾父母方便。上面还有四个老人，一直小心谨慎，一定尽心尽力，不能让老人受委屈，没想到我自己身体先出了问题。

　　张嫂说："也与我有关系，我给儿子家带孙子四年，这四年他一人在家，饥一顿饱一顿，日积月累把身体障着了，这不，照顾孙子，忽略了老伴。"张嫂一脸的无奈，"儿子在北京工作，儿媳在县城，夫妻两地分居，我不替他们带孩子怎么办？现在的班不像过去，我们那时候国营单位，孩子入托，上学接送，都是单位全包。现在私企管理得紧，上班根本顾不了孩子，听说他的事，赶紧让亲家去帮一段时间。"

张老师的邻居家媳妇，他喊二婶子在临沂做保姆，雇主与市医院普外科主任高大夫是朋友，因这层关系张老师在医院找到了高主任，高主任对张老师的病情很重视，但结果没有最终出来，谁也不敢做决定。为了尽快查清病情，张老师先后做了 B 超、CT 和强化 CT、穿刺等医学检查。尽管张老师谈话看起很轻松，但内心的压力不少。病房内有台电视机，音画效果都不好，也就模糊地收几个台，他妻子总是帮他打开，让他看电视，或者和别人聊大，就怕他胡思乱想，加大病情。

第九天的早上查房，高主任告诉张老师检查结果出来了，肺部大约有个黄豆粒大小的瘤子，初步诊断为"淋巴瘤"具体是良性还是恶性，需要手术后，做病理培植后才能决定。高主任建议迅速做手术，他举例子，就像苹果上出现了一个小小的水眼，我们早起把它切除，而且挖大一点，苹果还是好苹果，不要等到烂得太多了，那时再处理就晚了。为了保险起见，高主任并承诺聘请省立医院的专家过来主刀。张老师听了高主任的话也同意马上手术，手术日期定在后天下午两点。但血液科的龚大夫认为：张老师病情没有确定，他现在身体各方面都很好，不建议手术，毕竟开胸是个大手术，对人身体损伤是巨大的，最好保守治疗，用药物调整一段时间，看看发展情况再做决定。一家医院两种说法，似乎都有道理，张老师犯难了，不知道如何选择。下午儿子从北京匆匆赶来，儿子长得高出张老师一头还多，很英俊干练的小伙子。张老师告诉我，他们就这么一个儿子，响应国家号召最早的独生子女。儿子风尘仆仆，从北京归来开车七小时，顾不得休息，一家人忙着交流情况。儿子说一位在胶州医院的亲戚建议马上手术，观点是，现在只要说查出有问题，一般都不会好，坏病的发病率特别高，他忌讳"肺癌"二字，用"坏病"代替。但他在天津的朋友托天津肿瘤医院的大夫看了通过微信发过去的图片，不建议做手术，同时说没见原片，不好判断。加上前面医院的高主任和龚大夫，现在做与不做二比二，一家人面临艰难的选择。匆匆在医院食堂吃过晚饭，儿子告诉父亲，他拿片子到市里找人看看，说完就忙着出门，张老师不放心追了出去，回头给妻子说："你嘱咐他一句，让他开车小心。"张嫂悄悄告诉我，儿子不开车，他今晚坐九点的火车，继续北上天津，回来就是拿片子的，怕父亲担心，只说到市里找人看看。

一夜不知道张老师经过怎样的思考，第二天一早高主任来查房时，他欣然同意手术，时间仍是明天下午。我问他儿子不是还没回来吗？张老师说：想过了，如果不做，药物治疗应该时间很长，还不一定有效果，换别处做比如省级医院，可能还要重新做一番检查，这都坚持九天，孩子还有工作，家中还有老人拖不起，早做早利索，再说这里是市医院技术应该能信得过。

十点左右张老师学校的校长和教导主任来医院看他，告诉他，家里老人，学校里学生都很好，学校马上就要考试了，课程已经结束，也不用考虑找人替班的问题，这让张老师感到非常的欣慰，那位做保姆的邻居也从市里赶来看望他，张老师一再感谢她操心找人帮忙，也一再说，高主任很尽力，全面考虑都是为我好。正在大家交谈鼓励张老师之时，张老师的儿子背着背包，打着手机匆匆赶来，进门第一句话："手术叫停了！"大家都很愕然，孩子解释说，他连夜拿片子给天津的专家看了，他们不建议马上手术，到大医院重新复查一次再说，我不能轻易让我爸挨一刀，毕竟手术不是小事。大家的眼光都盯着张老师，看张老师的反应。张老师思忖半天，"我听孩子的。"

办完出院手续，张老师感觉对高主任非常过意不去，坚持给每位医生护士拱手致谢，向同病房的病友依依告别。张老师走了，儿子决定带他去北京，听说 301 医院的医术国内一流，也听说北京的医生需要提前一个月预约，善良的张老师此去如何？不得而知。第三病房这个小小的人生驿站，我们在此相遇，此刻只有默默地祝福！

竹园老人

人生是一次漫长的旅途，病房是社会的缩影，人生的缓冲站。身体出现警报之时，在这里做短暂休整调养、维修，再度出征，当一些器官彻底老化之时，医生再无回天之力，也许只能就此终结，有时也是人生的终点。

最北面床上的老人，今年八十一岁，身体微驼，多种疾病在身，但精神很好，老人头脑非常清晰。我和母亲搬过去那天，恰巧他老伴陪床，和我们聊得很多。

老人有三儿两女，都在农村种地为生，孩子比较孝顺。

老人这是今年第三次住院了，前列腺、肺部、心脏都不太好，几次下来费用花销三四万元,虽说农村合作医疗能报销一部分，但需要个人承担的对他们来说还是不小的负担。老伴说："钱都是孩子们凑的，他们的日子也不宽裕，盼着赶紧好了吧！"

下午医生通知明天做核磁共振，需要去市里医院做，一次检查费用 1300 元。第二天，女儿和儿子来好多人，第一次见他儿子，从他们肤色就看出应该长时间从事露天作业的人，古铜色的脸上布满光亮，胳膊黝黑，说话声音很大，也看出是个爽快人。女儿个头不太高，黑瘦但看起来很干练。老父亲似乎有点过意不去，对孩子们说："都是因为我呀，让你们都受罪。"儿子大声说："给自己的孩子，你客气什么？养儿不就防老吗？这就用上了。"一句话，说得满屋人都喜，给紧张气氛带来一些宽松。一家人在医院门口雇了一辆面包车带老父亲去做检查。一大早走的，直到下午擦黑才回来，整整折腾了一天，他女儿说市医院检查的人特别多，需要排队挨号，挨了一整天，其实检查很快。

检查结果很快出来，准备手术，我听见他女儿在给在哥哥弟弟打电话通知凑钱。女儿放下电话悄悄对我说："这已经是第八次凑钱了。这次一家三千。"也是一脸的无奈。

第二天我父亲来看母亲，年龄相当的老人，之间没有隔阂，两位老人聊得很愉快，惊喜的是这位老人竟然是父亲五十年前工作过的那个村庄——费县竹园村。父亲异常的高兴，一直很严重的健忘症，此时记忆力惊人的好用，他记起竹园逢集市，谈起村庄的过去的熟人大多不在了，不禁感慨万千。父亲叫出他当年三个学生的名字。老人告诉父亲，有一个现在是村里的支书，干多年了很好；一个自己办企业，开板材厂，已经成了远近闻名的企业家了；父亲感到非常欣慰，但另外一个不好，今年六十多了，迷上赌博，媳妇也走了。父亲听了很激动："这不行，当年很听话的孩子，怎么会染上赌博恶习？你回去告诉他，必须改。"老人很爽快："好，我回去给他说，你老师让改，不许赌博。"老人的全家邀请我父亲有时去竹园村走走看看，五十年了那里已经发生天翻地覆的变化了。

惊喜之余，我也为老人的子女感到担心和敬重，竹园村到河东区疗区，一百多里路，坐公交需要换乘多次，一个单趟大约两三个小时，这么炎热的天气，他们为了父亲的健康，往来穿梭着。

竹园一直是父亲心结，那是他参加工作的第一站，在那里工作七年，那个小小的村庄，有他青春的记忆和付出，多年来也是他挂在嘴边的话题。竹园村对于我们姐妹兄弟，那是陌生而又熟悉的地方。一天后，母亲出院，老人还在等待手术，真诚祝福善良的老人早日恢复健康，一家人早日走出困境。

感悟篇

昨夜西风凋碧树

恋上高跟鞋

住新居，搬家时，一大摞的鞋子，成了纠结，带着太多，而且已经没有太多的利用价值，扔掉，似乎每一双都有自己的感情在里面，敝帚自珍难以割舍。

翻翻这些踏遍岁月的、遍染红尘的旧物，依然完好。众多鞋子里，高跟鞋是最爱，一双双带有天然的灵性，尽管已经退出江湖，静卧在鞋盒里，但仍像沉睡的舞女，那份骄傲，那份自信，依旧傲然挺立。说不上什么时间爱上了高跟鞋。大概中学吧，那是邻家姐姐长得窈窕秀气，总喜欢穿那种小高跟布鞋，大概就是现在的不少舞蹈演员常穿的舞蹈便装那种，感觉那么秀气、妩媚，比妈妈做的平地布鞋漂亮多了，心生羡慕，内心悄悄埋下了喜欢的种子。

清楚地记得自己的第一双高跟鞋，那是一双透明水晶一般紫色的凉鞋，捧在手心灵巧可爱，后跟大约也就五分高吧，晶亮剔透，给人的感觉就是精致，我所穿的号码恰好适中，用商家的话说，最佳号码，不大不小，饱满灵巧。在商店众多鞋子中脱颖而出，似乎早就是心怡的朋友。初次穿高跟鞋有种身体向上拔的感觉，自然地要收腹挺胸，尽管有点不适应，但内心的喜悦，从脚跟溢满心头，哪里还顾得上母亲的唠叨与埋怨。

从此与高跟鞋结缘。高跟鞋也不是那么单一，有细跟、粗跟、坡跟，有起初的三四分高，逐步过渡，最高穿过十分高。穿高跟鞋受到的阻力最大来自母亲，母亲总是叨叨：高跟鞋不舒适，太累，容易摔跤。穿高跟鞋的确很累，穿一天下来，晚上脚前掌会隐隐作痛，但爱美的心理战胜一切，穿上高跟鞋后，那种自信感，油然而生。记得曾经读过一篇文章，大概是说高跟鞋是女人的自恋，女人天天吆喝着解放女权，刚刚放下象征劳役的裹脚布，又戴上高跟鞋的枷锁，纯粹就是一种自虐，一种不自信的表现。读过释然一笑，"夏虫不可语与冰"你不是女人，你怎么了解女人对高跟鞋的情结？

其实这样说男士，似乎也不太公平，曾经在一家论坛，见一男士发帖"喜欢亲吻女人的高跟鞋"当即一种厌恶感喷发而出，迅速没加思索地打上"犯贱！"两字发过去。对方似乎受了莫大的委屈，一幅流泪的符号配有：美女为何要骂人呢？这才发觉自己真的唐突了，马上道歉，后来一起交流，知道对方是位高跟鞋痴迷者，他喜欢高跟鞋的收藏，在他眼里高跟鞋是艺术、是圣神，更是性感的化身。但真的不理解这到底算不算一种变态的恋物狂，还是一种高雅的爱好？

高跟鞋最早产生于欧洲，有传说是为了方便人们骑马时双脚能够扣紧马镫。直到16世纪末高跟鞋才成为贵族的时尚玩物。据说身材矮小的路易十四为了令自己看来更高大、更威武、更具自信和更具权威，于是就让鞋匠为他的鞋装上4英寸高的鞋跟，并把跟部漆成红色以示其尊贵身份。十七世纪后高跟鞋开始成为男女时装的一个重要元素。随着设计和工艺的进步高跟鞋的种类渐渐繁多起来，如细跟、粗跟、楔形跟、钉形跟、槌形跟、刀形跟等。高跟鞋除了增加高度，更重要的因素是可以增进诱惑力。高跟鞋使女人步幅减小，因为重心后移，腿部就相应挺直，并造成臀部收缩、胸部前挺，使女人的站姿、走姿都富有风韵，袅娜与韵致应运而生。高跟鞋也就受到空前的欢迎。

我穿高跟鞋，更多是找回自信，感觉穿上高跟鞋，就有一种内在的力量，很精神、提劲。二十世纪八十年代流行起旅游鞋，满大街的男女老少，都穿起了运动鞋，舒适休闲，更适合运动，当我也和闺蜜一起选择了一双，尴尬来了，人家说穿上高跟鞋不会走路了，我的感觉是脱掉高跟鞋不会走路了，一步一后挫，感觉脚下一个大坑，走起路来噗噗腾腾，天啊！知道这绝对不是我的菜，还是爱我的高跟。一双做工灵巧精致的高跟鞋，那种顺滑、高贵、雅致，从内心里喜欢。高跟鞋和丝袜的结合，使得美丽经历了本质的转换，穿高跟鞋对女人的重要性绝不亚于在脸上抹脂粉，以前需要从头做起的事从脚做起，意义是极其重大的。天天在高跟鞋的铿锵声中，伴着满头的长发飘飘，度过我的青春岁月，延续自己内心的那份美丽。

对高跟鞋迷恋到无法自拔，总感觉鞋柜里缺少一双，看到美丽的鞋子爱不释手，甚至不单单为了穿着，有时就是欣赏。记得那年和朋友一起爬泰山，朋友笑侃：总不能穿着高跟鞋爬山吧？的确没有穿着高跟鞋爬山，但我一直穿到山脚下，才从包里拿出准备好的旅游鞋，一千多米的高峰攀登，已经够辛苦的了，我一直背着那双心怡高跟鞋，为的是一到山下马上换上。

记忆中除了怀孕期间，暂时别离高跟鞋，其他时间一直有高跟鞋相伴。

高跟鞋相伴走过春秋，度过寒暑，越过沧桑，由青春走向成熟，迈过彷徨，也踏出辉煌，走出亮丽，也有过落魄，但那份信心不变，款步于红尘陌上，秀出一份别样人生。岁月流逝，转瞬已步入不惑之年，养生专家提示，这个年龄已经不适合穿高跟鞋了，但对高跟鞋的情有独钟想说不爱，真的不容易！

裙子情结

一场秋雨过后，天气骤然转凉，周日穿着裙装忽有瑟瑟之感，感叹时光无情，匆匆仲夏日走远，秋凉绵绵而来，繁华谢了千红，叶瘦枝枯，容不得叹息，伴着知更鸟的叫声，悄悄收起飘逸的夏装，厚实暖和的秋裳整装待发，将伴我度过薄凉的季节。

周末整理着衣柜，一件件裙装清洗，折叠入仓，忽然发现整个夏装中，裙装占了主场，长裙、短裙、花裙、套裙，有的买来一直深居闺中，甚至还没来得及上场，只好匆匆收起。难怪朋友笑我裙子痴爱狂。

其实裙子在记忆里，已经很久。小时候在农村，生活相对拮据，农村人劳作，长裤方便利索，哪里会选择裙装，裙子只有在图画中见到。外出当兵后提干的堂哥，从武汉带着他的女友回家，成为全村爆炸性新闻，邻居男女老少争着去一睹大城市姑娘的风采。那位大城市姑娘的鬈发、短裙也就成了人们茶余饭后的热门话题。那时的我大概年龄太小，对嫂子的裙装记忆很模糊，只是吃着哥哥带回的糖果，高兴地跑来跑去，感到无限的自豪。

真正对裙子的记忆是从上小学的那年，邻居王奶奶远嫁哈尔滨的姑娘带着她的女儿一起回乡省亲，那个女孩和我年龄一般大，清楚记得她穿一件白色连衣裙，裙摆上一束国画上才有的红梅，裙摆是百褶的，女孩一走路，那幅红梅就若隐若现，女孩跑动、旋转起来裙摆飘成荷叶一样，打着旋儿。那么漂亮，懵懂中记起背过的古诗：荷叶罗裙一色裁，芙蓉向脸两边开。原来裙装可以如此绝妙，心想白雪公主的大概就是这样美丽吧？那个夏天时常和那位小公主一起玩耍，在艳羡中度过。从此裙装成为我心中的秘密向往，也仅仅是向往，内心清楚那是海市蜃楼，那是空中楼阁。放学后就忙着割草拾柴，满身泥巴，一身青草味的丑小鸭，怎敢有公主的梦想？

　　小学毕业那年裙装终于在农村孩子中零星出现，我似乎看到了希望，那个夏季，瘦小的我常常跟在邻居大姐姐后面，忙碌在田间地头，拼命地割草、采槐叶，妈妈许愿卖来的钱归我，顾不得锋利的槐刺扎伤过手臂，镰刀划过多少次手指，夏日毒辣辣的太阳晒得黝黑像泥鳅一样丑陋。一斤晒干的槐叶只有七分钱，干透的半边莲子一斤一角钱。暑假来临的时候，背着一个漫过头顶的大袋子蹒跚地去收购点，那是一春一夏的辛苦，去换取心中的希望，两元钱的收获，欣喜若狂，那么多的同伴欢笑着去买稍瓜、买甜桃吃。我和堂姐忙着去供销社扯下一块像天空一样蔚蓝的哔叽布，至今还记得清楚，蓝中略微有点绿头，宝石一样的漂亮，和年画上那位给外宾献花女孩的裙子一样的颜色。把手中攥得湿漉漉的两元纸币交到售货员手中，欢快地接过蓝布像鸟儿一样穿过茂密的田野，绕过池塘，没进家门就呼喊着："妈妈，我有蓝布了，可以做裙子了。"我能想象蓝色的裙摆下面镶两道白色的丝绦是多么漂亮（那年的流行色）。

妈妈拿着蓝布看了一眼，淡淡说："做裤子吧！裤子实用，压两条白色裤线一样漂亮。"幼小的心灵感受到现实的残酷，委屈、失望像潮水一般漫卷而来，任凭大滴大滴泪水把那块布打湿。邻居大娘、婶子都帮着妈妈劝我：穿裙子能割草吗？穿裙子能拾柴吗？听不进去，感觉她们那么残忍，在打碎我心中的美梦，由啜泣变成号啕大哭。父亲紧锁着眉头把我拉到怀中，摸着两条干黄的小辫子说"孩子，我们家的猪死了，今年日子要紧着过，夏季全家不能买凉鞋了，做裤子吧！没有凉鞋的裙子不好看。"那块蓝布做成的裤子其实还是蛮漂亮的，但那年的毕业照我躲在了同学后面，有裙子有凉鞋的同学坐在了前排老师的两边。从此裙子的梦想就像断了线的风筝一样飞走了，再也不会傻想。

苦涩的童年似流水一般逝去，书海中沉浮，耕读中成长，转眼中学过半，父亲陪我去市里参加竞赛考试，那似乎也是我第一次进城，满眼的新鲜感，胆怯地窥视着陌生的城市，正是裙子飞舞的季节，城市的女孩那么漂亮，美得让人心动。考试结束后，父亲带我去商场闲转，一条黑白相间的方格喇叭裙进入了我们的视线，父亲爽快买下，在服务员热情的帮助下，我终于从试衣镜前第一次见到自己穿裙子的倩影。恍如梦境一般，但没有了想象中的惊喜，更多的是羞涩，那时同学中穿裙子的女孩很少，不好意思穿出去，只有晚上上自习时，悄悄地换上，倩影自赏。

参加工作后，正是"街上流行红裙子"的时代，终于有了自己做主的权利，第一月的工资顾不得月底的捉襟见肘，狠下心买下一套丝绸绿色连衣裙，从此一发不可收，疯狂地爱上裙子，旗袍裙、连衣裙、一步裙、筒裙，也和巧手的同事学着自己动手做裙子，发现裙子也不是那么高不可攀，是所有服装中最简单的衣裳，而且最节省布料。其实裙装一直就是我们民族传统服装。相传在四千多年前，黄帝即定下"上衣下裳"的制度，规定不同地位的人着不同颜色的衣裳。那时的"裳"，就是裙子。夏商周时期，中原华夏族的服饰是上衣下裳、束发右衽。汉代时裙子便流传开来。隋唐时，孟浩然的《春情》更把长裙的风姿摹写得曼妙无比。"坐时衣带萦纤草，行即裙裾扫落梅。"明清时期裙子受蒙古、女真等少数民族影响，添加了更多民族色彩，不单纯地为掩体，更多为礼节需求，甚至等级分明，颜色样式有严格的规定。近代随着西式裙传入我国，成为人们日常穿着的重要服装，逐渐取代了以前传统的裙子。

裙子因其通风散热性能好、穿着方便、行动自如、美观、样式变化多端诸多优点而为人们所广泛接受，不管衣服、裤子如何变化，总不如裙子那样妥帖地体现出女人的飘逸、华贵和性感来。每当夏风徐徐吹起裙摆时，那种袅袅婷婷的美感是无论如何也不会从裤子里体现出来的。裙子似乎成了更多女孩的偏爱，常常羡慕海南的女人，可以一条裙子穿四季，那份飘逸、那份舒缓、那份娴淑总是让人难以割舍，北方的夏季总是太短，飘飘的裙装飘不了几天，就如灿烂的夏花一样收场。

每年一开春，就急不可待穿春裙，好在裙子样式、面料多变，厚的、薄的，皮的、布的，短的、长的，大 A 字、小 A 字……夏季更是裙子称霸的季节，和朋友一起扫街，选来选去最中意的还是裙子。爱裙而痴迷于裙，各色的裙子在装点我精致的生活时，也让我在裙风中过足了小女人的那种自恋式的小资情调的瘾。近几年衣柜里裙子逐渐在增多，能穿上身的却越来越少，随着年龄增长，身体也像发面团一样，向外飞速地膨胀，最早告别了旗袍裙，后来瘦身的连衣裙也只能望裙兴叹了，现在只能穿长裙、套裙。看着一件件变得瘦小的裙装，偶尔翻晒一番，拿出展示一下，内心也会是满满的喜悦。

　　时光在变，体态在变，裙子情结没变，爱裙子，爱生活，爱那飘逸的感觉，爱那典雅的韵味，以裙为伴装点亮丽人生。

孤寂的村庄

农历进入八月，一年一度的中秋节临近，每年到这个节令，我们都会奉父母之命，前往老家看望亲人，今年又加上一份特殊的使命，回村给过世九年的大爷上坟。

顶着秋风，伴着秋老虎的余热，回到久违的故乡，车子刚驶进村庄，就听见冲天礼炮一次次炸响，这是近几年的习俗，上十年坟，家里要放礼炮的。（十年坟九年上，在当地是很隆重的一次祭拜。）从村庄入口，一字排开，一盒盒的方形烟花，一直排到家门口，足有半里路之长，伯哥正逐个点燃药信，咚咚的响声冲破云霄，炸飞的碎末漫天飞舞，巨大的声响震得小小村庄似乎都在晃动，一群麻雀惊慌得四处逃散。响声过后，一切似乎又恢复了平静，车子沿着宽敞的村内主干道行走，竟然没看到一个人影，安静得有点可怕。

大概是今年雨水充沛的缘故，满村庄的树木十分茂盛，高大乔木遮盖了整个村子，似乎在森林中穿梭一样，通往村内一条硬化的道路两旁，叫不上名字的野生绿色植物密密匝匝地生长着，有几道小巷子两旁也都长满野草，显得中间的小路更加窄小，长长的蜿蜒着伸向远方，淹没在路的尽头的一片绿色之中，街面很少能碰到几个人，给人的感觉，植物茂盛甚至是疯长，人迹罕至，有些荒凉和寂静。

离大妈家不远处停下车子，费力打开车门，刚走下车子，被热情的藤蔓挂住了衣服头发，不由苦笑，大概这里人来得太少了，连植物都这么多情地拉扯着。我来得有点早了，客人都还没到，大妈一人在家，正在摘取院子内一棵老梨树的梨子，见我来，高兴地迎出门外，皱褶的脸上布满了红晕，充满着喜悦，忙着张罗着让我吃梨子，踮着不太灵便的脚步屋里屋外忙活着。桌子上满满的一笤筐梨子，显然已经摘下很久了，没人吃，有的开始腐烂，院内那棵梨树已经盖过半个院子，树上挂着满满的，像一个个黄色灯笼，期待着喜欢的人去采摘。

大妈说，这棵梨树已经四十多年了，记得我们小时候，每到秋天看着满树梨子，馋猫一样的孩子总会垂涎欲滴，大妈看得紧，不许任何人采摘。我们常常数着梨子的个数，扳着指头点着日子，期盼中秋早些来临，中秋节到了就可以摘梨子了。每年过节，孩子欢呼雀跃着，呼朋约伴，爬上树梢，把梨子一枚一枚摘下放在笤筐里，等着大妈派梨子，由于我们家族的孩子特别多，总是把梨子切开若干瓣，能够吃上一瓣，已经很幸运了。记忆中的梨子甜甜酸酸的非常好吃。如今吃着感觉酸涩很难下咽，一个梨子最终也没能完成，悄悄地放下。同是一棵树的梨子，怎么就变了呢？那时大妈家孩子很多，如今姐姐都已出嫁，哥哥已经在北京定居多年，大爷去世后，留下孤独的大妈一人守着十间房子的大院子。房子被哥哥前几年回乡重新翻盖了，从内到外都做了全面的装修，大理石地砖把房子铺得锃光瓦亮，引进城里人所有的时尚家居，空调、电话、电视、冷暖水设施，一应俱全。用大妈的话说，"什么都不缺！"我面对这富丽堂皇而又空旷的房间，总感觉少点什么？或许少的是人气吧？院内多半的地方长满了杂草，半米多高，蚊虫飞舞着，一只小狗看见生人不停地吼叫着，给这个荒凉的院子算是带了点生机。尽管如此大妈却固守着，怎么也不愿意离开，哥哥几次来接她，总是说北京的都市生活不习惯。害得哥哥千余里的路途不停地两地奔波。

时间还早，暂别大妈，在久违的村庄内缓行。大妈家后面就是我们的老家，几年前刚翻盖的房子，从未住过，整齐的平房，宽阔的大门，红墙蓝瓦朴素大方，北方特色的四合院，方方正正。遗憾的是由于长期没人居住，四周的野草长得足有一人多高，大门前的草已经挡住了我进家的去路，只得作罢，远远地看看吧！邻院的大娘家，大娘大爷都已经去世，儿子很少回来，院子的野草已经漫过墙头。这就是我曾经魂牵梦萦的地方吗？幼年在这里度过了多少快乐时光，那时满大街跑的都是孩子，每到夏季，巷子都是纳凉的人们，孩子的打闹声，男人女人的笑骂声，牲畜狂吠声，声声不绝，热闹非凡。或许是贫穷的但也充满蓬勃的力量。此时此刻给我的感觉似乎笑声还未远去，四周却已物是人非了。

在村中徘徊，寻找当年的足迹，昔日的胡同小巷，低矮的草房已经被高大的楼房代替，道路全被水泥硬化，小时候曾经在那里捞鱼摸虾的那片池塘，已经淤积成一道浅浅的水沟，池塘边那棵粗大的皂角树是我们幼年玩藏猫猫、守家的地方，如今哪里还有皂角树的影子？听说也被远嫁了，早就被卖到城里。那时池塘两边跑的都是孩子，夜幕降临，成群的孩童，喊着号子："张月亮扛大刀，俺的人及您挑……""曲曲板，啦黑碗，黑碗黑，呈荞麦，荞麦开花一片白……"昔日的场景似乎就在眼前，然而又无处可寻……

终于在几棵柳树下，见到几位乘凉的老人，遇见了一位昔日同学的母亲，老人拉着我的手，异常亲热，干瘪的眼睛里流下几滴浑浊的泪水，她仍记得我和她儿子是同岁，如今儿子已经去了大洋彼岸，每年寄回来更多的是银行卡上的数字，少的却是渐渐远去的亲情。

昔日小伙伴如今是村内的支书，谈起村庄的变化，也感慨万千。村前一块墓碑上记载村庄的发展历程，父亲曾经考察过，大概有三四百年的历史，在最鼎盛时期，也就是我们幼年之时，人口曾经达到千人，如今不到三百人，都是老弱病残。几乎见不到孩子。稍微好一点家庭，孩子都去城里读书，村庄的小学已经停办多年，招不到学生，只剩下空空的校舍，退了色的篮球架子突兀在秋风中微微颤抖！现在这时间还是好的，因为过节，不少在外面工作的孩子回来看望亲人，多少有些人气，平时更加孤寂。家家的房舍都很好，儿女在外挣的钱财，盖了上好的房子，就是留不住人。如今的村庄就像豪华荒凉的城堡！孩子是一个村落的精灵，没有孩子就少了份生机、少了希望！

在村内溜达一圈回来，大妈房前屋后的巷子街道已经停满各种轿车，客人已经悉数到齐，有刚刚从飞机场赶来侄子，远道而来的姐姐全家，风尘仆仆的嫂子带着子孙一大群，远方的亲朋一下聚满了屋子，大妈家一下子热闹起来，一箱箱、一摞摞的礼品，花花绿绿堆满了宽阔的客厅。多年不见的亲朋，大家寒暄着、吵闹着、哭笑着，伴着噼里啪啦的鞭炮十年坟拉开序幕。大家推着祭品，扛着扎好的纸草，燃放着震天礼炮，熙熙攘攘前往我们的祖坟。

祭拜过后午宴开始，宴会设在离村庄十多里的乡镇上，全家的大小汽车一起出动，浩浩荡荡，车队绵延几里。丰盛的宴席上，大家觥筹交错，谈着外面的世界，拉着发财的经历，仕途的坎坷。难得一次家族聚会，说到动情处，不少人热泪盈眶，唏嘘短叹。大家忙着给大妈敬酒，大妈被一片其乐乐融融包围，开心地笑着、笑着，忽然大妈眼角泛红，流下激动的泪水。不知道大妈是喜极而泣，还是别有滋味涌上心头！

天下没有不散的筵席，尽管大家有太多不舍，最终还是一别，借着这次大爷的十年坟，我们家族就算提前过了中秋，团聚了一次，匆匆而来，又匆匆散去。几多无奈，几多伤心，几多感慨，几多回味……我们都清楚知道这是社会的进步，城镇化发展的必然过程，有得有失，当我们获得城市生活的便利，也就少了乡村生活的静谧与悠然。有一天在我们住厌了高楼大厦，混凝土的密林，是否也会怀念起那原始简陋、亲情淳朴的村庄？

我们离开时，天色已经擦黑，大妈送到村口，一轮未全满的月亮升上了半空，此时，我的心中充满惆怅，不为那未满的月亮，只为那渐渐孤寂的村庄……

漫话煎饼

上大学的孩子走了半年，打电话第一句竟然是夸张地大叫：老师我想你了，也想吃煎饼了！这孩子当初努力拼搏，拼命学习可不就是为了走出家乡，离开这吃煎饼的地方吗？几天不吃却又怀念起来。

想想何尝不是如此，我的家乡在鲁南地区，地理上属于沂蒙山区，从祖辈上就吃煎饼，麦子、高粱、玉米、地瓜几乎所有粮食都能做成煎饼，煎饼成为我们当地的主食，既可做干粮，长期保存，也可以随做随吃，方便得很。从小的记忆，几乎天天吃煎饼，一天没煎饼的日子不知怎么过。在二十世纪，家乡的女孩长到十来岁就要在母亲的指导下学习烙煎饼，不然老人会说，不会烙煎饼的妮子找不到婆家的。也是呀，几乎顿顿吃煎饼的一个家庭，主妇不会烙煎饼怎么行？

然而烙煎饼是个技术活，不是一下能学会的，工艺相对复杂，一般头天要把粮食泡好，地瓜干要泡透切碎。然后用石磨磨成糊状。现在好了，已经有了机械磨糊，省事多了。小时候要人工拉磨、推磨，推磨的艰辛至今想起还记忆犹新。那时我在家中最大，刚刚记事起每天早上天不亮就被母亲喊叫起来，睐着睡眼惺忪的双目，迷迷糊糊地套上磨棍，开始磨道乾坤，一圈一圈地转着，有时困得不小心摔倒，推棍会掉到糊子里去，被母亲一顿训斥中醒来。现在想想似乎童年就是在推磨中长大的，不停地推，不停地磨，磨走了童年的快乐时光，磨去了多少青春岁月。所以当我的一位城里长大同学炫耀式地聊起推磨，她自得地说："知道吗？我曾经推过一次磨！"听后真是五味俱全、感慨万千呀！

对煎饼既恨又爱。爱的是一些难以下咽的粮食，做成煎饼要好吃多了，同样是最普通的地瓜干，如果做成糊涂（粥）做成饼子，难吃死了，一旦做成煎饼就变得香甜、可口起来。有句民谣说得好："吃煎饼，一张张，孬好粮食都出香。省工夫，省柴粮，过家之道第一桩。又卷渣腐又抿酱，个个吃得胖又壮。"恨的是煎饼难做。磨好了糊糊，才完成了第一步，下一步要在鏊子上烙，烙煎饼才真正开始了。

烙煎饼要考验烙饼者的技术了，记得小时不认真读书，父亲生气地训斥让跟着母亲学烙煎饼，我一百个不情愿地走在鏊子旁边，看母亲做得得心应手的工具——齿板子，到我手，就不听使唤了。鏊子底下的火，也很重要，火大了煎饼就会烙糊了，或者太烫，随时起来，热得不够，糊糊挂不上。手中齿板把稀疏的糊糊，一来一回均滩涂在鏊子上。要均匀，不然烙出的煎饼，口感不好，甚至不熟，一个技术熟练的高手，摊出来煎饼像纸一样，均匀透明，手感绵软，不干不浓，吃起来香甜可口。所以谁家娶的媳妇能烙一手好煎饼，是很值得炫耀的。母亲也想培养我吧？把糊糊调好，让我去学，可我看着那冒烟的鏊子，真的打怵，勉强坐下，不会烧火的，一会儿被我鼓捣得浓烟四起，呛得咳嗽不止，一把鼻涕一把泪的。小心地把糊糊铲到鏊子上，一道道摊开，哪里是烙饼，像糊墙了，深一道，浅一道，我的作品既像一幅抽象油彩画，又像阴转多云的天空。刚想着烧火，上面糊糊太热了，赶紧刮下，匆忙中一坨滚热的糊糊烫在我手臂上，疼得哇哇大哭，发誓再也不烙煎饼。母亲无奈地叹气：这么笨的姑娘怎么办呀？父亲严厉地说：可以不学煎饼，只要认真读书，走出大山，走出沂蒙就不用烙煎饼，也可以不吃煎饼。

　　小时候不懂，认为天下人都吃煎饼，后来走出去见识多了些，才知道原来吃煎饼的地方很小的，只有鲁南和苏北，以沂蒙山为中心画圈不过是半径为一二百公里的面积，所以煎饼不是山东特产，准确的应该是沂蒙的特产。尽管如此各地煎饼口味，制作方法还是有差异的，临沂当地的一般用带弯把的木匙去烙平，操作起来很快，但是煎饼厚度偏厚，特点是好咬。莒南沂水多用像半个月亮的小板，采取滚的方式，让糊糊在鏊子上摊匀，做出来的煎饼硬一些，有嚼头，所以吃这种煎饼牙要好，看临沂的老太太八十多了都有一口好牙，那都是吃煎饼从小练出来的。当然是说笑了。我感觉最好的煎饼当属宁阳的煎饼，它的做工更讲究，一般选择小米，玉米，高粱作原料，要先把一半的原料煮熟，和另一半泡好的粮食一起磨成糊糊，还要把糊糊简单发酵一下，空去多余的水分，第二天再烙，烙出煎饼薄如纸、绵如纱，拿起一张煎饼对着光看去透明，均匀看不到刮涂的痕迹。而且可以长期保存，不容易变质。

　　说道煎饼的保存，不得不佩服我们祖先的发明，煎饼的历史很长久，有传说是三国时，诸葛亮发明的。诸葛亮早期辅佐刘备，兵少将寡，曾经与曹兵在沂河一战，惨败锅灶尽失，而将士饥饿困乏，又不能造饭，士兵无干粮课吃。诸葛亮就命令士兵把面和成糊状，在铜锣上摊开烙熟，香甜可口，而且易于保存做军粮的最佳选择。解决士兵主食问题，提振士兵之气，后大胜曹兵。沂蒙山人争相学习，流传开来。赤壁大战之时，诸葛亮奉命前去东吴与孙权谈判，东吴设多种美食招待，以彰显东吴的富足，席间诸葛亮让随从拿出沂蒙煎饼，把所有美食名菜包裹在煎饼之中，周瑜见状忙问："孔明先生莫非要席卷天下不可？"诸葛笑答："独留江东"周瑜大笑随拿一张煎饼卷进天下美食，独留蜀菜。双方达成协议联合抗曹，大胜于赤壁。后来临沂人士徐有功做了武则天的谏臣，至赤壁时曾作诗一首：滚滚长江虽天堑，怎挡百万虎狼兵，若非煎饼合吴蜀，天下早已归曹公。后历代文人对煎饼的记载更多，最出名当属蒲松龄的《煎饼赋》，他的记载制作过程和现在基本相符。抗战时期煎饼和山东小米更是充军粮，为支援前线作出了重大贡献，当时的名将冯玉祥、陈毅等都为煎饼留过诗章。

煎饼的最大特点就是便于存放和携带。一张煎饼从鏊子上揭下后，往往放到旁边的盖垫上，然后一张张煎饼摞起来。刚从鏊子上揭下的煎饼很柔软，可以折叠成长方形，放到瓮里存放。晾凉后煎饼变得薄而脆，由于加热过程中除去了大量水分，煎饼可以在常温下保存很长时间，在过去是出门远行的必备食品。一次看电视见介绍南方某地区孩子上学之艰难，幼小的孩子要背着米袋，扛着柴草，走过艰难的山路，到学校去，每天还要支灶煮饭。看着一个个孩子艰难地做饭过程，真的要感谢家乡的煎饼了。记起我们上学时也是困难的，只能从家里带饭，但是我们有煎饼，每周回家带一次即可，炒好咸菜，学校提供开水，记得那时候我们教室的四周墙壁上都挂着一包包、一排排、大小不一的用白色罩布裹好的煎饼，也是一道独特风景。开饭时，同学打开自己的煎饼包，各自品尝着来自母亲的味道。咬嚼着自己的青春，心里揣着一个希望走出大山、走出这吃煎饼的地方，飞向更远的天空。

然而煎饼的情结似乎已经种到我们沂蒙人的血脉里，复制到基因里永存，我没有走出沂蒙但再也不用学烙煎饼了。走出沂蒙的学子，像浙江人忘不了黄酒、湖南人离不开辣椒、东北人离不了酸菜一样，始终忘记不了家乡的煎饼。我的学生回来问最想吃什么，异口同声回答：煎饼。更有一位同事的孩子去欧洲留学，带着沂蒙煎饼在海关被查获，费尽周折千言万语才解释清楚，终于过关。可以想象他在慕尼黑饮着德国啤酒看着他乡明月，嚼着家乡的煎饼一定也是别有一番滋味在心头。

如今沂蒙女孩终于不用特意学烙煎饼了，煎饼也有了机器操作，尽管不如手工的口感好，也是与时俱进了。更多了各种花样，有了酸、甜、咸、辣多种口味，甚至把野菜，香椿等特殊原料也加进去了，更增加了它的风味，已经成为当地做独特的地方特产。煎饼也和当地习俗、民间风情、沂蒙山水一样成为家乡美丽的名片。

腊八说"糊豆"

寒冬里，一到腊八就热腾起来，飘香的腊八粥氤氲了各家温馨的厨房，忙坏了精明的商家，陶醉了多情的文人，空间、微信、博客晒满了让人口水欲滴的图片。大街小巷做粥的食材、用料，甚至是做好的成品，花花绿绿，诱惑至极。更有学者说文解字，谈起粥之养生，腊八的文化前世与今生，一时间大家都如此"周（粥）到"起来。

说到"粥"字，惭愧得很呀，我直到中学才真正算是了解和认识。暗笑原来自己是喝粥长大的。从小出生在偏远的乡村，恰赶上那物质匮乏的年代，粮食短缺，总要想办法填饱肚子，大概最节省的就是水，一锅水放上少许的几个米粒、豆钱，煮开，不够黏糊放点面面勾芡，一大锅粥就做好了，不谈营养价值多少，先把肚皮撑饱了再说。家乡人称之为"糊豆"。一天三顿喝糊豆，一年四季喝糊豆。似乎什么都可以做糊豆，秋季地瓜接下来，地瓜切碎，煮开勾上地瓜干面子，那就是地瓜糊豆。南瓜糊豆、玉米糊豆、大米糊豆。糊豆中放点豆面加点盐，那就成了咸糊豆，放点萝卜条或者蔬菜，就是菜糊豆。

每年的春荒难度，母亲总是想着法子尽量把饭菜做得可口，让全家在清苦中吃饱吃好，常常天不亮就起床，把豆子臼碎，把谷米过水淘净，滤去水分，臼成面子，上锅煮开，掐上几片刚刚吐芽的野生银子菜叶子，撒上一把粗盐，一锅糊豆就做好了，现在还记起那清淡滑爽的味道。

最难喝当属地瓜干糊豆，为了撑肚，有时故意不把瓜干捣碎，一片片在里面煮开再勾上瓜干面子，像黑膏药的颜色看着就倒胃口。最艰难的时候每天都要靠它充饥，我当时最大的愿望是什么时候能够不喝黑糊豆，能喝白糊豆，即大米做的糊豆。每当我抱怨时，父亲总会说："知足吧，我是喝着胡萝卜糊豆长大的，有地瓜糊豆已经不错了。"胡萝卜是高产农作物，很小的一片土地能够收下上千斤，晒干够全家吃半年的，不酸不甜、不辣不咸，胡萝卜当作饭食用，实在难以想象该是怎样的倒胃。难怪八十岁的李大爷直到如今谁提胡萝卜跟谁急。

糊豆的营养低，撑大了人的胃口，关于糊豆的传说也就多了起来，三伯年轻时一次喝八大黑碗糊豆，成了人们茶余饭后的笑话。一次去同学家叫"英子"上学，英子家餐桌上一大盆菜糊豆，英子左一碗，右一碗，先一勺，后一勺，喝起没完，眼看把肚皮撑得鼓鼓的，还是不停地喝，实在忍不住："英子你都喝了十二碗了，你还喝？"英子爹随机瞪我一眼："没有那么多！""我数着的呢！"我小声地嘟哝着和英子走出家门，英子娘又追出来低声对我说："不要出去胡说哈，我家英子没喝那么多，你数错了，碗小呢！"

越是穷的时候，越注重过节，过节的时候绝不喝糊豆，特别是过年，不过初六，谁家也不会喝糊豆，大家忌讳，糊豆和糊涂谐音，担心一年糊涂。王老伯的儿子快三十了，家贫娶

不上媳妇，把内心的苦恼发泄在父母身上，大年初一做了一锅
糊豆，愤愤对二老说"你们再糊涂一年吧！"其实找媳妇的事，
父母比他还急，只是天天喝糊豆的家庭，谁愿意进门呢？

糊豆像煎饼、渣豆腐一样伴我走过那特殊的年代，糊豆
不仅充饥，更可御寒。常记得一个个寒冷的冬天，上完早课，
一溜小跑，喘着白白的雾气，推开家门，母亲已把滚烫的糊豆
端上饭桌，心急是喝不得热糊豆的，两只冻红的小手捧起温热
的粗瓷碗，暖流传遍全身，等到稀里呼啦地痛饮上几碗，头上
微汗冒出，只吃得热气腾腾，把寒冷驱赶得无处躲藏。

喝着糊豆长大的一代，有时常想，难怪本性愚笨，是不
是该喝太多的糊豆有关？天天喝糊豆的家庭是不会在意腊八要
熬粥的。那时母亲每到腊八最关心的是早上是否有白霜，如果
雾霜满地，预示明年将是丰年。直到后来读书读到"粥棚""熬
粥"等字眼，汉语字典解释：粥也称糜，是一种把稻米、小米
或玉米等粮食煮成的稠糊的食物。忽然顿悟原来糊豆不就是最
原始的粥吗？穷人之食也。相传范仲淹未考及第之时，家贫每
天割粥为食。

随着阅历的增加，原来粥的种类那么繁多，腊八粥要用
八种杂粮熬制而成，从养生的角度，粥易于消化，不火不急，
适于温补。红楼梦中王熙凤操管宁国府丧事之时，每天劳顿，
总要喝上一碗上好的补品，就是粳米粥。现代人更是讲究养生，
什么银耳粥、黑米粥、燕窝粥……粥的家族可谓门丁兴旺，一
年去省城出差，早餐喝甜沫，细看不也是粥吗？只是多加一点
蔬菜、肉丝和碎豆腐。临沂人把骨头牛肉加上五谷杂粮熬制成

粥，就成当地名吃"糁"汉语言的魅力，换个名字由糊豆摇身一变，高贵起来。我最讨厌的地瓜干糊豆，因有专家说，地瓜能防癌，如今已经成了抢手的佳肴。

时光变换，喝糊豆的时代已经远去，在这遍地品尝腊八粥之时，我仍会记着我是喝糊豆长大的愚钝之人。

幸福三八节

时光咋就这么快呢，似乎刚过了春节，元宵节情人节双双赶到，转眼间"三八"又到了，难怪感叹时间去哪儿了，真的还没好好感受年轻就要老了，想想都可怕！遥想那年"三八"我在朋友帮助下，为了省下几个小钱，亲自去人家工厂买了一张床垫，记得当时厂长很大度地说：今天"三八"节女顾客来买床垫，一律八折。从此后就有了一张床、一个家。似乎才几天的事，转眼十多年就下去了。日子归于平淡，天天在忙，忙些什么呢？

又逢"三八"了，今年恰好和周末重合，有了多余的时间了，至少可以放松两天，好好过过自己的节日，遗憾的是先生却要加班的，无须抱怨，我知道他是在搬砖，养活我呢，所以不能天天陪伴，自己玩吧！打开空间，哦！那么多朋友发来了祝贺，有鲜花，有音乐，呵呵还有美酒哦！

我轻松看着前天刚刚为"三八"节写的日志，朋友热情地点评，把我捧上了天，其实很清楚自己的水平，但内心的小虚荣，对朋友的鼓励夸奖还是感到由衷的满足，上网不就是图个快乐吗？无须较真！既不会去盲目地去追星，也不会去抢沙发，但只要有时间总会到朋友空间溜达溜达，时不时地偷窥一点，欣喜之时也会留下自己的脚印。和朋友做着回复，忙里偷闲和在线的好友聊上几句，远方的朋友提醒我：这么好的天气，又过节，为什么不出去走走，和朋友一起玩玩？

对呀！我窝家里干什么？赶快约上好友——铁杆闺密，恰巧她先生也加班。呵呵，没人陪我们，自己过节也快乐，一通电话邀请，很快一伙死党凑齐，中午聚餐去。唱歌，幸福就要大声唱出来。疯玩过后，买衣服是女人的最爱，好嘛，商家也配合，大叫"三八"打折了！都打折了，为何不买？再不买有理由吗？丝巾，买了；铅笔裤，买了；刚上市的连衣裙，买了，大包小包，买了一大堆，嘻嘻哈哈这才叫爽！只是可怜我的钱袋呀，又瘦身了。

下午还有时间干吗呢？众人提议去坑我们那位开洗浴中心的朋友，泡热水澡去，我不喜欢集体洗浴，于是我们几人分开泡单间，一个大大的浴室此刻就归我了，自由了，痛快地把自己脱光，躺在大大的浴池让热水漫过身体，不要太热，温暖即可，太热情了会受不了的，让自身尽情地放松，再放松，泡去所有的征尘、疲劳、郁闷、失落甚至是委屈。听着缓缓的水流，看着慢慢升腾逐渐布满的蒸汽，昏昏中恍如隔世，此时无须把酒临风，已经宠辱皆忘，没有喜洋洋者也，却有悠悠然也，什么工资、晋级、房贷……通通去爪哇岛吧，姐姐我今天过节，要的就是放松，关掉水，一切那么安静似乎听到自己的心跳声，难怪说生命来自海洋，被这温热的水包围着似乎又回到了母亲的怀中，像是娇嫩的胎儿一样简单、舒缓、甜美得想睡去……

放松过后，躺在休息室内小憩，手机 QQ 在不停地叫着，提醒我有信息来了，打开一看多日不见一位南国的朋友向我表示节日快乐呢，打过招呼，我问他在忙什么，回答：山上种柳杉呢！"啊！"我的兴致来了，发张图片我看看。哦！朋友有一座小山，正在育苗。我信口开河：有时间看你的山林去。他当即许愿："紫陌你若来，我送你一株红豆杉。""真的？当真？""真的，当真！"我当然知道红豆杉是珍稀树种了，他说他育了好几十棵呢，并发一幅图片来，紫陌的脾性来了大叫："就要这一棵，从此它可就是我的了，好好给我照顾着，定期拍图给我看哦！有什么大的动作必须通知我，必要时我可以付管理费的。"他大笑："管理费就免了，一定帮你照顾好。"

呵呵，这可是今年"三八"节收到最大的礼物了，当即大呼："看，我的树，我有一棵红豆杉了。"朋友被我的举动惊呆了，跑过来看手机图片，大家像模像样地向我祝贺："你家有座山，现在南国又有一棵红豆杉，你可是世界上最富有的人了。"只有我的闺蜜斜眼一笑："你神经病吧？"呵呵，这节过的！

紫陌养花

草木知春不久归，万紫千红斗芳菲。春季鲜花盛开，处处芳香一年最好的季节，也是种花养草的时光。看看邻家的庭院，色彩纷呈，艳丽无比，瞧瞧自家阳台，人说"草盛豆苗稀"总还有草吧？可紫陌的这份天地里草也难见。春天到了再度栽花，年年栽花不见花，姐我栽的是心情，只管耕耘，不问收获。

有人说过人生四大闲情：养花、饮茶、看画、安坐。后三者似乎多少都沾边，我也想学白若梅的洒脱，做一个闲散的人，日子纯净简单，生活无别事。有大把时光，用来虚度，而不去担心流年似水，转瞬白头。周末独坐阳台边，看花开花谢，云卷云舒，品一壶佳茗，读一本闲书，静心上上网，和千里之外的好友谈谈心。岂不快哉？可这花总不能遂人心愿。

记得刚刚搬家过来时，热情的朋友送我几盆鲜花，以表示祝贺，一盆"令箭荷花"能一次开十朵，朵朵鲜艳美丽，堪比牡丹，娇嫩可爱，遗憾的是那年冬季忘记了移入室内，等我想起时可怜的娇花已经变成木乃伊了。那年也是春天朋友送我一盆"荷包牡丹"，叶子葱绿，极像牡丹的枝条叶子，只是牡丹是木本，它是草本。它开的花小但是很别致，像一个个粉色小荷包，晶莹可爱挂在枝头，总是惹人忍不住想伸手抚摸一下，又怕碰坏她那娇嫩的小身躯,疼死个人呀!好多朋友都来观看,拍照,祝贺。紫陌也是得意至极,天天浇水,日日顾盼。我够宠她的了,可是娇花难养了,大概太名贵了,不知什么原因,一天早上我起来看见地上落了一层小荷包,叶子也耷拉下来了,慢慢地枯黄,一片一片地掉落,每落下一片,心疼得紫陌内心一颤,可是我却干着急,救不了她,最终还是死去了,留下一个孤独的花盆,似乎不情愿地诉说着她曾经的灿烂辉煌。

还不服了,我的阳台怎么就养不了花呢?买去,紫陌逛花卉市场,那叫开眼界,哇!姹紫嫣红,千奇百怪,看人家养的咋就那么好?绿得欲滴,红得醉人,怎么看怎么舒心,千挑万选,我选了一盆含苞待放的"璃格海棠"端回家去,一个个的叶子绿中微微带红,透明的,像玻璃做的,那叫晶莹剔透,一个个小花朵不大,塞满枝丫,互相簇拥,累累相依,还有更多小骨朵,等着蓬勃而出,我想象着带回家去,不出一周就会全面开放了,至少我可以多欣赏几天花,有期盼多好呀!日子似乎也鲜亮起来,放在客厅好好看着,看花怎么开怎么谢,更有兴致听花开的声音,用一朵花开的时间去等一个人呢!

紫陌的算盘打得真好,可是买来第三天的早上,起床一看,可怜了我的"璃格海棠"花叶全落,香消玉碎,她辜负了我,没有等到开放就匆匆地凋零了。面对满地花苞,说不出的心情空落落,终于知道什么是五味俱全了,我恨这花失约,我心疼美丽就在我眼前破碎,更重要的是满怀的希望破灭!无奈呀!紫陌失落透顶!

我不能就这么认输,紫陌认真总结经验,发觉这些易死的都是草本,草本的娇嫩呀,我养木本的吧,木本大小是树呀,树总该耐折腾吧？想好了，那年春节买了一盆杜鹃，这次吸取上次经验，不买含苞待放的了，买盛开的！一盆红红火火盛开极艳杜鹃搬回家中，哇！室内三九天顿时就春意盎然了，有朋友来访总是惊呼："是你养的吗？这么漂亮"。含糊心虚地答应着，心想我哪有那本事。总之不错！这盆杜鹃给我大大的面子。

春节过后花谢了，把它端出室外，享受一下阳光，还好，它重新发新芽，抽新枝，一层绿叶也覆盖满盆，一盘生机勃勃之势，细看叶子的间隔处，竟然还长了好多的花苞哦！欣喜，但我高兴得太早了，几天后叶子黄了，花苞落了，叶子落了，只剩枯枝了，枯枝干了，只剩花盆了，还是没有走出最终消亡的怪圈。从此以后好长时间不再买花。

有时候你不种还不行，邻居热情，去年给我送来吊兰，和三七草，说这个最好养，你想让它死都不容易，还真的，别说一年虽说没开花，但绿色不断，满凉台的吊兰有七八盆，还有四五盆三七草，郁郁葱葱，满眼的绿色挺好的，紫陌没有多高的要求，只要你好好活着，就满足了，吊兰还可以，还算秀气，那些三七草怎么看就像是一盆盆茼蒿，看着就想笑。

不买名贵花了，养草吧，一天下班在路边闲走，一位卖花的大姐叫住我："妹妹我只剩下一盆花，天黑了，帮帮忙，带回家去吧。"我先问："好养吗？""好养的，这是薄荷。夏季会给你带去清凉的。"哦！我细看还真是薄荷，原来薄荷有人也可以盆栽了卖的，佩服他们的精明。成人之美，让人早些回家，三元钱拎回家了，随手往那堆吊兰中间一放，想着就给它一杯水，想不着，就旱着，它竟然真的不死，样子丑丑的努力地向上长着，参差不齐的苗子，还好微风吹来，一阵阵薄荷的清凉传来，也算没白养吧！夏天来了，一不留神还开花了，哇！这也叫花呀？在它的棱形荆上，粗糙的叶子底下布满一层像大米一样小小浅紫色的花朵，不细看是看不到的，还挺羞涩的呢，大概是它的味道太特殊了，别说招蜂引蝶了，就是蚊子苍蝇也没敢靠近的，安静自得！

秋风来了，天气尚且暖和。心想：不急着向室内移花，让他们经受一点严霜锻炼，不经严寒怎么茁壮，一忙全忘了，等我想起来时，哪里还有花呀，全部枯萎了，一盆盆的吊兰全部成了变色的标本了，三七草枯萎了我不担心，第二年它会重新生长，那盆薄荷也完成了使命，睡去了。省心了，今年冬天不用考虑伺候花草了！

春天来了，看着空空的花盆，总要栽上几棵草吧！三七草复活了，不要管，吊兰盆重栽吧，惊喜地发现那盆不赖理的薄荷，一冬天竟然也没有旱死，冻死，它挺过来，发了满满的一盆新芽呢，给它个大盆好好长吧，钦佩呀，生命力如此之强。这不周末回家母亲又给我装上已经成活的绣球花，说一年四季都开的，红红的似燃烧的火，喜庆着呢，但愿给紫陌个面子，好好活着哦！

我不奢望我的阳台芬芳艳丽，给我来点绿肥红瘦也是可以的，拜托了各位花花草草！一次次的养花失败经历，告诉我享受美丽和世间所有的事情一样，需要付出代价，玫瑰的美丽芬芳是开在花农辛勤的汗水里的。

浅淡人生

浅秋的午后，天不再炎热，平和多了，一杯淡淡的咖啡，一曲舒缓的纯音乐，挂着QQ，隐身，安静地在网上漫步，默默地看着雪小婵的博客，被她那唯美恬静的文字所打动；有时甚至拉上窗帘就是静静地呆坐，想些什么，想些久远的事情，有时什么都不想，对话框一直在闪动，却懒得搭理，不是心存高傲，只是内心需要安静。

今天有朋友留言：你的空间太过热闹。是的，紫陌也喜欢凑热闹的，有时心血来潮不知道会写出什么样的文字，所以我的空间没有主题，手随心动。忧郁时会花动惊凡心，鸟鸣溅幽梦，哀哀怨怨小女人一个；有时也会路见不平一声吼，激情勃发，慷慨陈词。有时会让朋友笑谈：紫陌有点女汉子的味道。更多的时候是柔肠百转，写亲人，叙亲情。偶尔也会关心时政，点评体育，总之看心情。

此刻品着雪小禅，看着黄庭坚《花香熏人帖》："花香熏人乱禅定，心情其实过中年。"是的，人进入中年，节奏也慢下来了，虽说没有陶渊明先生"采菊东篱下，悠悠见南山"的超然，也没有蒋捷的"听雨僧庐下，一任阶前点滴到天明"的闲情逸致。此时此刻，安静地品一口咖啡，静想自己到底属于什么类型？是心理学上的多血质吗，是忧郁的内向吗，还是活泼多动的外向女人，总之应是敏感的，心理常常被外界左右。永远做不到不以物喜、不以己悲的超然状态。咖啡淡淡的香气随舒缓的曲子四周飘荡，氤氲中任思绪放飞。

想起溜走并不太远的童年，那个腼腆的走路都恨不得溜着墙边的女孩，就在那个像作家所说的，山不秀、水不深的，没有任何传奇的小村庄；在几间简陋得不能再简陋的小学里，读着她最初的人生，那就是幼年的我。农村的孩子没有游乐场、公园、没有可人的玩具，甚至没有故事书，但也有自己的快乐。记得那年夏天学校的门前的池塘里储满了满满的一池清水，池水的中央开满了艳丽的荷花，可望而不可即，荷花的美丽诱惑着孩子，然而大人怕危险管得很严，不许靠近。

谁说农村的孩子没有创意，我们从家里找来用过的墨水瓶，刷干净，灌上清水，点上点点红色，调制最接近荷花的颜色，与其说是调制颜色，不如说是调制内心的美丽。简陋的窗台上摆满一排排形状各异、颜色深浅不一的红色清水瓶子，有人喜欢残阳如血的深红，有人喜欢美丽如春天盛开的桃花粉红，在那个以灰色格调为主导的年代，那排深浅不一的小水瓶在内心留下了别样的风景。我记得很清楚，我那瓶颜色最淡，淡得几乎看不出红色，水位也最浅，浅得不过水瓶的三分之一。不知道为什么，就是感觉那就是心中最美的荷花的颜色

春天来了，农村的沟沟坎坎上开满了大大小小、深浅各异的野蔷薇，有复瓣，单瓣拥拥挤挤，争奇斗艳，好不热闹，小小的花瓣紧紧地簇拥着黄色娇嫩的花蕊。我不会描述，感觉

就似天空的彩霞落人间，辛勤的农民是没有时间赏风景的，这一切在他们的内心已经熟视无睹，不会有任何波澜，一任花开花谢。最快乐的是孩子了，我们结伙成群地在沟边采摘着，把采来的花朵用细绳绑好，一串串、一簇簇地挂在教室里，没有名字谁都知道那份是自己的，因为花的颜色深浅不同，我那束是最小颜色最浅的，不知道为什么就是喜欢。美丽是暂时的，稍纵即逝，几天工夫，花瓣下落，满屋子飘起粉色的细雨，幼小的心里有了淡淡的惆怅，但绝不是因为挨了老师的训骂。

就在那淡淡的惆怅中慢慢成熟，小学走到中学，仍是不起眼的丑小鸭，个不高，人不美，普通得扔在人堆里找不到的小憨妞，甚至很少主动上课回答问题，更不要说和男生讲话，就像一朵墙角的无名小花静静生长，不被任何注意。直到一天学校搞演讲比赛，而且是脱稿，却出人意料大胆地报了名，当着两千多师生，敞开嗓门，毫无顾忌地，激情亢奋地对着高音喇叭，大谈人生、谈理想、滔滔不绝、口若悬河，兴奋时激动得比画着手势。那个天天留着齐耳刘海、安静得几乎不会出声的女孩，怎么有了那么大的爆发力？初生牛犊不怕虎吧！惊奇的不只有老师同学，更有我自己。

一个外表张扬的人，内心或许平静如水，内敛的外表下也许藏着澎湃的火山，有人说看透人生，真的不敢恭维，自己都看不明白，怎么会读懂别人的人生？周末和闺密一起去郊外看她母亲。那是位瘦小的女人，丈夫在时，凡事都依靠着丈夫，似乎没有任何主见，简单得不能简单了，老伴几年前去世了，我朋友不止一次地说起，担心母亲挺不过来，因为她依附惯了，太柔弱了。

再次见到这位瘦弱的老人，衣服整洁，满头的白发整齐收拢在脑后，一根不乱。恬淡的笑容始终挂在脸上，不缓不慢地给我们讲着悠悠的家常，自己一个人住着一套房子，孩子有时间就来看看，没时间就算了，从不惊扰孩子。她拿出正绣着的花样给我看，一件件绣得工整仔细，红花绿草，针线密集考究，想不到吧，那是她为自己做的寿衣呢！

打开箱子一件一件拿给我看，有内衫、外衣、长衣、短褂、罗裙，还有那精致的绣花鞋。我问她眼睛不花吗？街上有卖的，为何不买？她那满是褶皱的脸上竟然布满了羞涩的红晕，幽然地说："买得太肥大，不合适的。"这哪里是做寿衣呀，简直就是待嫁新娘做嫁衣的感觉，看着这位平静地把生死看得如此豁达的老人，我在想，得到禅法的达人也不过如此吧！

总想把文章写短一点，写着写着就多了，打住吧！自古文无定式，就像人生一样，学不来的，就做自我吧！

感受疼痛

　　周末赋闲在家，清扫房间。意外将左手拇指划伤，锋利的玻璃割去厘米见长的皮肤，当时鲜血直涌，丝丝疼痛袭来，却能忍受，急忙中用卫生纸止血，自己感觉还算坚强，坚持把卫生打扫完毕才去看医生。

　　医生重新打开伤口，进行清理，用盐水和碘酒消毒时，大脑似乎一下子清醒过来，无边的疼痛如泛滥的洪水一样漫天盖地而来，我大概天生娇气，承受疼痛的能力太差，偶尔感冒都会拒绝打针，主要怕疼。面对这次疼痛有种崩溃的感觉，恐惧、胆怯几乎全线失控，两位护士紧紧地握住我颤动不止的臂膀，随着医生一次次用棉球的擦拭，疼痛像一波波的潮水涨起回落，再涨起再回落，无奈中闭上双目，黑暗中任凭被潮水淹没。我不知道自己的面部表情有多么难看，嘴角一次次地抽动唏嘘不止，甚至发出不自觉的呼叫。

　　大概我的表现太夸张了，旁边一位八十多岁的老奶奶，用轻幽的语气安慰我，"孩子，把心放缓，这事只能自己承受，一会儿就好！"极力让自己平息下来，包扎过程其实也就几分钟的时间，感觉似乎过了半个世纪，终于结束，瘫坐椅子上，脸上水珠不停地滚落，已经分不清是泪水还是汗水。医生护士善意地和我开着玩笑,"大姐你脸色都苍白了,当不了英雄的!"

抱着受伤的左手,像个受委屈的孩子,孤独地回到家中,本以为包好应该不再疼痛,其实漫长的疼痛才刚刚开始,午饭、晚饭已经没有任何食欲。手指的疼痛已经混乱,不再单单是一个手指,似乎是整个手掌,甚至延伸到小臂、臂弯。睡觉——希望在睡眠中能够获取片刻的安宁。遗憾的是,疼痛像只贪婪的虫子不时地吞噬着肌肤,刚刚进入睡眠的门槛,就被无情地拉扯回来。

睡不着干脆不睡,打开电脑,漫漫黑夜独享疼痛。看着空间里朋友真诚地关切和温馨的回复,内心多些许的安慰,虽说任何人不能分担与替代,但面对朋友的关注内心仍是暖暖的。为分散注意力,打开朋友空间读美文,诗情画意的文字,如梦如幻的意境,曾经喜欢在文字的天空中放飞的思绪,却一次次被疼痛的手指拽回,伤口处一股一股地跳动,随时让我清醒,提示我在,它在!

人有七情六欲,喜怒哀乐,我们会陶醉于茶酒清欢;也会享乐在激情奔涌之中;春意盎然,夏花绚丽,秋风落叶,高山雪松,曾使我们感怀万千,为之欣喜若狂、为之哀怨、为之惆怅;当然也会坐看云起,素心恬淡。可这一切面对真实的疼痛都显得那么飘忽、那么虚无,这一切似乎都是体外的感触,或者心理的感应,似乎都是感性的。只有这疼痛来自身体之内,实实在的,那么理性。疼痛是生物的一种自我保护功能,当身体某处受到外来袭击,马上调动神经系统,通过疼痛的方式告诉中枢机关大脑,以便大脑做出保护措施。所以疼痛较之其他一切感触都要猛烈，也最为真实、最为清醒。越是离大脑最远的地方神经越最集中，也就有了十指连心、切肤之痛之说。

想到此，我不再拒绝疼痛，慢慢去感受、去体会，甚至去交流。疼痛似水，一波波，疼痛如丝，一缕缕，有时凶猛，有时缓和，甚至能感受从指端慢慢溢出流向心脏的历程。深夜静谧中，听到遥远的火车铿锵走过，窗外虫子低声鸣叫，提示这个世界并没全部睡去，黑夜过去又是一个多彩的明天。世间所有的生命充满了快乐、幸福、温馨……的感觉，充满朝气的生命，在灿烂的阳光下，温暖舒适，所以生物求生成为本能所在。但生命有时也是悲惨的，它往往与害怕、憎恶、疼痛联系在一起，使生命跌下了万丈的深渊，不停地向黑暗之神求饶。那么，在黑暗生命里存在的疼痛是什么呢？医学解释：疼痛是象征危险的信号，促使人们紧急行动，避险去害。避险的方式多种，逃避，躲离，甚至呼救，求生应为第一选择，但人作为会思考的动物，面对疼痛不同的信仰，不同的追求，有了不同的反应，关公刮骨疗伤时的从容再现英雄本色；邱少云烈火中永生为信仰超乎生理本能的奇迹，留给后人的绝不单单只是钦佩；癌病后期的女孩微笑面对死亡，坦然说下：感谢疼痛，因为疼痛，我知道我还活着。让我们唏嘘感叹！

纵观文人骚客，更多关注悲喜、哀愁，很少有人触及疼痛的话题，它不够优美。更有说法，心理之痛大于生理之痛，生理的疼痛是暂时的。不管何种疼痛一旦降临，都是人生的考验，当我们无法拒绝之时，不妨坦然学会面对，尽管它带来的是痛苦，但也带来清醒、真实的感受。疼痛更是一种记忆，一种刻骨铭心，痛定思痛，总结教训，痛中成长，疼痛这种记忆会铭刻在骨髓里，甚至升华到基因里留给子孙后代。把痛当作人生历练，相信人生的暴风雨过后即使不能还你一道美丽的彩虹，那也一定会是明媚晴朗的天空。

长夜一点点把黑纱褪尽，黎明时分，手指已经温暖起来，疼痛这位调皮的孩子大概也累了，渐停渐止，睡眠温柔地袭来张开怀抱，我一头纳入其中，沉醉不知归路。

中秋逢国庆

时光真快呀，转眼又到了霜叶红于二月花的秋季了，月至中秋，一年最美的季节来临了，万里江山披锦绣，千里紫陌共风情。有人说秋天是美丽的，田野成熟的庄稼，翻滚的金浪，期待人们的收获，羞红的瓜果，累累缀满的枝头，大地山川层林尽染，叠翠鎏金；秋天是香甜的，瓜果丰收、月饼飘香的季节；秋天更是醉人的季节，中秋节是国人团圆合家欢乐的节日，也是民族传统中最看重的节日；秋天也是最浪漫的季节，多谢我们祖先的浪漫和风情，总是把喜庆的节日和浪漫的婵娟连在一起。月亮大概是雅客骚人最喜欢写作和如画的题材了；秋天也是最自豪的季节，金色的十月会迎来祖国母亲的生日。中秋与国庆两个伟大的节日常常会结伴而行，中秋方至，国庆紧跟，有时还会重叠在一起。

记忆中中秋和国庆多次的重合，印象最深的是弟弟高考的前一年，有幸国庆和中秋重合在一天，那天我们借国庆难得的放假，回家帮母亲做农活，全家在农田里收割豆子，劳作的间隙听父亲讲那过去的故事，他所经历过的一次次中秋逢国庆的经历。我们兴奋地向母亲提议，今天早些收工，回家过双节，应该好好庆祝一下，尽管农活辛苦乏味，但是我们姐弟几人干得很欢，一亩的大豆在挥舞的镰刀下，纷纷缴械投降，当夕阳如血之时，月亮已经迫不及待地挂上半空，我们扶着酸痛站不直的腰身长长地舒了一口气，总算结束了。

正在我们准备回家过节之时，大伯家的哥哥却开着农机风尘仆仆地赶来了，告诉我们今夜要抢种小麦的，因为农机不等人，好多家都在等着（那时农机还不普及），他抽晚饭前休息时间赶来给我们帮忙，田地也不等人，刚下过雨，墒情正好，一旦土地干了，再种就很困难了。我们都是农家的孩子当然知道农时的重要，没有人能说什么，只是默默地忙碌着，哥哥翻耕土地，我和妹妹拖着疲惫的身体，随母亲在拖拉机的轰鸣声中撒种，弟弟和父亲施肥，月亮慢慢地盘上头顶，等机械再耙平的时候，我们一家人靠在地头刚刚收割下来的豆柴堆上，看着圆圆的明月，在疲惫和饥饿中已经昏昏欲睡，内心说不出是悲是喜，最大的感慨是：明月呀，你知道吗？农家的中秋也是最忙碌和辛劳的季节。

那个中秋是酸涩的、是饥饿的，现在想来也是最宝贵的，那是记忆中我们全家在一起过的最后一个中秋，第二年，弟弟高考过线，远去省城求学，一直到工作，似乎都在忙碌中，从没能回来一起度过中秋，我和妹妹先后工作、嫁人，按家乡当地的风俗，嫁出去的女儿再也不能回娘家过中秋了。

工作后第一年，记得也是中秋逢国庆，单位里上级领导来慰问职工，和职工一起欢度中秋国庆双节，进行亲民活动，单位搞起了大型的青年联谊会，唱歌跳舞热闹非凡，那是我第一远离父母在外过中秋，欢歌笑语中忘记了思念亲情，活动持续到晚上七点月亮升起之时，在众人《歌唱祖国》的歌声中推向高潮，随即结束。家住附近的职工就像倦鸟归林一样，纷纷回家与亲人团聚了，一会儿就人去楼空，刚刚还热闹非凡的大厅，瞬间就安静下来了，整个宿舍区剩下几个路远走不了的人，只能望月感叹：但愿人长久，千里共婵娟了！

我们宿舍仅剩下我们三个远离家乡的女孩，或许是意犹未尽，或许是怕孤独涌上心头，看着空荡荡的厂区，提议一起聚餐喝酒去，我们也来潇洒走一回。悄悄地买了一瓶白酒，购置几个简单小菜，在我的办公室内，把窗帘全部拉上，偷偷饮酒。

记得那是我第一次饮酒，多少有点害怕，那个年月女孩喝酒人家会笑话的。但今夜没事，全公司都放假了，仅有几个值班的，谁会注意到我们？再说我们也做好防护措施，把窗帘检查好，门反锁好。我们放肆了，一瓶白酒分成三份，就用喝水的茶杯，大口地饮起来，很豪爽的，记得当时的祝酒词是：为祖国干杯，为亲人干杯，为我们的友谊干杯，为我们的青春干杯！那也叫豪情壮志！

正在我们喝得正嗨时，忽然门外响起敲门声，坏了值班的人员来检查，一定看着我们的灯光来的，那时我还很镇定，叫同伴把饭菜放到抽屉里藏起来，端着白酒就当是白开水，反正谁也分不出来，还好值班的是我同事，看就我们几个女孩只是说了，要我们注意安全，等几句套话，就离开了。暗自庆幸有惊无险，其实第二天满单位都传开了，没有人不知道我们三个女孩会喝酒的。奇怪的是那夜我们都没醉，头微微的晕乎，脚下飘飘得很轻快，感觉真好。记得月色中我奋力把那个掏空内存的酒瓶抛向远远的荒野，空中划过一道优美的曲线，也划走了中秋夜的思乡和孤独，那该是那年我最潇洒的动作了。

如今多少年过去了，那俩陪我喝酒的两个女孩也随着企业改革各奔东西了，已经很少联系了，青春已经溜走，友谊埋在了心底，如今在这金秋时节，中秋刚过，国庆随至的日子，忽然想起她们可否安好？让我们享受生命，珍惜友情。真诚祝愿我们的亲人朋友，不论是否相聚、是否分离，但愿能隔千里兮共明月，安好就是大妙。也祝愿我们的祖国繁荣昌盛！家国共兴隆！

品年味，珍惜当下

时光飞驰，"年"携风带雪，揣怀春的希望款款而来，不论你开怀拥抱，还是满腹的愁怨，总之该来的还是来了，无人挡住，也无须欢迎。"年"似一位见过风云走过沧桑的老者，步履稳健，不慌不忙，走过华夏春秋文化，越过魏晋奢华，穿越唐宋风雅，一路风尘，冷眼观世界，笑看众苍生。

苍穹之下，华夏大地，甲子轮换，人生几度轮回，古老的日历再翻新页，送金猴，迎祥鸡。岁月，是阅尽千帆后的冷暖辞章；年节是岁月的符号。大凡到了一定的年龄，都会念旧。年节将至更是乡愁泛起的节点，满眼的文章，看到皆是怀念，时光没有遗忘，往事不再如烟。一篇追思怀古的过年散文，充实大小文坛、书刊报章。往昔过年的习俗，风光画面，似昨日重现，曾经的顽皮，曾经的快乐，曾经的酸楚，都化成了陈年的老酒，越品越有味道。

年长的想起了解放初期在锣鼓喧天中迎接解放军时过年盛况，二十世纪大锅饭年代，集体过年的别种滋味已经铭刻在那代人的心头。跳着"忠"字舞迎新春，破四旧的狂欢之年也留下了特殊的时代印记，三十年的春晚守候长大了一代代新人。岁月，是一条绵延不息的河，流淌着生命的坚韧与传奇。漫长的旅途中，承载了多少人的希冀和梦想。时光，那么长，又那么短，往往来不及遗忘，人生，便又在另一个季节转换处等待幸福启航，我们便又会投入到另一场岁月。如今已经进入网络时代，在物资富裕的今天，或许是少了一份期盼，少了一份向往，大家感叹年味淡了，年味没了。这不文友们又忙碌起来，忙着去赶年集，找年味，希望走出大都市，去偏远的乡村去追寻那淳朴的乡情，去寻那久远的况味，寻找那浓浓过年味！一场大雪贯南北，待到春风至，何处不春光？在这信息时代，哪里不是红尘？我们不过在寻找心中的记忆吧！

"年"到底是什么？记忆里，或许是幼年孩子布袋里的一只糖块、女孩的一件新衣服、男孩的鞭炮、父亲的一壶老酒、母亲的一碗水饺、爷爷坟前燃烧的黄纸；床头大红的福字；留守儿童期盼父母回归的眼神；滚滚涌动的春运大军，除夕一家热腾的年夜饭。专家说"年"是中国人的文化符号，学者说"年"是中国文化的密码。为什么品着品着就感觉年味淡了呢？

年味在淡化吗？我在苦想，其实是年味只是变了一种形式，当最低生活保障已不再是问题时，也就少了扳着指头对年的期盼，更多感叹时间都去哪儿了？更多地追求文化精神生活的丰富，春晚年年办，年年被吐槽，其实我们可以对比春晚的水平已经高出当初的多少倍了。然而我们记忆犹新的似乎还是那些曾经的经典。是春晚越办越没味吗，还是我们可选择的余地越来越多。

网络时代的春节，通信便利，交通发达，朋友亲人天涯变咫尺。今天同学群，分开三十年的同学可以畅谈如促膝叙家常，一位远去美洲的美眉，发来全家的视频，和同学共贺佳节。这让我想起那年风雪交加的除夕夜，乡邮递员辗转送来闯东北哥哥的家书，一家人激动无比，对邮递员的感激就差下跪了。春运大潮，每到年关成为最壮观的迁徙大军。那也是回乡步伐在加快。天堑变通途，千里江陵一日还，不再是神话。九十岁的姥爷常话当年勇，他年轻时曾经徒步去西藏，来回用了半年时间，成为他一生的骄傲和自豪，其实我根据他的自述，考察他也只不过是到了现在四川的阿坝地区，根本没有入藏，今天的飞机不过半天的行程。

如今的过年，传统的习俗还在传承，也增加了新的元素，抢红包，发短信，嘉年华、跨境游……

年是期盼幸福平安；年是寻根念祖；年是万家团圆；年是相互祝福；年是春天的序幕。其实我们在说年、写年、品年、找年、祝福年都是年味，年味正浓！也许10年后，我们回忆现在，一群人指点江山，激扬文字，文友相聚，互相祝福，也会感叹多么有意义的事呀！只有过去了，才感到珍惜，其实当下最好！

文字情怀

　　文学网的征文要求写情怀，一看这题目有点发蒙，写什么好呢？心里一片空白，真有点看似人人心中有，欲写笔下无的感觉了，一时竟想不出什么情怀可以抒发，干脆就谈谈这些年来对文字的感受。

　　记不起什么时候开始喜欢上了文字，不敢说是"文学"，"文学"两字似乎太过专业，对我这样的业余中的业余者来说，只能是文字。不知是缘于家庭藏书或父亲喜欢读书的熏染，还是一次小学作文被老师批了个"优"字而引起的兴趣？记得那年老师让写《童年趣事》，我把和小伙伴们一起淘气玩耍，在大田里趁作田师傅休息的空隙，偷偷赶牛学扶犁耕地的趣事记录下来，被老师当作范文，在全班宣读，大大地满足了幼年那急于表现的内心。那种喜悦是难以言表的，原来写作文还有这样的好处。后来每当同学为作文课而头痛时，我却把它看成了最为享受的事情，随便写来，也能得到老师的肯定。

　　中学时，市里的广播电台到学校招聘小记者，成立了小记者站，老师推荐我成为记者站的一员，课余时间悄悄写稿，写完后再悄悄寄走，很担心稿子退回来会惹起同学笑话。过了好长一段时间，我甚至已经忘记了，忽然一天语文老师拿着一张半个书本大小印着绿色字的白纸，走进教室兴奋地对全班同学宣布，我的广播稿被选用了，这是稿费的汇款单。顿时一片欢腾，同学们都争着去看那张小小的汇款单，那张纸片已经成了被人惊喜羡慕的使者，等传到我的手上时，一个纸角已经在传阅中被撕掉了。我也一遍一遍地看着那绿色汇款单上的每一个字，汇款的地址真的是"市人民广播电台"，款额两元。很清楚地记得当时是周三，急不可待地等待周末早些到来，好马上去邮局取回那珍贵的两元钱。这也是第一次知道原来文字还可以换钱的，文学梦大概也就从那时在心灵深处埋下了希望的种子。

随着年龄的增长，阅历的丰富，现实的残酷告诉我文学或许仅仅是个梦念而已，也许就是个暗恋的情人，我那点文学天赋是养不活自己的，便逐渐淡忘了文字，偶尔弄个工作计划和总结才会发挥一下写作的本能，甚至替工友写检讨书，也都成为了与文字少有交往的记录。现实却并不因为我放弃了文字而买账，十年前我所在的单位在改革的洪流中倒闭，我和千百万的国营职工一样有了最时髦的称谓——下岗职工，真正地品尝到了改革的阵痛，痛彻心扉，没有亲身体会的人是感觉不到那种酸涩、苦闷甚至无聊，压抑委屈而又无处发作的内心挣扎，现在想来，还心有余悸。正常上着班，忽然第二天醒来，就没有了工作，没有了收入，一切变得渺茫。那时的民营企业还不像现在这样成熟，满城的下岗职工都等着再就业，哪里是我们的出路？在大街上漫无目的地走着，看到所有的人都在奔忙，我却没得忙了，生命失去了价值，人生的天空黯淡下来，但内心还是理智地告诉我，不能放弃，还有我挚爱的亲人。刘欢那首《从头再来》，一次次去听，一次次痛哭流涕。我顾不得面子，把下岗的信息告诉了所有同学和朋友，希望获得可能的帮助。

上天不负有心人，在极度困苦的时候，昔日的同学记起我中学时喜欢写作的习惯，推荐我去一家小报做写手。我兴奋之余，认为是上天眷顾我，让我再度有了和文字亲近的机会，容不得思考便欣然前往，殊不知一场噩梦刚刚开始。那家小报只有几个人，一间办公室，所谓的编辑就是我和另一位小女孩苦苦支撑，其余的人全是记者兼发行。可怜的发行量，只能靠有偿新闻生存着，所写内容不过是给所谓的当地名人唱唱赞歌，整天忙于粗制滥造，或者就是偷、抄、挖、补无所不用其极，可叹心中神圣的文学几乎沦落到街头卖娼的地步。记忆最深的一次，是所谓的记者拿来一份五十字的采访记录，要我们连夜写出五千字的纪实文学，为一位村长歌功颂德。当我们两个女孩在灯下拖着疲惫的身躯迎来第一缕破晓的晨光时，总算定稿排版，上机开印，稿费是五元，署名则是人家所谓的挂牌记者。内心一阵阵恶心、反胃、欲吐不止，我不知道是过度的劳累，还是因那腐烂媒体的肮脏。

总之我告别了那家让我感到耻辱的小报，从此发誓绝不再碰文字，绝对不再靠文字换钱。放下身段从最底层做起，我就是最简单的最底层的小人物、小把戏，没有任何值得骄傲的本钱，不论过去是否做过管理，还是白领，一切都是历史全部翻篇。以老公当时的收入，我当然也可以选择做全职太太，但内心告诉我，那不是我的选择，自立自强看得比生命还要重要。我不放过一切可以工作的机会，食品厂做过加工，服装厂里干过定制，纺织、电子各行各业无不渗透，甚至摆过地摊，做过中介，也干过私企的管理，十年坎坷，十年摔打，十年风雨，十年辛酸，哪里还有文学，哪里还有文字？文学这位神圣的情人，已经深深地藏在了心底，甚至已经淡忘。

人生能有几个十年？十年的努力换来了我生活和经济的稳定，也算事业小有成功。然而挣钱似乎成了生命的第一需要时，我猛然醒悟，这就是我想要的生活吗？每天似乎被金钱所绑架，忙得失去了自我，感叹那位牧羊少年之时，也在感叹自己，挣钱生存，生存挣钱，简直成了一架赚钱机器。我的追求呢？我的梦想呢？内心的迷茫空虚像涨潮的波涛一样，一次次袭击着孱弱的心灵。人生总是会在某个时期重新思考，我们到底需要什么？一次在朋友的洗浴中心洗浴，极度空虚的我，紧闭房门把自己放在狭小的空间里，躺在舒适的浴池内，任蒸汽奔腾的热水流淌，氧气越来越少，我独自陶醉在那温润欲醉、飘飘欲仙的虚幻中不愿意醒来，开关就在手边，就不想去关闭，内心很清楚，这舒服的过后就会是休克缺氧窒息，直到死亡。我却很平淡地接受，感觉死亡并没有多么可怕。幸亏感觉不对头的朋友，强行破开浴室的门，将已经昏厥的我救了出来。

醒来后，觉得经历了一场生死，突然感到很有必要记录下来。于是我重新注册了账号，谢绝一切亲朋的介入独自迈步在网上，当把我的生死经历轻描淡写地化作文字，才发现扔下十余年的文笔是那样生疏了，曾经洋洋洒洒一泻千里的文字，已经变得磕磕巴巴，拘拘谨谨地拼凑，有些字已经忘记，甚至喜欢的诗句也已生疏，本来就少得可怜的那点文化底蕴几近干枯。但感觉却异常的好，写作有时就是发泄的过程，写完了就很轻松，把那篇拙劣的文字发布在自己的空间。令我意外的是，得到了许多热心朋友的关注和帮助，他们鼓励我写下去，劝慰我生活需要有目标才不至于迷茫。顺朋友的足迹回访，才发现了网络世界的庞大，网络就像一个包容万象的天空，汇杂了各式各样的星星，有的璀璨夺目，熠熠生辉，有的点点弱光，朦朦胧胧，有的群居，有的独处。徜徉于文字的空间就像一只迷途的羔羊忽然找到草原的那种欣喜的感觉，碰到了那么多的同类。自古物以类聚人以群分，我和有着共同爱好的朋友一起在网海里游弋，有一种亲人相聚、家的回归的感觉。

大家各自做着自己的文学梦，或者就是玩，玩文字，我大概归属于后者。文字在网络中发表，没有稿费，远离了金钱，文字便干净起来，也就有了尊严。有人说过，作家就是靠文字赚钱，或者靠文字当副业赚钱的人。我知道自己的水平，作家是我只能仰视的群体，与我不沾边。我也更为托尔斯泰的名言而自慰："写作的职业化是文学的堕落的主要原因"，周国平也说过："真文学是非职业的"，因为无欲则刚，网络作者把文字当作贴心情人，不计较金钱名利，他们是随感而发，又大都生活在社会最基层，更不需要所谓的体验生活，文字就在生活中。网络文学百花齐放，百家争鸣；网络世界藏龙卧虎。我畅游于文海，像个贪吃的孩子，如饥似渴地阅读着朋友的作品。

我钦佩朋友的才华，朋友的勤奋，这里有美轮美奂的温馨浪漫的文章，也有慷慨激昂甚至悲痛欲绝的陈词；有辛辣犀利的时政评论，也有幽默风趣的搞笑文字；有规规矩矩平仄和谐的古典诗词，更有大胆个性的时尚篇什；当然也不回避网络世界鱼龙混杂、泥沙俱下的灰暗层面。但有一条，所有的作者都是自由的，只要你的作品不出大的边界，都可以畅所欲言，写自己内心的所思所想，不至于像李白那样：安能摧眉折腰事权贵，使我不得开心颜。

　　闲暇之时学着朋友的样子，笨拙地敲击键盘，写出一些幼稚的文字，只当自娱自乐。我知道自己驾驭不了小说那恢宏的题材，也没有诗人的灵动和超高的悟性，想起上学时老师教过的作文课，就老老实实地写日记，姑且叫它散文。我清楚自己的能量，在浏览朋友博客时，曾在一位专业作家的空间，哭了，明白了什么叫差距，什么叫专业，常想如果十年前在人生最美好的时节能遇良人，有现在这样便利的条件，或许我的人生会有另一种写法。然而生活没有或许，人生没有如果，必须接受现实。同时也感激十年的努力拼打，使自己丰富了阅历，更好地体会了人生的真谛，有了写不尽的创作源泉，不会因为文字低下而有损自己高傲的灵魂。文字是我珍贵的情人，需要爱情的纯粹和率真，不能掺杂任何利益的引诱，内心泛着高歌常向月、善舞不迎人的骄傲。我的文字没有限制，从不强迫自己，什么时候如鲠在喉便一吐为快，什么时候如乳欲滴便一泻为畅；没感觉或许十天半月不写，有感觉会一气呵成，顺势而就，总之一切秉其自然，想起什么就写什么，可以抨击时政，可以风花雪月，可以调侃玩笑，把文字当作发泄、诉说的情侣，什么事情都可以对她讲。

令我意外的是，拙劣的文字，却总能得到善良友好的朋友的关爱和支持，诚恳的点评、热情的鼓励，是我前进的动力。我写文字有个特点，一气写完，随手就发表，心想反正也没人管我。空间德高望重的兄长是国家级作家，真诚给我提出：只要是写文字，就要尊重文字，写完必须读两遍，认真修改，不可以出现错别字、病句和不恰当的标点，玩也要认真。我会虚心接受，但是遗憾的是天生粗糙不够细腻的我总是错字满篇，容我慢慢改正哦！

当然也有让我汗颜的时候，一次看一地方的作家讨论会，见一位或许是官员级的作家在会上大放其词：文学是严肃的，是艺术的，是高贵的，需要潜心地研究和打磨。你陪老婆或老公吃完饭一拍大腿来灵感了，就草草写出的文字叫文学吗？最近读专家谈散文，很欣赏前辈的观点，散文是"曼妙随意且严谨深刻的，要尊重散文，只有写出人人心中有，个个笔下无，读来如诗如赋，如泣如诉，气聚而神更聚，形散而意不散的境界才可以称得上好的散文"。读着老师的文字有点发毛，胆怯、羞涩、惭愧，但更多的是佩服、是望尘莫及，更加清醒地认识到自己的差距和努力的方向。

已经走过不惑之年的我不会孤芳自傲，也不会妄自菲薄，更不会随波逐流，我热爱我的祖国，欣赏本民族的文化，挚爱自己的亲人，同样喜欢魂牵梦绕的文字，这些都是我一生不变的情怀！

迟到的雪

　　盼了整整一个冬天，终于赶在新春来临之时，一场大雪扑天而降，虽说晚了一些，还是给人们带来了莫大的欣喜。干枯了一冬的土地，太需要一场大雪的滋润了，饥渴的麦苗，需要雨雪来浇灌，浑浊的天空和多日不散的雾霾，更需要一场瑞雪来清洗，还有那些充满稚气的孩子，正在翘首企盼雪地里的一场疯闹，打雪仗，堆雪人，永远是孩子们心中的憧憬。

　　雪花这个俏皮的小姑娘，竟然跟人们玩起了捉迷藏的游戏。平时非常准确的天气预报，却也一次次失灵，上天特别对我所处的这片地域，更是吝啬到了极点。一个月前听闻华北下了一场大雪，相距不足千里的朋友给我发来雪野的图片，说是终于下雪了，那份惊喜，真让人倾羡！几天前的天气预报又说有场大雪将至，具体时间是二月的三号至四号，三号依然晴朗，而离此仅四百余里的朋友告诉我，说他们那里已经下雪了，一场雪再次擦肩而过。四号天气开始转阴，气温骤降，北风刮起来了，心想五号就是立春，在这个冬季的最后一天，或许大雪不负众望，会给冬天画个完美的句号。然而天公却开起了玩笑，黄昏前忽地云开日出，又是晴空万里，哪里还有半点下雪的迹象，算是彻底失望了。

晚间和朋友聚餐，回来时已是夜里八点多钟，瑟瑟寒风中，缩着身子，步履匆匆往家赶，抬头瞥了一眼城市气象台的信号圆球，绿绿的，那是预示着雨雪天气的符号，天空也不知什么时候重新布满了厚厚的阴云？尽管如此，我已不再抱下雪的希望了。城市因天气的寒冷，异常安静，似乎已在灰暗的夜幕中睡去。

大概是少量饮酒的缘故，我半夜醒来，口渴，去取水喝，无意间忽见窗帘的缝隙那么明亮，开帘外望，哇！雪！雪终于来了！顾不得寒冷，身着睡衣凭窗而立，兴致勃勃地观赏着外面的雪景，好安静呀，也不知从啥时开始，大地上留下了六七厘米厚的积雪，足够了，已经满足了心里的期待。然而空中的雪花还在不紧不慢地悠悠缓缓地飘着、舞着，整个世界已被这个素洁纯情的雪姑娘，遮盖起来了，干净、圣洁得让你心颤。大雪就在眼前，我却不知道怎么去描绘了，所有的语言似乎都显得苍白俗气，昔日前人用过的诗词不想再度重复，而自己的语汇又是那么空乏，满心的欣喜、惊愕，一时竟无法表达。这时想起一位当高中语文老师的朋友，一次无奈地跟我抱怨，说是现在的孩子，不知怎么如此缺乏想象力，都高中生了，写雪景，竟然还是树上白了、房上白了、地上也白了……想到这里不禁哑然失笑，面对普天而降的大雪，我何尝不是如此，大地皆白了，对雪来说，是一种多么实在的描述。此时的世界，其实就是一字，"白"！

我所惊叹的，是雪这个精灵，像魔术师一样，在人们进入梦乡时，悄然施展她的魔法，没有闪电，没有雷鸣，安静地，毫无声息地、缓缓地改变着大地的容貌，在黎明来临的时候，交给我们一个晶莹纯美的世界，那般皎洁、那般素净，一尘不染。她将所有世间的丑陋和肮脏，都拥抱在自己的怀里，用素净的纯白遮盖起来、掩饰起来，不得不让我从心底发出由衷的赞叹，世界竟然可以如此素净、如此纯美！尽管知道这美存在不了多少时间，执着的阳光终将揭去所有的伪装，将一个个丑陋再次暴露于光天化日之下，甚至更加凸显出原本未曾察觉的肮脏：在洁净的雪地上留下我们的脚印，留下一条条车辙，留下随手抛撒的垃圾，把雪姑娘刚刚精心装饰的美好，撕扯得千疮百孔、惨不忍睹。

　　好在我的门前还不是这样，往年每当有雪降临，邻居杨大爷总是早早地就起床了，舞动着一把扫帚，在洁白的雪地上扫开一条小道，把积雪分到两边，让她们静静地融化。我走在干爽的小道上，不用担心摔跤，也不用担心湿鞋，心里常想着和杨大爷一起扫一次雪，可是由于我的慵懒，总是未能如愿，还会怯怯地找出理由：我想把美丽多保留一会儿嘛！想到这里不禁心里一紧，眼下杨大爷去世快一年了，今天的雪谁来扫呢？

　　不敢睡懒觉了，趁着黎明大家尚未起床，我拎起一把扫帚，来到雪地上，学着当年杨大爷的样子，把积雪向两边扫开，空出一条道来。在洁白的雪地里做活，心也像这纯净的世界，慢慢鲜亮起来，扫到杨大爷的屋前，还特意拐了一个小弯，使小道一直通到他的家门。屋里的杨大妈向我微笑，自大爷走后，留下孱弱的大妈孤独地守着这座房子。我们彼此心领神会，像这样寒冷的天气，想必大妈是不会出门的。

　　一路扫去，我浑身开始发热，微微地感到有些累了，就在犹豫着要不要继续扫下去的时候，欣喜地发现前面的邻居已经像接力一般，把另一节小道扫开了，一节节的小道连绵蜿蜒而去，向前延伸、延伸、再延伸，一直深入到雪姑娘圣洁的心灵深处……

又遇槐花香

晚饭过后，习惯地来到小广场散步。广场上，人真的不少，多数人都在散步，远处正歌舞升平，好不热闹。我信步走在广场的小道上，这里人少，安静。道旁是成片的草坪，和一丛丛灌木，偶尔也有几棵高大的乔木，但多叫不出名字。五月真是个好季节，到处郁郁葱葱，枝繁叶茂，更有繁花似锦，夜晚的灯光下，更是妖娆多姿。使人暂时忘却烦恼，一种满足感油然而生。

顺着小路向前走，一大片白杨林，林中又夹杂着一些高高低低的各种灌木，此处灯光不太好，有点黑乎乎的，独自走着，忽然一股清香的味道扑鼻而来，香中带着淡淡的甜味，好熟悉的味道，但又很久远，脑子快速地寻找，终于记起这是久违的槐花的香味，那是童年的记忆，终身不会忘记，太亲切了。顺着香味在黑暗中寻找，哦！一棵不太大的槐树，开满白色的小花朵。靠近过去依稀看见那一个个像小鸟一样的花瓣，还是那么精致、那么可爱。我轻轻地取下一枝，只取一枝，轻轻捧在手里，似乎捧着童年的记忆。在小树旁边继续寻找，不远处还长着一棵碗口粗的大槐树，仰头望去一树洁白，如云似雪，好不壮观，绝不比桃花逊色，更比梨花清香。由于广场上，水肥充沛，绿色的对叶也已经散开了。在两棵槐树的周围，还夹杂着一些小槐树，但那不是记忆中的，因为他们开的是红色的花，大概为了做观赏树改良的吧！红色的槐花花瓣更大，很漂亮，但香味远不及白色。

闻着沁人心脾的花香，看着这熟悉的小花瓣，思绪回到了久远的童年，那年月农村盖房需要用槐树做棒，于是家家房前屋后都栽槐树，每到春天槐花开放，整个村庄像进入了童话般的世界，铺天盖地的槐花，笼罩了整个村庄，满村弥漫着槐花的香味，最快乐的当属孩子，槐树底下做着各种游戏，笑声不断，饿了上树采几串槐花放在嘴里，甜甜的、酸酸的，给清贫的记忆留下难以忘怀的甘甜。那时生活困难，春荒难度，常有人家用槐花充饥。我就曾在大娘家吃过用槐花做的饼子，现在还记得它的香味，但会做槐花饼的大娘已经不在了。每到槐花盛开时，就有放蜂的来，一簇簇的花朵中飞舞着勤劳的小精灵，嗡嗡地吟唱着采蜜曲，整个村庄就在最原始、最清纯、最优美的乐曲声中陶醉了，槐花蜜甜中带着清香，比所有的蜂蜜都好，是上品。槐花的花期不长，几周后，槐花谢落，风一吹，纷纷扬扬，犹如四月飞雪，落英缤纷。那时的人们顾不得欣赏，而是把成堆的槐花扫起来用作烧火做饭。现在想来是多么奢侈的燃料。

后来，生活质量提高了，人们不再用槐树建房，槐树长得慢，又很坚硬，不利于做建材，于是槐树就不再种了，大都改栽速生杨了，现在的村庄很难再找到槐树了，然而那是童年最好的记忆，却常常在梦里摇曳。有人说老是怀念过去，就说明此人老也，一枝槐花，勾起我诸多怀念，我大概也老了。

哎！到哪里寻找我童年的槐花呢？

上帝之手

　　面对苍茫宇宙，我们仰天长问：我们来自哪里？到哪里去？浩瀚的空间，无尽的时间，遥远的空中可否有我们的同类？

　　　　　　　　　　　　　　——题记

　　周末去临沂雕塑园玩，被一幅高高伸向空中的作品震撼，一只巨大张开的手掌上托起一个稚嫩的男孩，男孩赤裸着身躯，屈膝展开双臂眼睛仰望着茫茫的苍穹，似乎尽最大的视野极限，窥看宇宙的秘密，充满了人类的好奇，探知的欲望，似乎在对天叩问，宇宙有多大？我们从哪里来，又到哪里去？世界的终极问题一直困扰着人类。这幅作品是仿瑞典雕塑家米勒斯的创意，他说过这个创意来自一次梦境，后被置放于澳大利亚的墨尔本，取名为《上帝之手》成为世界著名的雕塑之一。

　　人类对浩瀚宇宙难以言说的现象，好奇和求知是固有的本性，人类从最初始的懵懂，就开始探索，后来天文学家告诉我们宇宙是无限的空间和时间，可我的脑袋怎么也想不透，怎么会有无限大？宇宙是怎么形成的？科学的新论断，宇宙在一百四十亿年前来源一次大爆炸，大爆炸散发的物质在太空中漂浮，由许多恒星组成的巨大的星系就是由这些物质构成的，我们的太阳就是这无数恒星中的一颗。

化学家和生物学家告诉我们，世界的所有物质都来源于物质组成的最小单位原子的构成，换句话说：物质的不同构成只不过是不同的排列组合，只要有了最恰当合适的组合，或许就是生命的诞生，哪怕是尘埃！

这么说人类是幸运的，我们的星球处在了太阳系的合适的位置，适合生命的诞生，地球几十亿年的突变，使空中形成了水，最初的一次降雨下了几百年，由于地心力，和太阳的联合作用，地球的水没有蒸发到太空中去，留在地表，形成海洋河流湖泊，为生命起源带来最初的环境，碳水化合物的不同排列，决定了生物的多样性，每个生命都是最完美的组合，所以有时我惊叹大自然的奇妙，为生物的色彩斑斓，为一朵花的对称和美丽所震撼。我们人类或许是最幸运的，我们的遗传基因完美达到了极致，有科学论断人类的基因不过比大猩猩有百分之一的不同，但却决定本质的区别。

人类区别于其他生物的特点，生物学家说基因不同，社会学家说在于人类的语言和制造工具，哲学家说人类的思考和贪欲，决定了人类的发展，人有发达的大脑是个会思考的动物。有了释迦牟尼菩提树下的深思，便有佛教的诞生；老子的思考，解释"一生二，二生三，三生万物"的道教思维；一个苹果砸在牛顿头上便有了万有引力的重大发现。多少科学家正在思想着，为我们揭开更多的宇宙秘密。史提芬·威恩柏说过："越知道得多宇宙的情形，就越感到无知。"

人类的贪欲大概也是基因里就携带的，对物质的追求，权力的欲望，甚至对知识的探索，多少人为之付出了终身的代价，秦始皇天下之大莫非王土，渴求长寿，却死在奔波的途中，怎么不可以理解为欲望勒死了生命？成吉思汗想占尽天下美色，征服世界的野心最后夭折在征途之中，静眠在蒙古的肯特山上，不可一世的英雄如今也不过一堆黄土。也正是由于人类的贪欲，使人类的社会达到了超前的发展，无尽的探知欲，带我们去实践一个个伟大探索。财富的贪欲让我们不停地创造奇迹，然而凡事有度，过分的贪欲，同时也在毁灭着人类自己，战争杀戮，对环境贪婪的索取和破坏，加剧人类自身的消亡。同时又不停地思考制定规则限制人类肆无忌惮的欲望，道德、法律、宗教、习俗，即是人类文明的标志，可是某种意义上说，又何尝不是人类自制的枷锁？

科学的探索告诉我们宇宙自爆炸后，正逐步膨胀，最后的结局到达最大值进入死寂，一切文明将不复存在，或许就是佛说的万事皆空吗？这样想是悲观的。人作为一个个体，对无限的宇宙渺小到忽略不计，生命的长度，所谓的长寿与短命，面对时间的永恒的长河不过一瞬，生不过是暂时，死才是永恒，相遇相伴只是偶然，分离才是常态！所有的辉煌不过是过眼烟云。

从生命的意义上我们每一个个体都是奇迹，都是亿万分之一的幸运儿，世界上没有绝对相同的两片树叶，也绝对没有第二个自我，我们每个人来到人间就是绝版，不可复制，无论美丑，高贵与贫贱，都是绝无仅有的，每一个人都是珍贵的，绝伦的宇宙间的精灵。

生命给予了我们精彩，短暂，甚至是遗憾，生命是宇宙的奇迹，珍爱生命，尊重生命，敬畏生命，享受生命，尽管他的长度或许只有一瞬。

六一随笔

六一儿童节到了，岁月无情，童年已经远离，然而记忆依然那么的美好。

童年的快乐，最深刻的记忆是那年夏天闹地震，全家都躲在狭小的防震棚内，夜间下起了暴雨，村内的高音喇叭呼喊着，全村民兵全部集合去村头河边大堤，加固河岸，妇女孩子往北岭转移！夜色中全村热闹起来，男人拿着马灯铁锹，吆三喝四集合奔向河岸。妈妈一手拽着我，一手抱着妹妹，背上还带着个大包袱，混在撤离的大军里，大娘提着大盆，堂姐背着煎饼，一家人扯着块塑料布，冒雨去我姥姥家避难，过小河时，小桥已经被洪水冲断，民兵扶我们过去，好笑的是，妈妈把妹妹放在大娘的大盆里推着走，三岁的妹妹咯咯地笑个不停！姥姥住在岭上，我们到时，姨妈的全家已经提前来了，表弟、表妹、姨妈的公婆，还有姨妈学校的几个同事也带着孩子一同赶来，满满的一大屋子人，姥姥用麦草在房内铺成一个大铺，大家住在一起，用大锅做糊豆，一人一大碗，喝起来呼呼声响，那场面，从没见过，好壮观呀！我们几个孩子在大铺上翻着跟头，快乐无边。一直过去好长时间还问妈妈，"什么时候再发洪水？"

　　女儿刚幼儿园那年，六一儿童节，她要的礼物是两只毛茸茸的小鸭子，黄黄的像个绒球的活宝，嘎嘎地叫着，盆内续上水，它们拨动幼小的脚掌慢慢地游着，女儿把好吃的虾条一点点投在水中，看小鸭子觅食，一阵阵忘形地笑着，等下午我下班回家时，见女儿正在抱着小鸭子在痛哭，一只小鸭子在水里淹死了。原来鸭子也会被水淹死，生命不是我们想象的那么坚强。

　　剩下那只小鸭成了女儿最好的朋友，天天呵护着，小鸭子特别有灵性，把它放在纸箱内，有人在它一声不叫，人一离开吱吱地叫个不停，很凄凉的声音，特撩人。女儿除了上学几乎走哪里都带着它，带它去广场、逛超市、走亲戚。把它放在地下，女儿前面走，它摆着小圆臀，晃晃悠悠地跟在后面，一旦女儿走远了，它跟不上就撒娇似的叫着，"咋了？咋了？"女儿蹲下伸出小手，小鸭子顺着她的手指，一步一步迈向手臂，顺着手臂攀上她的肩头，稳稳地站在那里一副满足的样子。女儿带它走到哪里，都成为孩子们围观的风景，无人不感觉小鸭子的可爱。

　　自从女儿和小鸭子成了朋友，倒霉的就是我了。它吃得多，拉得多，长得也快，身上的黄毛渐渐退去，露出黑色的羽翼，小翅膀渐渐伸出尖尖的小角，每天纸箱内换四次报纸，还是臭气熏天，本来住楼房空间就狭小，哪里可能多出个鸭舍来，天天打扫卫生苦不堪言。这小鸭子已经成为家庭首条问题，必须解决。该怎么处理？扔了不行，到河里放掉、送人，这些方法都想过，女儿不同意，常常伴随着哭闹不了了之。

后来，终于打听到一位娘家是农村的同事，恰巧她娘家养了两只小鸭子，死了一只，剩下一只很孤独，这只送过去可以做伴，更重要的是，我们随时可以过去看看。周末全家带着小鸭子去郊外，真像她说的，她家有个很大的院子，靠墙角留出一块宽阔的鸭舍。总算给小鸭子一个好的归宿，看着两只小鸭子嘻嘻，女儿带着泪水露出了微笑，从此再也不敢养任何宠物，因为生命不是玩物！

孩子的心灵简单、纯净，童心将苦难滤去，只留下温情与趣味。岁月沧桑了容颜，长大的人们，内心是否还有童心未泯？

做网站编辑所感

闲暇时间喜欢写点自己的心得感悟，对于文学怀有敬畏的心理，网上认识热情的朋友，邀请加入网站，或许没有大的野心，就是想更好学习，博取众家之长。游走于多家网站，做过写手，也做过编辑，去年年底听朋友谈起家乡的青藤网站，怀着一种欣喜的心情，注册加入，当我第一次打开网页的时候，一种久违的亲切感扑面而来，家乡风味，家乡语言，特别读着朋友怀旧的文章，读到动情处常常泪水悄然滑过。感谢站长的不弃，给我做青藤编辑的机会，能够和青藤一起进步，看作人生的一大幸事。

也许是自己的水平有限吧，总有一种诚惶诚恐的心态。我清楚地知道，网站藏龙卧虎，高手如云，文学大家，专业学者不少，这里是我们学习提高的地方。初识青藤，被海邻老师的《青藤"游感"说散文》吸引，一次次去品读，一次次去感悟，为了阅读方便曾经想方设法学会了网页复制，悄悄存到我的空间里，好东西总想和朋友分享，在空间公开仅仅一个小时，点击率急剧上升，不少朋友要求转载，我知道这篇文章的来路"不明"，属于违规偷来的，没有经过海邻老师的同意，所以赶快封起来，只有自己享用，在此给海邻老师说声对不起。

网站的最大优势或许就是包容吧？像央视台长所说，我们容得下身高两米多的姚明，也有身高一米六二阿丘的位置。文学网站就是我们共同的家园、我们畅游的港湾，是一个展示风姿的舞台，是一方培植文学的沃土，是一块百花齐放的园圃，是一片群星璀璨的天空。其实我更想说的是，文学网站更是一个大众平台，给更多喜欢文字的朋友一个切磋、探讨、分享的平台。

文学的梦想或许谁都有过，抽屉文学、日记文集，在青春的记忆里曾经伴我们成长，怀着美好的憧憬，读着文人的作品做着自己的文学梦，或许是太多喜欢文字朋友的共同经历，然而能够登上文学神圣殿堂的，或许就那么几人，更多只能说是文学爱好者，他们的写作目的或许没有那么崇高伟大，就是抒发心情，和朋友分享人生感悟。网站的包容恰巧满足了这点，文学网站面对正规的报纸杂志、纸媒文学，显得渺小，就像丛林中的幼苗，但是是生命就要生长，存在就有道理。纸媒有纸媒的尊贵，网站有网站的优势，快捷、包容。网站更有一群热心文友，从站长到编辑，到写手，甚至是游客，都是辛勤高尚的文字义工，就凭着对文字的敬重，热情努力地付出，这里没有稿费，远离了金钱，文字也就干净了起来。作者大多为草根写手，他们来自社会的基层，无须所谓专家那样采风，去体验生活，就用自己的笔写自己的人生，写自己的感悟。尽管我们的文笔或许粗糙，观点有些幼稚，眼界尚且不够宽广。我们不会孤芳自傲，但也绝不妄自菲薄。

因为做编辑，所接触文章必须都要读，我没有选择性，有时会为遇到一篇出彩的文章激动不已，也会碰到一些高手的文章感到恐慌，也会赶上一些小学生的文字，满篇的错字，病句让你无从下手的情况。但我知道或许我的水平不高，没有深厚的文化修养，也没有高超的编辑技巧，但我有对文字的虔诚、对作者的敬重。我知道网站的生存靠人气，每一位作者只要来到这里就是我们最尊贵的客人。他的每一篇文字，或许高深，或许浅陋，或许成熟，或许幼稚，但都是作者一点一点写出来的，一字一字敲击而成，那都是他们的心血，他们视自己的作品为孩子。既然发表在我们的网站，就是对我们的信任，这篇文章来到我手上，我就会认真对待。当然所谓认真对待，并不是一味迁就，严格遵守网站的规定，不论再大的腕，只要进入网站，都看作普通作者，统一接受第一关网站文字搜索，只要发现有抄袭、偷窃者，我们绝不姑息，有不符合网站规定的"黄赌毒"等不良导向的文章坚决杜绝，一律清除，保持网站的清洁。

关于文章的修改问题，我一般不会直接在原文上修改，大多把文章复制到文档，保留底稿后，再度复制进行编辑，这样或许慢些，能够杜绝一些问题，一旦作者发出质疑，我可以有原稿替换，再者也杜绝因停电、意外死机等情况下的文章丢失。认真拜读文章，怀着一颗敬重的心理去品读，尽量维持原创，去体会作者的创作意图，甚至尽力去感受和靠近作者的创作意境，以达到和作者产生共鸣，认真地去发现文章亮点。我清楚自己的身份，我是编辑，是网站与作者、与读者之间的桥梁，是服务员，认真地为每位作者做好服务。把每一篇文章推介出去，让更多的读者去品读、去分享；扬优避拙是我的天职。

编辑的过程遇到难解的问题尽可能与老师、和作者去沟通。遇到好的文章积极推出，加大宣传，分享到作者群、自己的空间，或者其他文学网群。对一些初学的写手也给予积极鼓励，我们知道越是看起来水平偏低的文字，或许作者下的功夫最大。我自己有体会，第一次在网站发文时，曾经三次输入，又三次删除，我理解初学者的心理，那种恐慌、那种羞涩。编辑中曾经遇到一位作者的文章，我发觉段落有些不合适，想帮他调整一下，发觉空行极难删除，后来才发现原来分段他不会用回车键，竟然全部用空格键一格一格地顶出。只能也一格一格地删除，无所谓麻烦更多是感动。和作者交流后，他也很感激，说好长时间不用电脑，不会分段了。

文章修改完后，认真斟酌写出编按。对待编按的写法，也是仁者见仁、智者见智，有人主张言简意赅点到为止；有人主张必须将导读、点评与沟通一体，缺一不可；有些网站甚至根本就没有编按，让读者去品、去悟，因为文章自古没有具体标准，文无第一，武无第二，每个人的理解不同鉴赏不同。我以自己的体会，编按更多是导读，网站的文章很多，在读者有限的时间内，更好推出，给读者推荐，激起读者要读的欲望，或者给读者一种选择；同时也慰藉作者，使作者看到后，他知道自己的文章有人认真品读过。我一直这么理解，我们网站给不了作者稿费，给不了漂亮的样本，我们有的就是一颗真诚的心，我们认真地对待，编按或许就是一种不错的尊重方式。只有认真地读了文字，才能写出客观诚恳的编按。编按不是简单复制几句作品原文，说几句客套话，也不是虚无地奉承夸赞几句。更多要写出作品的亮点，要体现编辑的素质；要恰到好处，要推陈出新，要丰富多彩；要提纲挈领，言作者之未尽，也即言外之意、弦外之音。或许我水平不够，但是我尽量多读，多一些体会，把作品的亮点挖出，把写作方法特点找出来，简单总结出文章的主题思想和看后的感悟。更多地彰显美丽，同时给作者热情的鼓励，当然也可给出一些诚恳的建议。我想只要诚恳作者会接受的。

但编按绝不是文学评论，对待文章，对待作者要有一颗敬重的心去写，绝对不能出现讽刺挖苦，甚至讥笑的成分，也不要自以为是，指点别人的人生。文章的水平提高是一个漫长的过程，有时个人的弱点，自己很清楚，比如词语匮乏、语言不够生动，这些问题要靠作者的长期积累，不是一两句话就可以改变的，自古文无定法，只有多读多写，才能提高。对初学者更多的是鼓励。记得曾经有一位很要好的朋友他的一部中篇小说在一家网站获得绝品，向我炫耀，或许是开玩笑让给找找缺点。那可是他的得意之作，网上喝彩声一片，因为是朋友嘛，也就无所顾忌，我用三天的时间认真读过后，给他写了一篇解读分析，几乎批得的一无是处，他又不得不信服。问他感觉如何？他大叫："饶了我吧，如果所有人都这样批，我就再也写不下去了。"其实文章就是这样，就是高手的文章也不一定能经得起推敲，真正能达到《出师表》水平的有几人？何况我们面对的都是大众写手，草根作者。编按决不能和文学评论混为一谈。

作为网站编辑，学会包容尤为重要，网站本身就是大众平台，具有兼容性，这里可以畅所欲言，既接受落地有声慷慨陈词的楷文；也可以是辛辣犀利的时政评论；更欢迎幽默风趣的搞笑文字。风花雪月，小资情调作为调剂品读几篇闲情逸致也没有什么不好。当然也曾经遇到过所谓意识流，碎碎念，故弄玄虚的文章。甚至不少不知所云的文字，说什么放逐体，上句说天，下句说地，没有连接，没有过度，语言突兀到你感觉是醉话、梦话。这种文章难道我们就放弃吗？显然不是，既然网上存在，一定有他的道理，和作者沟通后，问他想表达的主题是什么？他回答："我自己也不清楚，就是一种情绪发泄，我想到哪就写到哪。"认真品读过后尽管他的语言过于突兀，但还是能发现一些具有张力的句子，思维够活跃，联想够丰富，写作方式够大胆，老实承认，文章的立意我理解不了，编按只做抛砖引玉，仅供读者参考，就把这些感受写出来，当作编按，作者也非常认同。后来和一些编辑交流，再遇到这种文字就采取这种编辑方式，大家戏称为："离题编辑。"

编按讲究丰富多彩，不需要程序化，遇到风情文艺的作品，可以风情几句，遇到比较庄重的文章虚心学习，不懂的问题去百度、去搜索，也可以承认不懂。遇到一些风趣的作者和文章，也可以适度地调侃。总之理智探讨，作者的作品是五花八门千奇百怪的，你都要碰到，不能任意选择，这是对我的挑战，无论碰到什么情况都要顶得住，有些人是纯理论，我的知识面不够，就去查百度，比如有关禅、有关佛和宗教的内容，经过查阅也是学习提高，使自己更加理性、成熟。

一位老编辑说过一句话：我们爱好文字，千万别亵渎文字，文字是神圣的，文字是无罪的，我们应该敬畏之、爱惜之。万万不可以其玩于股掌之上，游戏之、玩弄之。因为做编辑接触好多朋友的作品，真诚地感谢作者，是你们的文字丰富和支撑着了网站。有人做过这种比喻：网站是个大锅，作者的作品是粮，编辑是厨娘，有了丰富优良的粮食才能做出可口大餐。我们有幸相聚青藤，这里有老师、有朋友，我们可以共同切磋、共同交流，一起在文学的天地里，畅谈理想、激扬文字、指点江山。有好的作品我们一起分享，分享文字的圣洁，分享文字的尊严，分享文字的快乐。共同呵护青藤这棵大树，相信有朋友的关注，青藤一定会枝繁叶茂硕果累累。

一根蒜薹的启示

　　早上打扫卫生，看到在厨房的边角处一根蒜薹静静地躺在那儿，我记不起什么时间买的，怎么说，也有一个月了吧？炒菜时漏掉了这一根，整根蒜薹已经变黄变软，看来水是生命之源，离开了水就无法谈及生命，好在蒜薹在离开母体时储存了大量水分和养料，而且自身外层有很好的保护膜，锁住水分不容易丢失，它才得以保持到现在。

　　我捡起这根软绵绵的蒜薹，感觉已经不能吃了，刚要扔掉，忽然看见它的中间部位却在开花，大蒜开花，我第一次见，小花朵不大，一簇簇的像小谷米，乳白色的花瓣，不细看，真的看不出来，在中间鼓起一个包，把外层包皮撑破了，急于表现的花朵终于看到了外面的世界，头上像高高的长缨帽一样的末梢已经开始干枯。我好奇起来，重新把它放到桌子上，看它能闹出什么鼓鼓？

　　几天后，再看蒜薹变细，中间的花已经不见了，似乎在孕育着什么，这时蒜薹的末梢已经彻底干枯，甚至将要脱离，蒜薹的根部变得更加软了，微微地泛黄，细看中间花苞枯萎后，竟然孕育出了新的果实小蒜，一粒粒的真够小的，似一颗颗小豆子，但它具备蒜瓣一切特征，就是一个袖珍蒜头。

　　我忽然感动起来，这根离开母体的蒜薹，竭尽全力就为了孕育生命，我们一直知道蒜的底部结蒜头，所以人们早早就把蒜薹拽出来，让蒜苗集中精力，把养分都供到蒜头上。其实蒜薹上的小蒜，才是它们真正的后代，植物为了生命的繁殖可谓用心良苦。

　　可是离开母体，没有任何养分，它能完成使命吗？我把它拿到我电脑桌上，更好地观察，几天过去，看见那些小蒜瓣还在顽强地生长，其中一枚逐渐突出来，比它兄弟姐妹要大得多，已经有我一个小指头大了，还是白色的，其他似乎还是像小豆粒一样，没有在发展，蒜薹身上由于缺水，已经出现一缕缕的折痕，像衰老女人的皮肤，它是把自己的养分一点点供到小蒜上去，蒜薹终于彻底枯萎了，成为一根干透的黄草。中间那头最大蒜瓣已经长成，和我的中指头差不多大，而且带着微微的紫色，那是成熟的颜色，它几个兄弟姐妹把成熟的机会让给了它，有的不但没长而且反倒更小了，我知道这是生物界的择优培育，当现实条件不容许更多个体成熟，它们选择了择优，这一切都是为了生命的延续。

　　尊重生命，似乎是生物界共同的选择，作为世间的统治者人类，具有聪明的智慧，作为会思考的动物，富有理性的生物真的做得比普通的生物做得更好吗？记得一个被称为最愚笨的话题：媳妇和母亲同时坠入河水中，只能救活一个，选择谁？东西方不同的文化，决定了不同的选择。东方受传统文化影响"孝"字当先，母亲只有一个，媳妇可以另娶，当然选择母亲。西方一幅著名的油画，作者让主人公选择了年轻的妻子，放弃了年老的父亲，因为妻子年轻，选择了生命，似乎更加理性一些。

当才华横溢的诗人海子、王尧匆匆告别放弃生命的瞬间，我真的不知道是诗歌成就了诗人，还是诗人用生命亵渎了诗歌，如果天才可以如此地践踏生命，我们宁可放弃诗歌，不要完美的诗句，拒绝敏感的才子，因为我们不愿看到痛苦的母亲。更赞成史铁生的观点：一个人，出生了，就不再是一个可以辩论的问题，而只是上帝交给他一个事实，上帝在交给我们这件事实的同时，已经顺便保证了他的结果，所以死是一件不必急于求成的事，死是一个必然会降临的节日。为了一次的死亡，千百次地活着，为亲人、为自己，尊重生命！

雪原何必留香樟?

家乡地处北温带,四季分明,小雪刚到,雪花飘然而至。一场北风把残余的点点秋季温暖刮得一干二净,留下大地一片苍茫。曾经华丽多姿浪漫一时的树木,此刻皆卸掉繁华,褪去戎装,光秃秃的一身苍苍,大有铁骨铮铮笑傲江湖之势:暴风雪来得更猛烈些吧!

天行为常,不为尧存,不为桀亡。在这里生活这么多年的树木,从祖上基因里就做好应对寒冬准备,它们太适应这里的环境了,面对寒冬不是硬抗,避其锋芒,择势而行,他们懂得蛰伏、懂得蓄势再发。即使不选择落叶的灌木,也会叶面覆蜡,收起锋芒,做好了充分的准备。只是院内这可怜香樟树,它们来自温暖的南方不知北方严寒的可怕,依然郁郁葱葱,雪花中几枝鲜嫩的枝条在狂风中飞舞,能承受几何?

刚刚购新房时,商家宣传环境幽雅,绿化丰茂,满园香樟树郁郁葱葱,清新宜人,夏季可以远离蚊虫,环保卫生,小区堪称香樟园。听了有些心动,香樟树,对我一个北方长大,孤陋寡闻之人,似乎更多充满神秘之感,香樟经常出现在文学作品中,总感觉那是远方的客人,离自己太远。忽然与香樟树为邻,有种受宠的感觉。

搬入新居之时正是盛夏，果然香樟耸立，枝条青绿，看起来有种蓬勃旺盛的样子，和当地树种也看不出多少优势，大概刚刚移栽的原因，树冠还不够茂盛庞大，与我想象中的高大乔木，英姿卓然相差甚远，大概我太过愚钝始终没闻到它特有的香味，蚊虫就在它身边繁殖，喷雾灭虫仍是环卫工每天必做的课题。

还好夏季雨水充沛，阳光充足，香樟树长得很快，一个季节树冠膨大起来，身材也提拔高耸了不少。秋季万木萧条之时，它依然葱绿，然而好景不长，严寒该来还是来了，去年罕见的一场大雪降临，香樟树没有任何防备措施，任由单薄身子对北风。待到春季所有花木借得一夜东风花千树之时，香樟的枝条干枯，昔日葱绿的叶子终于泛黄。晚了，寒冬没给它任何情面，没能抽出一枝新芽，香樟冻死了。众人在惋惜之余，发现香樟树冠虽死，树干尚存，环卫工人一阵忙碌，锯掉树头，打针输液，终于挽回了一大半的生命，夏季来临之时，从主干上再抽新枝，叶片渐渐丰满起来，香樟不负众望，一个季节树冠再次蓬勃开来，不知内情之人，看不出它刚刚经历一场生死劫难，香樟疯狂恣意地生长着，即使深秋到来，它依然不顾，仍在傻傻地向上蹿着。眼看冬天再次来临不长记性的香樟能抗过今年的严寒吗？

前几天走在香樟街上，有些已经住进了玻璃棚内，可怜的香樟本是南方自由的勇士，挺拔身姿直冲云霄，山崖、沟壑，不择贫瘠，不惧水涝，风姿卓然雄霸一方；偏被好事者带入北方，过上娇小姐的生活，我不知香樟如果有思想，该会何等痛苦？

真不明白本是北方雪原，当地树木，一样繁多，稳健的国槐；朴实的白蜡，青桐浪漫，苦楝细腻，红枫俊俏无比……香樟再好它不属于此地，一种物种的变异要经过数千年的历史，即使香樟将来有一天真的适应了北方气候，它还是曾经的香樟吗？

由此我想到了一个词语"流行"，因为流行失去了特色，因流行失去了个性，看看我们的城市，只要你到过中国任何一座城市，其他不用去，闭上眼睛你也可以想象出它们的样子，不过是高楼林立，统一街道、高架、地铁，拥堵的车流，成堆的人群。所谓文化名城，古韵沧桑，那也只是可怜几个残存的旧物，围上栅栏供游客拍照的数个景点而已。也不在乎你在大江南北，还是长城内外；新疆戈壁还是大海边陲。有城市，有人流的地方，整个环境大相径庭。大概城市设计师都是工业化培养出来了，中国的发展主要是近三十的成果，突飞猛进，急功近利，想不雷同都难。我们的创意思维没有问题，中国地大物博、风景各异，历来是我们骄傲的资本，想当年，西北的窑洞、南方的土楼、济南的半城浓柳、乌镇的水乡小巷别有情趣。神州畅游常有一步一风景、十里不同天的感受。

流行不是贬义词，学习借鉴，绝不是照搬，至少要接地气，适合本地土壤，能生根，能结果。放眼本地，这边独好。雪原无须留香樟！

学书悟人生

　　偶然的机会结识了部分爱好文学的朋友，惊叹朋友的文才卓然，羡慕之余，试着笨拙地敲击键盘，蹒跚中在文学海洋边拾荒，偶尔捡得几枚心爱的贝壳，小心收藏，也算小有收获。为了更好地提高自己，方便学习，融入文学圈，坚持做网站编辑，虽说辛苦一点，能够多些接触文章，更好认识老师也是收获。

　　文学圈中高手如云，钟灵毓秀，常见有些很年轻的作者已经硕果累累，出书立传，有位刚刚大二的学生诗词已经全国获奖。文友会上见到众多诗人、作家，更难得的是他们的多才多艺，散文、诗歌、小说不在话下，热情放歌，倾情舞蹈，挥毫泼墨快意人生。置身其中切身感觉自己的渺小，惊叹之余常在思考，我年轻时在做什么？大好的青春全部消耗掉？我为生活所困，为命运所绊？可能有千百种理由，都是托词，自己都不能说服自己。但人生不是用来感叹的，也没有选择，好在还有"皓首方知知识浅，老来正是读书时"用来自勉。

　　前段时间东夷书院举行周年庆，文友的书画展，件件气势恢宏、出神入化，太令人震撼了。曾经几次中断的书法练习，再度激起内心豪情，学吧！老牛自知夕阳晚，不用扬鞭自奋蹄。购来字帖，笔墨纸砚，闲暇暗握狼毫，轻轻挥洒。年轻时因为家父喜欢书法，对书法还是略通一点，但也仅仅停留在理论之上。也常听人说，字无百日功。但真正开始练方知凡事入门简单，想提高升华，谁也不会随随便便成功。看似小小的毛笔却并不轻松，软软的笔尖既要表现柔美、圆润，又要表现刚毅、豪放。初写一张毛边纸写完已经满头大汗，看似轻松要学会专注，心无杂念，全部身心沉浸其中，集全力于笔端。慢慢地适应笔尖的柔韧，写出几个自己还算满意的字，悄然欣赏半天，激励继续下去，但愿为时还不算太晚。

写字如人生，走过平坦入门之路，接下便是蜿蜒崎岖的上升陡梯，枯燥乏味随之而来，一张不见改变，两天不见提升。楷书太难，要求点画如高峰坠石，横画如千里阵云；竖画如万岁枯藤；撇画如陆断犀象；捺画如崩浪雷奔，一横一点见功夫。写楷书太规整太累了，换换隶书吧，看隶书飘逸潇洒、外圆内方、圆润温和。扔掉楷书，初试隶书感觉不错，写着写着发觉不是那么回事了，隶书讲究蚕头燕尾，波笔浑然天成，看似简单其实暗藏玄机，写不了，老老实实再回到楷书，写呀写，此时与其说是写字不如说是磨炼毅力，十八缸水的故事告诉我，书法的路上没有任何捷径可寻。

稍有成就的书法家都懂得，运筹帷幄，胸有成竹，大到巨幅文稿，小到一字一符，必须在内心充分考量其整体布局，间架结构做到一气呵成，没有修改的余地。记得小时，农村姑娘出嫁，流行做一种小方枕，两头两块矩形封头，称作枕头顶子，一般用绿色或者黄色布做好，让父亲用毛笔写上几个篆字，父亲每次接活，总是看作特神圣的事情，细心地打好格子，一笔一画地写就，这个过程不许任何人打扰。写完后父亲总是说：写字如人生没有草稿，姑娘们做个嫁妆不容易，只能成功，不能失败。大堂之上经常见书法家一挥而就，背后付出的辛苦只有自己懂得。

中年学书，不敢有更多奢望，已经错过了人生最好季节，尚可修身养性，自娱自乐，书法讲究规矩，"刚柔并济""计白当黑""屈伸有致""龙翔凤翥"，人生何不如此？与书法结缘，与文字为伴，甘守寂寞，安静从容，学会豁达，不为名利，但求安康，低头一笔一画认认真真写字，抬头堂堂正正踏踏实实做人。

清明的记忆

又到草长莺飞三月天、春意烂漫花万树之时，此时的沂蒙暖风和煦，花团锦簇，一年最美时光"清明"如期而至。

沂蒙地处北方，只有到清明时节才是春暖花开真正意义上的春天了。清明，记忆里一直是心中最美的期盼。从二月二春龙节，就开始了期盼，传说春龙节的豆子，留到清明吃，会耳聪目明，那年我和姐姐真的用小花布缝好一个小袋子，装上满满一袋豆豆，忍着馋虫，又怕忘记，把小袋子挂在门挂上，天天等呀！盼呀！等到清明那天来临了，曾经香香的豆子，已经索然无味，才知道自己做了件多么愚蠢的傻事，但兴致不减，依然快乐。

幼年时，物质匮乏，生活得窘迫，很少有季节过渡的衣服，不像现在有毛衣、绒衣等春季衣服，那时候似乎脱掉棉衣就是夏装了，总感觉春天是那么的短暂，北方的天气春季又总是春寒料峭，忽冷忽热，母亲总是说"春捂秋冻"，不许孩子过早地扔掉棉衣。孩子天生活动量大，一到春天急不可待，盼着能够早些穿上轻快单衣，扳着指头盼呀！清明到了，就可以扔棉衣了，因为老人常说："清明穿棉裤，会耳聋。"再穷的人家也要给孩子换上春装。褪去厚厚的盔甲欢快奔跑在田野上的情景，恍如昨日还是那么清晰地留在记忆深处。

传统的清明节大约源自周代，距今已有两千多年的历史，是我国二十四节气中唯一一个既是节令又是节日的日子。现在的清明节，实际上是"上巳节""寒食节""清明节"三节融合的结果。人们只要一提起清明，就会自然而然地想到祭祖、扫墓、挂山之类的内容。其实不然，清明节这天除了祭扫之外，还可出门踏青、折枝插柳、放风筝、荡秋千，开展一系列郊游活动。白居易早有戏言，"逢春不游乐，但恐是痴人"。也有人用柳丝挽成一个圆圈，当作帽子戴在头上，以祈福避邪，民间流传"清明不戴柳，死后变黄狗"的说法。

清明时节要上坟祭奠祖先，家家户户会去坟地培土圆坟，学校也会组织学生一起去陵园扫墓，农村孩子难得去一次城里，大家兴奋看作一场旅游。清明因为也是寒食节，做母亲的会在头天夜里就煮好鸡蛋，传说吃了清明的鸡蛋不头痛，远离疾病。第二天孩子就可以带着熟鸡蛋旅行，能够吃上鸡蛋在那年月也是一种奢侈。

在我们家乡有清明消病一说。沂蒙地区温泉多，清明这天四面八方的民众都会扶老携幼去泡温泉，俗称下汤，洗去一冬天的浮尘、寒气，抛去所有的病痛，迎接新的春天。离温泉远的地方，没有条件下汤，也要全家下河，去河边走走，沐沐春风，在河滩坐坐，用河水洗把脸，让河水带走一年的晦气，冲泡所有的疾病，俗称扔病。换来健康的身体，带着美好的心愿迎接新的农耕季节。

说到农耕，自古有清明前后种瓜点豆，清明过后农耕大面积开始了。农耕离不开耕牛，爱牛如子的农民，心疼一年到头劳苦的哑巴儿子，这天要很好款待耕牛，一般人家要磨豆子，铡鲜草，给牛吃，常听姥姥说：牛不容易，抽千打万，盼着清明吃顿饱饭。

"春雨清明湿杏花，小山明灭柳烟斜。"古人关于清明的诗句不胜其多，思亲怀故，憧憬幸福，清明是一年中最美的季节，如今我们少了当年的期盼，但仍可借着美好的春光，祭祖、旅行、休闲，种下美好的希望！迎接生命中新的挑战！

春天，期待一场花事

春华秋实，春天万物勃发，争奇斗艳的季节。

初春气温跌跌撞撞中上升，一些迫不及待的花儿就忙着孕育，最耐不住的是梅花，迎春花似乎也是急性子。天街小雨润如酥，草色遥看近却无。绿芽尚未出行，花儿却抢先一步。赏花变成春天的一件雅事，留意与不留意间零星花朵总会出现在你的视野，苍茫了一冬的灰色调子，一下子就有了灵动，哪怕最小一朵荠菜花，洁白如素碎碎的点缀在大地上，甚至看不清它的花瓣，却开得起劲，不在乎是否是春天的主角，反正不能辜负了春光，真谓苔花如米小，也学牡丹开，总是那么让人怜惜。

赏花却是要有缘的，因为花期总是那么短暂。有人千里去看牡丹，牡丹高傲地拒绝，一次次精心的准备去参加梨花盛会，却一次次地错过，错过就是四季，花儿从来不等待。花儿看似开得恣意烂漫，曾见过万亩桃园的盛况，千顷油菜花的壮观，开到漫山遍野，开到碰头打脸，开到疯狂，开到泛滥，甚至开到肆无忌惮。置身花海感到从未有的富足，美丽似乎唾手可得，"黄四娘家花满蹊，千朵万朵压枝低"，不会作诗的也会诗情大发。

美好的日子总是太短，时光留不住，花事留不住，看着美丽的花朵在春风中点点凋零，不是林妹妹也会伤春，难以忍受大片春花入泥的惨烈。一波波盛开，一批批凋落，花儿开得热烈，走得一样决绝。于是期盼花开，怕花开，惜春长怕花开早，何况落红无数。我刚搬的新居，毗邻东西、南北两条小街。去年四月忽然发觉自己住在花海之中，南北街绿化植物为樱花，街道两旁三排樱树叠加，花开时节惊艳一时，簇簇累累的花朵一股脑地开放，开得那叫热烈、奔放。远远望去小街如红霞坠落，徜徉其中有种幻觉"人间天上"。人行道中走一圈，不时地要在花枝中躲避方可，一不留神就被花儿撞个满怀。花落之时，落英缤纷似乎不足以形容，整条马路变成红色花瓣雨，沸沸扬扬，行驶的车辆常常卷起一股红色风暴，行人身上被簌簌落下花瓣飘满红英，心情也如花般愉悦起来。然而一周过后，花去叶肥，走得干干净净。有时常想桃李花开为了孕育果实，等待秋后的收获。樱花如此努力地开放只是绚烂一时，空空而去，犹如一场轰轰烈烈而没有结果的热恋一般，难道它的生命仅为一次与春相约、相恋？为春而来，别无他求！

樱花凋谢之后，东西街上的槐花悄悄地接过接力棒，槐花算不上名花，躯干粗苯，花开得泼辣、豪放，一串串、一簇簇高挂树头枝丫，树冠高大常常街道两旁的枝条相互错搭，形成一道白红色相间的花廊，街中穿行有种人在画中游的感觉。槐花也许比不过樱花的绚丽，但是香气更胜一筹，槐花盛开的季节，花香肆虐，甜甜的味道弥漫开来，时刻提醒你生活本是如此甜蜜甚好。

　　花到荼蘼春事了，我总感觉槐花谢了，春天也就走了。现在还是仲春，樱花还在悄悄孕育，槐树似乎还没醒来。每天走在樱花树边，看着花蕾一点点地长大。我在等待，期盼一场花开，但真的不急，月满则亏，花开也就是凋谢的开始，期待是如此美好。

　　春天，安静地期待一场花事！

独享的雨夜

又是一个雨夜，又是一人在加班，孤灯对孤影，来不及惆怅，来不及哀怨，要做的事太多，一个人的忙碌，也有好处，可以静心，效率很高，繁杂的事务岂能难倒我久战沙场的老兵。小女子天性利落，三下五除二，痛快淋漓，迅速搞定，什么报表，什么汇报，什么领导要的工作报告，统统缴械投降，齐刷刷统统做好，嘀嘀嗒嗒，寂静的夜空只有钟表的声音忠实地伴随着我。呵呵，抬头谢钟表，会影成三人。

把所有的工作做好，却感到意犹未尽，站起身来舒展一下腰身，倩影自赏，还好，减肥做得不错，算不上婀娜，还不算臃肿，呵呵！看看偌大的空间，没有了白日的喧闹，原来我的工作场所很幽静高雅的。大大的盆栽扶桑，正开得鲜艳，小小的吊兰，长满精致的玻璃花瓶快攀上了我的书橱。云竹青青可爱，不愠不火，总是那么低调可人。

拉开窗帘，远眺这座城市正是莹红斑斓，万家灯火。那灯火阑珊处又在上演这多少悲欢离合的故事，有人说过，有灯的地方就有故事，多少人正在续写自己的故事。或许我们都是故事中的主角。看你如何演绎。人生每一天都是直播，没有彩排可以预演！

门前的大街上正是街灯闪烁，车水马龙，此时正是堵车高峰期。我们终于进入了汽车时代，多年的理想变成了现实，记得很小的时候就向往二十一世纪，憧憬汽车时代的到来，还好我们终于赶上了。却没想到这堵车的灾难，堵得你心慌，真的又怀念那自行车的时代，一辆单车载两人相互拥揽的温暖，推车边走边聊的惬意，柳条轻抚发梢的浪漫。

凄凄离离的小雨正在下着，我不急于离开，清楚地知道这时上街也要和他们一样拥堵在这车海人潮中，与其堵在路上，不如静静地停在这办公室内，独享属于自己的宁静。

静静地凭窗听雨，听雨打在花草上的声音，弱弱的似乎是在窃窃私语，雨洒在芭蕉叶上，似仕女轻弹素琴。初秋的雨多少带一点寒意，我却并不悲伤，没有那些文人那么善感。独自享受这份秋雨的静美，真的很惬意。静静地冲一杯速溶咖啡，看着咖啡一点点在热水中融化，捧着温暖的杯子，就品味着一份属于自己的淡然，有人说生活的幸福与否取决于自己的态度，你选择了宁静，宁静也就选择了你。

上次听雨似乎是好久以前的事了，更不要说有人陪你听雨。那似乎上上辈子事了吧？忙！忙！我们在忙些什么，忙得失去了自我、失去了乐趣，更不要说闲情雅致。

记起上次的加班，也是一个雨夜，不过那是夏季，雨下特大，似乎在宣泄，我也是一人在加班，看着黑魆魆的窗外，些许的害怕，感到寂寞，甚至有点点的恐惧。在感叹自己的孤独，还好我有挂 QQ 的习惯，有位朋友在线陪我度过了那个难熬的夜晚。一句"我陪你！"感动得泪水模糊了双眼。真的感谢那位朋友，不论你是否已经忘记，那幅场景已在我心中常留。现在想来当时为何不去欣赏那磅礴激情的大雨，也应该是一种难得情怀。

一朋友曾经告诉我他在蔬菜大棚里，一人听雨的乐趣，试想一片片白色的蔬菜大棚滋润在天降甘泉之中，或许淋漓，或许激情，看着棚内一片生机盎然的青色，听着外面犹如万马奔腾、千军呼啸气势磅礴的大雨在咆哮。你已经化为这蓬勃中的一员，你可以是将军，指挥千军万马；可以是士兵，痛快厮杀；也可以就是一纤弱小女子，静看潮起潮落，冷眼观虎斗，何弱之有？

饮尽了咖啡，雨似乎也小不少。本来就不大，街上的车辆也不再拥堵，关灯轻松上路，这个雨夜独自驾车行走在空旷的大街上，很惬意、很享受。独享的雨夜。其实我并不孤独。真的挺好！明天又该是一个阳光明媚的秋天！

子非鱼

初秋时光逛花鸟市场，不喜欢鸟儿的聒噪，养狗猫我没有耐心，静静的鱼儿不错，美丽而不张扬，安静而不缺灵动。欣赏它们那份自由、那份闲适、那份随意，俊逸的舞姿不需嘈杂的乐曲伴奏，就那么悠闲中自娱自乐。十元三条，老板又另外送一条。三条红色的，我叫它们"彩云岫"，另外送的那条白色戴着红色的缨帽我叫它"白袍侠客"。我家鱼缸不是太大，但四条鱼儿却带来无限生机。

闲暇之时，喜欢观察几条鱼儿嬉戏，它们多半时间会安静地趴在鱼缸底部一动不动，偶尔有人过来似乎一下从沉睡中惊醒，慌乱地从底部起飞，做着几个夸张的动作上下翻转，长长的鱼尾飘飘地摆动着，煞是好看。每天早上起来给它们换次清水，有时撒下点鱼食料。听说鱼不知饥饱，喂多了就会撑死的，我不敢多投。每次看着几条鱼儿一起争夺鱼食，来回匆忙的样子，感觉甚是有趣。有人说：鱼的记忆只有七秒钟，转身就忘记，也有人说：鱼是高度近视，它的视觉范围不过几厘米。时常想：这些听闻是真的吗？子非鱼，安知鱼之乐？鱼的世界谁又真的懂得？

不喜欢养宠物的我，有几条金鱼相伴，不论它们是否有记忆，是否有思维，欢快地活着就好，是生命就有希望。白居易有"偶得幽闲境，遂忘尘俗心。始知真隐者，不必在山林"的句子，心里一直羡慕有庭院的安然自得，可偏居高楼的人们没有那么幽静旷远的空间，几株盆栽、几尾无言的鱼儿，不惊不扰也是一份乐趣。

直到一天清晨，刚要给鱼儿换水之时，发现那只"白袍侠客"肚皮朝天漂浮在水面，怎么回事？是我照顾不周，是饿死了，还是撑死了？我可是严格按照养鱼手册做的，怎么会这样？考虑再三最后归结为：它品种高贵，太娇气，生命力不强。这三只"彩云岫"浑身就一特点"红色"，没有斑点，头上也没戴饰品，更没有鼓眼泡，披红挂彩，应该是最普通的种类，它们该不会那么娇贵。继续养着吧。事情的发展却并没有我想象得那么简单，几天后又有一只漂上来。鱼缸内仅存两只，还好相互做伴，不算孤独。我去河边专门捞来一截水草，放在缸内给它们创造接近自然的环境，希望它们能够好好生活。第二天早上起床时，内心突然忐忑起来，不敢去看它们，怕接受生命的脆弱。然而可怕的事情还是发生了，一条鱼再次漂浮在了水面。

如今本来不大的鱼缸变得空旷了，只剩一条小鱼孤独趴在缸底，无声无息，有时一天也一动不动。我忽然很可怜这条小鱼，面对伙伴们的一个个离去，不知道它是否悲伤、是否孤独？从此我很少再去关注它，更多是不忍看。偶尔想起就换一次水，想不起来也许几天不管。心想，过不几天也许就会离去。奇怪的是，几天过去，它依然安在，一周过去，它还在那里睡觉，偶尔醒了游上一圈又重新回去假寐。一个月过去它还活着。女儿说："它太孤独了，再买一条，给它做伴吧。"女儿一句话提醒了我，不对，为何那么多都死了，只有它幸存？是不是它杀死了它的同伙？女儿对我这种想法坚决反对，不能这么恶意地去揣测一条无辜的小鱼，它只不过生命力强而已。

是它的生命力强吗？它真的需要伴吗？仅有的一条鱼儿，我不想让它生命终结在我的眼下，还是放生吧，让它回归大河，到它该待的地方。鱼的世界我真的不懂！

我们有理由自信

历时三年的官司，终于尘埃落定，先生仅一句：总算结束了，终审我们胜了。没有鲜花，无须掌声，三年的疲惫，放下包袱，舒一口气重新投入到新的奋斗中，我们需要做的事情太多。

因为这件事牵扯到我的亲人，我也就成为亲历和见证者。因为一项技术产权，一套产品的开发，和日企拉开三年之战，起诉，反起诉，一审、二审，取证、再取证，反反复复地煎熬，三年，多少个日日夜夜，总有一种阔匪的感觉，尝遍了作为一家刚刚立足的民营企业走向国际市场的种种考验，甚至是煎熬。

忽然有种心疼起我们的民族企业的心态，我们短暂的发展历史，面对老牌欧美企业，曾是那么弱不禁风，有人曾经做过这样一种比喻，民族企业的发展就像一位乡下农民种苹果，一直按部就班沿袭着自己古老种植技术，相对安好，苹果长得不是太好，但家人周围的邻居水平都是如此，当一天市场忽然打开，涌进大量西方技术栽培的苹果，又大又红，香甜可口，所有质量都超过了你，侵吞着你曾经的市场。此时要么你拔掉苹果树，从此告别苹果栽培，要么就是卧薪尝胆认真培育自己的品种，等你把苹果也培育到有信心想进入国际市场时，你才

发现，人家已经把市场的门槛抬得老高了，什么欧盟标准，北
美标准，又是免疫、生化、微残，一个小小苹果有九十多种规
则限制把你拒之门外，此时因为你比人家低，要承受耻笑、挤
兑，随时都可能被杀死在襁褓之中；当你历尽万苦终于挤进市
场的一角，你以为可以和人比肩了，漫长的竞争之路才刚刚开
始，此时要更多面对不屑、质疑、讽刺、甚至是猛烈地打击；
当你稍微高出别人一点，你的竞争对手感到威胁、嫉妒、排压
甚至声讨随之而来；只有当你远远高出别人，对手需要仰视之
时，才会博得别人尊重，甚至是膜拜。

　　对起步晚、底子薄弱的民族企业这个过程的艰难绝不是
危言耸听。一家钢管厂的企业老总在谈起他们在美国的销售之
路，十年曾经遭受过五百次投诉，大大小小的官司耗尽难以数
计的人力物力。一台涡轮发动机被国外注册的技术专利数以万
计，一个小小火花塞的专利保护足有上千项之多，难怪技术领
域称之为专利之海，我们的工程机械就在夹缝中就生存，面对
列强的挤压，在没有硝烟的战场上奋斗。

　　三十年的拼搏，从无到有、从弱到强、从失败到成功，
中国人在努力，几年前曾经有位外国人拍摄一组"沉睡的中国
人"的图片，有人睡在马路边，柜台前、值班室甚至是工地的
脚手架上，那不是说中国人懒，反映的是中国人的辛劳，劳动
间隙的疲惫，一段小憩，醒来马上就会投入新的工作。中国人
的勤奋最终把生意做遍全球，不论是发达的欧美，还是战乱的
非洲，甚至在太平洋一个仅有不足万人的小岛上都有中国人的
门店。积累了大量财富时，也获得更多先进的技术和人才。

面对一项项技术突破，我们可能会感觉离我远着呢，其实每项技术发展都随时改变着我们的生活。十年前高铁还只是一个传说，几年后已经铺到地市，铺到我们的家门口，远处挤进了世界高铁之林铺遍了全球，你也许会说那只是一项单一的技术领先，其实在当今全面互通、多元发展的背景之下，一项技术代表整个国力综合技术的体现，一辆汽车的零部件需要六百多家企业的相互配合，从冶金到锻压，各种材料搭配，甚至小到一颗螺钉的喷漆工艺。只有整体技术的提高才能带动整个综合国力的发展。

当我们导航有北斗，高铁铺遍全球，当我们的芯片能够自产，当华为产品占据世界销量第一时，我们应为我们的民族企业喝彩。当有人在嘲笑自己的国家落后，说中国就是个山寨大国之时，你可想过民族企业的艰难。十多年前忙着出国海淘，可能会是时尚，是炫富的资本。如今再漂洋过海买个马桶盖、电饭煲之类，那只能说你 out 了，再有几年必定成为笑话。前几天我一位去欧洲旅行的朋友，被导游吹晕乎了，从德国背回三口炒菜锅，每口折合人民币一千八百多元，回来一看国内那种材质的就有，而且毫不逊色售价不足百元。仅仅是后悔吗？已成为圈内闲谈笑料了。

国运昌盛来自每一人的努力，愤青不算爱国，空谈不能兴邦。如今网络遍布，每个人都是作家、都是记者、都可以出版发布，言行达到空前自由之时，当我们看到那么多喷子满天飞，喷完政府，骂体制，骂完教育，咒卫生，总是认为外国月亮比中国圆。和国外很多发达的国家去比我们还有差距，我们面对取得的成绩不敢狂妄自大，但也绝不妄自菲薄。中华民族不缺聪明才智，不缺勤劳奋进的精神，或许缺的仅仅是民族自信心而已。

当某些国家还在为义务教育立案争吵之时，我们已经完成了九年普及；当印度议会还在为高铁路线争论不休之时，我们的高铁已经走向世界；当奥巴马信誓旦旦高呼禁枪之时，他的任期已经结束；而当祖国的撤侨军舰开到亚丁湾港口时，看到的是同胞的热泪和他国难民的羡慕。面对列强虎视南海，祖国海军慷慨亮剑之时，我们应为拥有伟大的祖国而自信！为祖国而自豪！

旅行篇

东城渐觉风光好

江北水乡——沂蒙河东

　　"人人那么都说，哎哎，沂蒙山好！"一曲《沂蒙山小调》唱彻齐鲁大地，回荡赤县神州。蒙山高，沂水长，沂蒙是个好地方。巍巍蒙山和当年的抗战故事，使这里成为了一片红色热土，多少人为之魂绕梦牵。然而这也容易给人留下一个错觉，似乎沂蒙就是个老大的山区。我给朋友带来的却是家乡沂蒙的另一片风光——水乡河东。

　　我的家乡属于鲁南沂蒙山的丘陵地带，处在临沂两大水系之间，东牵沭河，西挽沂河，北面背靠沂蒙山。临沂市的河东区，号称沂蒙的江南，江北的水乡。这里地处临沂盆地，四季分明，雨量充沛，水源丰富。以八湖为起点，向西或者向南，便有李湖、邢湖、潘湖、张湖、万湖等十八个带"湖"字的村庄一溜儿排开。曾经有人考察过，进湖出湖，几天都是围着湖泊打转，似乎当地有什么姓，就有什么湖，湖多以姓氏为名。

　　听老人讲，过去这里曾是一片湖泊，号称万顷水乡。每当到雨季，一片汪洋，村与村之间无法往来走动，只能驾起水筏舟船，才能过河渡水。那时这里最适宜种植的作物只有高粱，是远近闻名的高粱之乡。有时甚至想莫言的《红高粱》，是不是就是以我家乡为背景的？河东的农民下地干活，不是山里人所说的"上坡、下地"，而是称作"下湖"。想象当年一挨秋季，诱人的青纱帐里，风情万种的姑娘与湖边激情澎湃的打渔郎遥相对唱当地的民谣柳琴、拉魂腔，又该演绎出多少浪漫的爱情故事。而一旦高粱成熟，红如漫天燃烧的烈焰，无边无际，又将在人们的心目中腾起多少丰收的喜悦。家乡饱经风霜的老人，总是笑我文人情怀，说那时水利设施不行，十年倒有九年荒，要是赶上雨水大的年份，几乎颗粒无收，常有人背井离乡去逃荒、去要饭。

中华人民共和国成立后，家乡展开了轰轰烈烈的农田水利建设，开沟挖渠，扒河架桥，对经常泛滥成灾的沭河进行多次清淤疏浚，其中最著名的当属东调工程，彻底解决了历史水患，万里湖泊摇身一变成了万顷良田。在我幼小的记忆里，已经没有了湖泊，只有大大小小的池塘，大的几十亩地，小的也有几个足球场大，它们之间多以小沟小渠相连相通，就像一粒粒珍珠穿在一起，为村庄戴上了美丽的项链。夏季到来，蛙声一片，池塘边垂柳飞扬，榕树飘絮，荷花盛开，鱼虾翻飞。

每到暑假，小池塘就成了孩子们的乐园，有的游泳打水仗，有的采莲蓬剥莲子，而鲜嫩的鸡头米则是我的最爱。有时我们用两根紫花槐条交叉弯曲，末端拴住一块绡布的四个布角，轻轻放进水里，过会儿用树枝一挑，绡布里小鱼小虾欢蹦着就被提上来了，这叫提鱼，很好玩的。秋天是莲藕的收获季节，一节节胖乎乎的白莲藕清脆甘甜，那长长的藕丝至今还让人魂牵梦萦。孩提时，我更喜欢水塘的冬春两季，冬天水塘成了天然溜冰场，我们在上面溜冰戏耍，总是笑声不断。春季水位下降，大片塘泥裸露出来，正是采河蚌的最好时机，一群小孩子光着脚丫，在湿漉漉的淤泥里反复踩探，忽地感到脚底下滑滑的、硬硬的，伸手一摸，便摸上来一个大大的河蚌，欢欢喜喜地放入自己的小篮子里，一会儿就能摸上一小篮，提回家去，午餐就可以喝到蛤蜊汤鲜汤了。后来我吃过无数海鲜，总觉得都没有家乡的嘎啦汤鲜美。河蚌是家乡的特产，那时我们就开始用河蚌养殖淡水珍珠了。

然而这一切，如今仅仅成了难以忘怀的记忆。不知是水资源匮乏了，还是水利设施更好了？池塘已经失去了原来储水防旱的意义，面积越来越小，水量越来越少，直至全部消亡，最后成为了一片田地。有人或许为此感伤，而我却更为自豪。眼下的河东，一马平川，良田万顷，方正有序。昔日的排水渠，换成了时下的"U"形渠，水泥铺底，滴水不漏，农田灌溉采用新式技术，喷灌、滴灌、水漫全部由远程控制，电脑操作，根据田地墒情，合理调配。一年两熟，春天麦浪翻滚，碧波万顷；秋季稻花飘香，沁人心脾。这里的人们已经告别了繁重的农耕劳作，几乎所有的农活都已被大型机械所替代。勤劳智慧的故乡人，没有选择远走他乡去打工，而是一往情深地爱着这片土地，依附着这片土地，积极拓展第三产业，发挥当地水资源的优势，选择喜水的杞柳种植，将过去的万亩青纱高粱田，变成了千里绿荫杞柳园。这里已经成为全国最大的柳编之乡，丰富精美的产品漂洋过海，流向世界各地。

部分湖泊、池塘的消退，不代表水乡的消失。曾经久负盛名的家乡白莲藕，形成了集中种植，八湖乡的万亩荷花塘，早已成了闻名遐迩的旅游景点。而汤河的沂州海棠，更是繁花盛开，飘香万里。鱼米河东，沂蒙江南，我永远的江北水乡！

畅游农博园

过了春节，气温刚刚转暖，杨柳尚未复苏，但寻春的我们已经迫不及待地驱车前往古都兰陵，参观农博会展览，争睹早已来临的"春天"。

兰陵是座古城，可以追溯到春秋战国时期，著名儒学经典的传承人、辞赋之祖荀子，就曾在此任职"兰陵令"。唐朝的诗仙李白，在醉卧兰陵后，留下了千古名句："兰陵美酒郁金香，玉碗盛来琥珀光。但使主人能醉客，不知何处是他乡。"现代的兰陵，用绿色的农作物点缀深厚的文化意蕴。在诸多的有机农作物中，尤以大蒜为佳，故兰陵也被称作"大蒜之乡"。如今，大蒜塔高高耸立，似乎在向远方的客人诉说兰陵的古往今生。

以种田为生的兰陵农民，所种蔬菜远销全球，可以说他们的大棚就是世界的菜园。勤劳创新的兰陵人民不满足现状，他们最近又开发了集种植、销售、观光于一体的农业公园，成为全国人民争相参观的蔬菜圣地。

我们到兰陵的时候，正好是大型的春季博览会召开之际。踩着红红的地毯，穿过绚丽的灯笼，在欢快的唢呐曲《迎新春》中，我们踏着春节的节拍开始了游览。

　　春节的兰陵农业公园游人如织，他们穿着节日的盛装，洋溢着新年的喜庆。我们随人流进入第一站兰花亭，外面还是春寒料峭，但这里已经是春意盎然。这样说似乎有点不合适，因为这里已经不单单是春色了，绿意正浓，迎面的蝴蝶兰娇艳俏媚张开美丽笑脸，喜迎八方客人，热情的红玫瑰吐着醉人的芬芳。穿过鲜花盛开的走廊，走过曲径幽深的小桥流水，穿过精巧的别有洞天，眼前豁然开朗，哇！好一派田园风光，厚厚的棉衣已经成了负担，卸去笨重的盔甲，轻装上阵，一门之隔，走过冬春，来到了盛夏。

　　高高棚架上的南瓜、葫芦，圆滚滚，长溜溜，摇摇晃晃，密密麻麻，让你忍不住想去触摸，似乎时光回到农家院落的秋天。时不时传来一阵阵惊呼，照相机的快门咔咔不停。一条蜿蜒的石子小路，曲折回旋，一条条小溪缓缓流淌，溪水清澈，小鱼在欢快地嬉戏，小路两旁的绿色植物，扑面而来，大多叫不出名字，这里已经没有四季之分了，更没了地域的边际。看这边南美的茄子正在和非洲的橄榄亲密亲爱有加；那边棉花正在吐絮，它的邻居番茄已经鲜花盛开；东北的甜菜和西藏的莴笋低声交谈；海南的芭蕉郁郁葱葱忙着挂果；高高的椰子林上椰果肥硕；那边一处高山流水，瀑布水花四溅，伴着悠扬的乐曲，香蕉树的果实已经泛黄，它身旁的榴莲似乎急于竞争，看大大的果实憨红了脸庞，来自天南地北的瓜果蔬菜成了一家。

　　整个田园布局，有壁画，有盆景，有园林设计，有江南风情，也有沂蒙的农家小院，一座座人造小景清新雅致独具匠心，既有名人轶事，又有科普知识解读，真有点方寸见世界、一棚纳乾坤之势。

感叹园艺师的精湛技术，顺着农家小院的曲径步入另一片天地，高科技立体园地，映入眼帘的是成片的鲜花，这里成了色彩的海洋，红的如火，绿的欲滴，紫的高贵，黄的灿烂，白的如荼，是漫天彩霞落人间吗，还是偷得仙女织锦铺盛装，进入花的世界，即使再抑郁的心情，这里也让你喜波荡漾，一下子拥有了千朵玫瑰，万朵兰，所有的花儿都冲你开怀，当年的武则天强令天下鲜花隆冬开，大概也没有如此的盛况吧？她哪知道看似荒谬的梦想如今已经变成现实。眼睛似乎不够用了，算是真正理解什么叫目不暇接了。

穿过花海，进入立体种植园，空间被隔成一道道回廊，有点像迷糊阵的感觉，一排排的廊柱整齐划一，从上到下，一个个精巧小型盆栽像琳琅的货架一样规矩地摆开，一颗颗绿色、紫色的蔬菜正在自由地生长，嫩嫩的叶子，让你不忍心触碰，这里不再是蔬菜地了，应该是蔬菜墙了，如果刚刚还在为花海陶醉，这里已经成了绿色的空间、绿的天空，盛情的绿色从空中四周全方位地把你包围。有种恍惚，似梦似幻的感觉，几位女孩兴奋地拍照，是的，这美好的境地谁不想留下倩影？

怀着留恋的情结走出风情回廊，更大的惊奇，等着你。几枝绿色的细茎高高地托起一片绿色的天空，上层打起圆形的罗裙，上面已经绿色葱葱，叶子的缝隙间一个个红色、紫色长长的果实垂落下来，细看竟然是辣椒，第一次见这么大的辣椒树，一个个亮晶晶的辣椒饱满肥硕，冲击着我的视觉，挑战着我的思维，不可想象。正为辣椒惊叹，那边的茄子五颜六色，一层一层地向上生长，像绿色的生日蛋糕一样，底下一层层像铺开的荷叶，最上层，像是撑开的巨伞，一只只黄色的花朵高高地吹着喇叭，枝叶下塞满了紫色、白色的小吊带，小荷包，晶凝透亮，似珍珠、玛瑙可爱至极。这是我们记忆中的蔬菜吗？

茄子的旁边，一架绿色碧络高高地悬在空中，它底下是什么？像丝线，似瀑布，像流水，千条万条垂下来，我不知道该怎么描绘它，似美人的发丝，似仙女裙络的流苏，浅黄、深黄、嫩紫，自空中倾泻而下，浪漫的琼瑶曾写过一帘幽梦，这千万条花色帘子，不知能编织多少美妙的春梦。用手轻轻撩起，柔柔的软软的，又带有韧劲，不干不涩，含着滴滴润露，轻轻一捏，会流出点点剔透水珠，原来制造这浪漫惊艳的竟然是碧络的须根。因为这里是无土栽培，裸露的须根也成了美妙的风景。

满目绿色蓬勃昂扬，生命的色彩发挥到了极致，徜徉其中，忘记此时正是刚刚开春，正是春寒料峭、乍暖还寒的时节。面对一片热带雨林，高大的热带作物，宽阔、肥壮的绿叶，一簇簇榕树、椰树，仿真的大象，吼叫的恐龙，真有种时光倒流，随时光隧道回到了远古时代的感觉。密密的丛林，似乎来到了南国的海边，领略着既像是在梦中又的确存在现实的热带风光。感叹科技的力量，没有做不到的，只有想不到的。也感叹睿智的兰陵人在隆冬的季节用自己的才智，劈出一片独特的农业风光，新时代的农民再也不是面朝黄土背朝天的一代，科技给勤劳的人民插上了腾飞的翅膀。

千顷棠林舞彩蝶，万亩荷塘飞白鹭

周末应临沂大基地大开发管理处朋友的邀请，与青藤文学文友一行前往茶山现代农业基地参观，这里是鼎益与金锣集团共同建设的一个造福当地的福利项目，即生态，旅游、生产一体的新型农业基地，刚刚落成不久，我们先睹为快。

汽车离开喧闹的临沂市区，沿柳清河一路北去，飞快进入半程境内，五月底正是浅夏，田野一片葳蕤葱绿，草长莺飞勃勃生机。汽车在蜿蜒的绿色通道中穿行，满眼翠绿目不暇接，左边的桃子刚刚挂果，右边杏子已经泛黄。小路两旁的紫叶李长得枝繁叶茂，相互扣笼几乎把小路遮盖起来，玉叶层叠，阳光照进缝隙，被青枝碧叶切割成一束束粗细不等的光柱，射到车箱玻璃上形成点点光斑，煞是好看。此时李子刚刚挂果，一颗颗紫色的幼果缀满枝丫，如珍珠，似玛瑙，好可爱哦！透过车厢伸手可及，摘下一颗不忍淬尝：酸酸的，涩涩的，还不成熟，再过一个月，就是李子成熟季节，那时应该空气都是酸甜的。

汽车继续在绿海中穿行。"海棠林到了！"车上导游传报。这就是我们要参观的千顷海棠林，成片的海棠一笼笼，一条条，遮阴蔽日，连绵如海如潮。树形成伞状铺开，海棠刚刚谢花不久，正在挂果，一扎一扎的果子像小小的铜锣锤一样，拥拥挤挤、密密匝匝，缀满了枝头，浓密的叶子也遮盖不了这些急于表现的小精灵。我忽然感觉一种失望，我们来的不是时候，如果早来一个月，我可以想象这万亩海棠花一齐开放是何等的壮观？五月落雪、千树万树梨花开的描绘会显得苍白了；一定是花团锦簇、蝶飞蜂舞一片迷人景象；如果再晚来几月，万亩海棠成熟，硕果累累香飘四野也会让人沉醉。此时繁华已过，正是树木憋足劲努力奋发成长的过程，有点稚嫩，有点酸涩，当然更多的是期待，是希望。

"蝴蝶，蝴蝶！"车上年轻女孩激动地大叫，忘了淑女的矜持，哇！正在我遐想之时，汽车似乎进入蝴蝶王国，成团的黄色、粉色、白色的蝴蝶翩翩起舞，太美了，曾经读过《蝴蝶泉》那是在云南呀，如今的江北也能领略到这美丽的花间精灵阳光仙子的美妙，想起"穿花蛱蝶深深见，点水蜻蜓款款飞"的曼妙，更有"留连戏蝶时时舞，自在娇莺恰恰啼"的惬意，但都不能表达内心的狂喜。同车的女孩急切地招呼司机师傅停车，女孩忘情地展开双臂，成片的蝴蝶在她身边翻飞，一会儿美女的头上、手上落满一只只小巧的精灵，"哈哈！"我们开玩笑，"你是庄周吗？这么多蝴蝶跟随？"看来蝴蝶也是喜欢美女的，终于知道什么叫招蜂引蝶了，太美妙了"蝴蝶美女"。车内的文友忙着抓拍这美妙的瞬间。此时的我摇下车窗，伸出手臂想触摸这如梦如幻的美丽，一只黄色蛱蝶在我指尖来回穿梭，似乎在向我展示它漂亮的舞姿。舞，不停地舞，终于它安静下来，停在我食指指尖，两只翅膀紧紧靠拢竖立起来，我甚至看到了它身上粉嘟嘟的黄色鳞片，一对乳白色小小的触角和那双圆圆的眼睛。我不敢有半点抖动，怕惊扰这位小小仙子的休憩，它是那么飘逸、那么轻盈、那么从容，让人爱惜生怜，它是来安慰我刚刚还在惆怅的内心吗？

还有更加美妙的旅程等着我们，只得告别热情的蝴蝶，我们的汽车在林间慢慢地穿行，担心过快误伤了这群可爱的生灵，蝴蝶一路相伴，翩翩起舞为我们送行。"这么多的蝴蝶，不担心它们的幼虫侵蚀果树吗？"同行的文友富有理性的问题，把我们从浪漫的思绪中带回现实。"没事的，这里是生态农业，讲究一切回归自然，由于不用农药，远离化肥的污染，蝴蝶大量繁殖，但自然界的生物链，环环相扣，相扶相克，自然平衡，大量的蝴蝶，也就有了大量的飞鸟，你们看……"顺着基地朋友手指的方向望去，一排飞鸟自天边而来，飞翔在蓝天白云之下、青山绿水之上，它们飞翔的姿势尤其轻盈飘逸，细长的头部往回收缩至肩背处，脖颈朝下曲成荷包袋状，双脚秀挺而直，远远突出于短短的尾羽后面，两页宽大的翅膀慢悠悠地摇动如扇，动作显得从容不迫，十分优雅柔美。一句"一行白鹭上青天"涌上心头，"白鹭！是白鹭吗？"马上为自己的判断否决，白鹭号称鸟中君子，对自然环境要求很高，是国家一级保护的濒危物种，喜欢生活在江河湖泊、池塘溪流及水稻田和沼泽地带，以鱼虾螃蟹、蝌蚪昆虫为主要食物，似乎更多生活在南方。这里可是北方田野，怎么会有大片白鹭呢？同行人员给了我肯定的回答："就是白鹭！""白鹭怎么会生活在这里？它们怎么生存？""别急，我们下一个旅程就会告诉你答案。"导游竟然卖起了关子。

汽车在柳青河边上了公路，飞驰起来，一会儿便在一爿宽阔的广场边停下，大型的匾额告诉我，这里就是传说中的万亩荷塘基地了，有种恍惚之感，我来到了江南水乡吗？成片水塘修整得方方正正，静如明镜，远远望去水天相接、广袤无垠。水田旁边的沟沟坎坎，长满了茂密的水草，微风中摇曳多姿；水田中刚刚露出水面的新藕芽，展开一两个圆圆的莲叶，有的似乎还在羞涩打着卷儿。有朋友说："如果六月来，就能赏荷花了。"是的，我能想象得到六月那"接天莲叶无穷碧，映日荷花别样红"的盛况，但此时有此时的曼妙，正可欣赏"小荷才露尖尖角，早有蜻蜓立上头"之雅致。水田太为广阔了，我们只得乘车观赏，车子缓缓行走在田间陌上，似乎有种时光穿越的感觉，蓝天之下这片净土，使人安静、沉醉，我们在赏风景，也装点着风景，一切那么祥和安宁，不觉中渐入藕塘深处。

"白鹭！"随着文友惊奇的呼喊，我们停下车子，站在塘边欣喜地饱览眼前的一切，水天之间，无以数计的白鹭，振羽翻飞，时而白羽如云，时而直插云霄，时而静落水中。高洁的白鹭浑身洁白，如雪如云，或静或动都是那么从容不迫、优雅自然，它那飞行姿态富有绅士风度，借用《毛诗·周颂》中"振鹭于飞，于彼西雍"的诗句，比喻它的气定神闲的韵味再形象不过了。时下正是五月，白鹭的繁殖期，水田间，或者单只白鹭一脚独立秀芭蕾，形同天国归来的仙鹤，体态雍容华贵，特别是那条硕长的脖颈和两只修长的秀腿，那可是当下多少女子可望不可求的；或者两只白鹭交颈相拥，相亲相爱，画面温馨恬淡；或者悠闲得稳如钓鱼一般的觅食，看有意无意间将火红色的长喙忽地插入水里，叼起一条活蹦乱跳的银鳞小鱼，昂首咕隆一声吞入腹中，动作之敏捷利落，远比关云长温酒斩华雄还要来得潇洒快意。只要有白鹭的荷田就天然形成一幅美图，你从任意角度，不需调试怎么拍怎么都是精品，因为白鹭就在那里装点着一切，那就是灵气，那就是焦点，所有的朋友都忙着拍摄，留下这美好的定格。

　　此时我面对如此美妙的画面，却感到语言是那么的苍白，记起郭沫若先生的散文《白鹭》的句子：白鹭实在是一首诗，一首涸在骨子里的散文诗。白鹭的高雅无须言表，郭先生也在文中提到，"或许有人会感到美中不足，白鹭不会唱歌。但是白鹭的本身不就是一首很优美的歌吗？"是的，白鹭无语，正是这种沉默安静更加彰显它的高雅，在众鸟叽叽喳喳、喧闹不停的世界，能够独守一隅，静享孤寂，悠然中不也是一种独特之美吗？就像这万亩荷田的创造者，在一片荒滩之上劈出如此诗情画意之地，他们没有大声喧哗，也不需要别人为他歌功颂德，有的只是默默的奉献，散尽万贯之财换来一方净土；在污染日益严重的大气候下，给子孙留下一片碧水蓝天；给美丽的白鹭搭建一块栖息之地。造福当地民众，使千百万面朝黄土背朝天的农民，从繁重的传统农业劳动中摆脱出来，成为新时代的产业工人，走向共同富裕之路。

身在蒙山中，何处不风景？

国庆长假第三天，一大早和临沂在线旅游网的朋友一起结队自驾游蒙山，第一次参加自驾游，兴奋得很哦，队伍如此庞大，组织者也出乎意料，本来预计不过十辆车五十人的队伍，没想到，竟然报名到了五十辆车，一百五十多人，浩浩荡荡颇为壮观。

人多也带来了麻烦，两位导游姑娘指挥不过来，行进速度异常的缓慢，经常有车辆掉队了、失联了，有朋友抱怨起来，担心路上时间太多，耽误了爬山行程。我却感觉很好，很新鲜的，一路对讲机开着，欢声笑语，听队友开着妙趣横生的玩笑。唱着跑调的情歌，沿着风景秀丽的滨河大道，蜿蜒如巨龙的队伍，在深秋葳蕤色彩斑斓中穿行。愉快着呢！旅行不就是享受过程吗？

九点庞大的队伍终于到达巍峨的蒙山脚下，蒙山又叫东蒙号称八百里沂蒙，蜿蜒起伏，连绵不断屹立在齐鲁大地，雄踞鲁南要冲，蒙山仅次于五岳至尊的泰山，自古有登泰山而小天下，登蒙山而小鲁之称。我们今天要攀登的恰是平邑段蒙山的主峰，目标蒙山的制高点——龟蒙顶，海拔 1156 米。由于路途上耽搁时间太久，导游建议我们乘缆车登山，可是这样会失去观看徒步登山路上的沿途风光的机会，一些年轻的队员面对远方的高高嵯峨的山峰不屑一顾，依然选择徒步登山。一对年轻的夫妇带着幼小的孩子，父亲把儿子高高地托在脖子上，儿子揽着父亲的脑袋，高兴得小手不停地招摇，母亲紧紧跟在身后，满脸的幸福，多么温馨的一家呀！这个时段真好，父母正年轻，有的是力气，孩子尚为幼小，恰好够父亲扛起，一起尽情沐浴在融融亲情之中。正如这上山入口，地势相对缓平，群山在高处召唤着进入怀抱，此时的景观或许不是最好，但值得期待，因为山在，希望在，所以信心满满。

我清楚自身条件，腿部伤病，不想冒险，再说我们只有六小时的时间，单程登山就要四小时，只得选择乘车登山。心中多少有些遗憾，羡慕年轻的豪迈。还好有家人陪伴，轻松中一路前行。观光车像一条善舞的游龙，在茂密的蒙山森林中穿梭。蒙山森林以其超高的森林覆盖率，及良好的植被保护和多样化的生物层次被评为"全国第一座生态名山"，这里森林覆盖率达到了百分之九十八以上，被称为天然氧吧，是休闲养生最佳之地。此时正值中秋，一年最美季节，葱绿之中，微微变色，大自然的调色板似乎正在涂染，低处的阔叶林，玉叶层叠，密密匝匝，阳光从点点缝隙里斑驳袭来，随着车子的游动，感觉眼前有千万颗珍珠在翡翠的玉盘中滚动，煞是好看。车子行至半山腰。小路似乎一条丝带，忽隐忽现，途中路遇陡坡感觉有种垂直升空的恐惧，车内一片惊呼，身子不由向山的一边靠拢，另一侧则是万丈悬崖，云雾缭绕，深不见底。掠过一片柞树林，微风吹过，成片的橡果像雨点一样纷纷下落，地上已经覆盖厚厚的一层，如珍珠，似玉石。悠忽中有几只松鼠小心探头探角不是忙着找食物，似乎在和人玩着捉迷藏的游戏。偶尔几棵羞涩的红枫露出妩媚的身姿，装点万顷的绿色。不由让人想起"万绿丛中一点红"的美妙。

车子继续上行，绕过一片波光粼粼的湖面，已经达到中天门了，此处可谓色彩斑斓，五颜六色，植被色彩有单一的绿色，慢慢过渡，黄绿、微黄、橙红、酒红，一棵棵美妙的树娘，似乎是多情的舞女，随风婆娑，摇曳多姿，在参加大自然的炫美盛宴吧。卖弄风情，各显风骚。此时的山峦，在大自然这位高超的调色师乔装打扮下，分外妖娆，正对着湖水悄悄地欣赏自己美丽的倩影。山到中腰，应该是最妩媚、最多姿的时候。我正陶醉在这湖光山色中，一阵嘹亮的歌声传来，一群背着背包、打着彩旗的青年驴友唱着熟悉的《沂蒙山小调》沿着崎岖的山路攀岩而来，其实这段山路很陡峭的，难得他们这么有兴致。火热的青春，他们的人生也像这起伏的群山一样，正值英姿勃发活力无限之时，当然也就背负着更多的义务和责任。

"年轻真好！"我从心里发出感叹时，车子已经行至山顶车站，高高的龟蒙顶就在眼前，下车拾级而上，400米的山道并不轻松，每一层台阶笔直上升，每一步都要付出努力，女儿一路搀扶，给我鼎力相助，内心倍感温暖，才几天的小丫头，竟然反过来照顾我了，有孩子的感觉不错哦！付出一身的汗水，终于到达顶峰，此刻雄壮的山峰就踩在脚下，放眼望去，四周群山起伏，云海翻滚，真有"天低雾沾履，路险云在肩"的感受。山风吹来，清新爽朗。远眺："苍鹰巡玉宇，耕牛守麦田。"

此时明白什么叫心旷神怡，但绝不是征服后的感觉，而是和山亲近，和山对话，感觉自己已经是山的一部分，虽没有范仲淹的"把酒临风喜洋洋者也"的情怀，但却深深理解了古人"鸢飞戾天者，望峰息心；经纶事务者，窥谷忘返"的感悟。

　　导游提醒我顺山顶天街栈道，即可到达峰顶著名景观拜寿台，拜见蒙山老寿星了。蒙山以负氧离子丰富著称，传说登此山一次可以增寿九岁，龟蒙顶的对面山峰上一幅巨型石刻雕像"寿星图"，游客来此必拜，以求阖家幸福长寿吉祥，作为世界最大的山体石刻已经列入"吉尼斯"世界纪录。所谓栈道就是沿陡峭的山崖悬空搭起一排小路，最窄的地方仅能容一人通过，向下就是深不见底的悬崖，靠山一侧，怪石林立，苍松葱茏，一棵棵上百上千年的松柏或匍匐或挺立或横陈，相互盘根错节，虬枝盘曲，葱茏苍翠，雄健沧桑。不知道它们在此守候了多少年，身上的一层层的鳞片像巨型龟背上的花纹，雕刻着岁月的印记。让人不由心生敬畏之情，感叹大自然的魅力所在。栈道相对平坦，风景如画，高处是悬挂两山间的空中索道，如仙似神的游客悬置半空飞掠而过，底下浮云飘飘，相机随便一按都是一幅绝妙的风景图。俏皮的山荆子满身红装，颗颗晶莹透亮，红的似火，润的如玉，像初成的少女，不时伸到路边引诱游客。伸手采下一颗，酸酸的，微甜、稍涩，谁能舍得吃下这么美丽的精灵？玛瑙一样可爱，一簇簇，一扎扎，点缀在山间，给秋天的蒙山增加了无限的魅力。成群的山鸟却顾不得欣赏，正在大口地朵颐。

　　舒缓的道路，美妙的风景似乎是大山对登峰者的馈赠，好时光总是感觉短暂，绕过一处突兀的山峰，眼前一片豁然开朗的平台，这就是著名的拜寿台了，对面山峰像斧劈一样，犹如一幅巨大画卷挂在半空，身高二百多米的寿星，白须飘逸，左手持龙杖，右手托仙桃，慈眉善目，笑逐颜开，亲切安详，喜迎八方客人。一群白发红衣的老年人，早已经乘索道到达这里，他们欢快地开着玩笑，在台边拍照留念，看他们摆 Poss 的劲头，哪里像年过古稀的老人，帮他们拍下合影后，看着一张张开心的笑脸不禁想起一句："莫道夕阳近黄昏，彩霞一抹醉枫林"的诗句。

夕阳西下，带着欣喜、带着留恋告别风姿卓然、博大雄伟的蒙山。虽然因为赶时间，选择乘车游览错过不少美妙的风景，有点点遗憾，但不后悔，不懊恼，因为登山如人生，每个阶段都有不同的感受，不同的魅力，当下就是好时光，正如：身在蒙山中，处处皆风景！

浮华过后柿树园

天地慷慨，润泽万物，每个季节都赋予人类最美的食材。七月枣八月梨九月柿子忙赶集，时近深秋又到了柿子上市的季节。熟透的柿子挂满枝头，那副红彤彤的、火热热的气氛总让人陶醉。"柿叶翻红霜景秋，碧天如水倚红楼"，在空旷而萧瑟的深秋里，这一抹红，成为一道炫目的风景。

整天奔波于市井，疲困于繁杂之人，难得空出一天的时间，恰如唐人李涉所言：终日错错碎梦间，忽闻春尽强登山。因过竹院逢僧话，偷得浮生半日闲。半日清闲，让我狂喜到有种受宠若惊，甚至有点惊慌失措，该如何打发这一天成了我甜蜜的负担，清晨我认真洗过全家的衣服，打扫好卫生，呆坐沙发之上吃一口甘甜的柿子，看着窗外湛蓝的天空和不温不火的秋阳，或许这就是岁月静好，不能辜负了这美好时光，忽然想起前几天朋友推荐的一处游玩之地——柿树园。柿树园前几年开展农家游，美丽乡村建设，新闻报道经常占据市区各大媒体的头条，红得不亚于秋后熟透的柿子。如今多少年过去了似乎热度渐减，柿子园村是否风采依旧，内心泛起小小的激动，何不在这美好时节探访"柿树园"？

一个人旅行，说走就走，现代化生活给了我充足的便利，驾车开导航，沿新修国道奔驰，接近六十公里的路程不足一个时辰已到达古莒地界。下了国道，随着公路逐渐变窄，汽车在鲁南丘陵上起起伏伏，蜿蜒穿行。深秋了，田野里已经看不到庄稼，天地间一片空旷，只有成片荒草在秋风中摇曳，田间小路似长蛇一样九曲回转着伸向山岭深处，路面逼窄几乎仅容一车通过，真的担心万一对面有车来该如何会车，马上就知道我的担心是多余的，空旷的田野，目及之处不见一人，安静到不忍惊扰,忙乎了一路的导航小姐似乎也受了这静谧气氛的感染，竟然不再作声。穿过一片灌木林，一个村庄渐渐进入视野，一辆摩托车飞驰而来，算是打破了这里的平静，我赶忙停车，摇窗打招呼问路："师傅，前面是柿树园吗？""柿子园呀，顺着这条小路绕过小山就是。"山路蜿蜒曲折，一路连续下坡，好在路面很好柏油路平整顺畅，这是村村通的成果。小路尽头一条小河横在眼前，丁字路口正不知道该向何方前进，迟疑之间，一位老者含着一只大烟袋，缓步悠悠而来。喔！多年不见的烟袋，似乎应该是爷爷那代人的物件，竟然在这里相遇。我慌忙打招呼：先生，柿树园怎么走？老先生淡然一笑，烟袋锅一指："过去这个崖头还二里。"

翻过崖头，一块当地常见的名路碑横在路边，"柿树园"三字豁然其上。路碑旁边一尊小巧的石像，刻画着一位慈眉善目的婆婆，名曰"石婆"，村边的街道刻着"石婆街"。停车沿石婆街漫步，打量这个独特的村落，蓝天白云之下异常安静，村庄大多为砖石瓦屋，北方特有的联排带院平房，街道多为水泥新修路面，平整干净整洁，显然是经过认真规划的，有种整齐划一的感觉。唯一与其他村庄的不同就是家家门里门外柿树高耸，秋风剥落了它丰茂的叶子，只剩下一只只熟透的柿子高高地悬在枝头，红彤彤得如春节的灯笼，冬日的火把，仰头望去，上衬蓝色的天空，犹如一幅幅尚好的国画。枝条或横陈曲弘，或根根挺拔直插天空，给人一种隽永浑厚的雄壮之感，努力张扬着一种蓬勃的力量，柿子的红色、天空的蓝色、树条的灰色天然形成国画最为干净最具强烈对比的碰撞，一切又那么恰到好处，打开手机，轻轻一拍，怎么都是一幅美图。一条大街两侧的绿化全为柿子树，日光照射下红彤彤、暖融融地笼罩着整个村庄。

穿街走巷，我徜徉在村中，偶尔闻得几声犬吠，几处鸡鸣，似乎时间在这里定格，回到了我曾经的童年。时近中午，村庄在阳光下微醺，很少能见到人影走动，绕过一个巷口，看见一棵硕大的柿子树从一家院落升起，宽阔的树冠盖满整个院子，红彤彤的生机一片。我调整相机想把此景留下，惊动一只褐色小狗狂吠不止，跑跳着奔来，家中遂跟出一对中年夫妇，操着鲁南特有的乡音热情地问我："妹子，忙什么的呢？"当听说我从城区来，他们高兴地邀请我去他家平房顶上拍，说那里视野好，忙着找袋子要给我摘柿子带着，我道谢赶忙离开。

继续驱车在布满柿树的村中小道上穿行，有村民告诉我，今天来的不是时候，前几天，刚来了大车收走了不少柿子，山上果园的柿子树最多，让我去那里看看。走出村庄，一条小河环绕着村庄，河水很浅，裸露出一块块的沙地，感觉像一条条撕开的布条，漫铺在河床之上，多彩的草木遮盖着两岸，一群山羊咩咩叫着挡住了我的道路，放羊的大爷呼喊追打着沿河而去。河的名字很雅致"月牙河"，河边一片宽阔的广场，广场中间一块高台，上书"乡村大戏台"，看出戏台已经长时间不用了，长满荒草。过桥沿村民指的小路迂回向上攀爬，转过一处小溪，绕过几间小屋，山坡上大面积的金银花苗圃，放眼望去应有千亩之多，尽管深秋依然郁郁青青，此刻它们不是主场，但可以想象春季花开时节万山披锦绣、千亩着俏装的壮观盛况。

汽车停在半山腰，看着陡峭的山路，我知道自己拙劣的驾驶技术不敢贸然向上，只得掉转折回，站在此处可以俯瞰整个柿树园村，山间层层梯田，大大小小的灌木，在秋风中犹如七彩的调色板，浓妆艳抹，深浅斑斓，一片红色亮瓦的村庄如星罗棋布，散落在山岭之间，呈现出一派安静祥和之气，恬静得如初嫁的新娘。

回村在村委见到村支部成员张先生，喝着当地盛产的大叶茶，慢慢攀谈起来。关于柿树园村的历史层层剥开，根据当地挖掘的汉墓推测，此地应该早在春秋时期就有人类居住，古老的莒国的地盘。据县志记载，村庄多为张姓和姜姓两大家族构成，大约兴建于明末清初，现在的村落是由东侧一片平地处的老村迁移过来的。他们的先民在此历经千年挖井建房繁衍生息。说到挖井，这里属于丘陵地带，地下水道距地面达四五十米之多，当年取水需要长长的一盘井绳，才能汲取，深不见底的井洞让人胆战心惊，最为担心的是顽皮孩子的安全，一旦失足，难以生还。至今村内流传着一个传说：曾经有位张姓家的媳妇居住井边，一次她烧火做饭的工夫，独生的儿子不慎落井身亡，从此张婆婆不吃不喝守着井台不停地哭泣。后来婆婆不见了，井边多了一块半人高的石头，像是一个坐卧的人形，村民怎么看怎么像张家婆婆，大家相信张家婆婆化作了石婆。从那以后村内再也没有发生有人坠井的事故，人们相信是石婆看护着保佑着村内的孩子。新时代村民用上了自来水，古井已经封存，村庄迁移时石婆被邻村拉走修桥，后又被柿树园村民抢了回来，立在了村口，就是我进村时见到的石像。当地多为山石沙化土质，相对贫瘠，存不住水分，多少年来种田靠天吃饭，恰适合耐旱的柿树生长，村庄栽种柿树具有上百年的历史，但真正大面积种植始于二十世纪八十年代改革开放以后。

问及村内曾经红红火火的旅游业为何如今如此安静？张先生说，那已经是五六年前的事了，当时经济潮涌也波及到了山岭中的柿树园村，省里来的第一书记挂帅修路建桥，投资搬村，借助当地资源柿树，发展旅游产业，开展农家乐，村里积极开展文化活动成立农村大戏台等。当时省内外各大媒体给予报道转载，柿子园村城乡有名，用现在的话说成了一时的网红，每天成群的游客，熙熙攘攘，车辆来来往往柿树园热闹起来。但随着农家乐在周边县区的普遍开展，乡村游渐渐冷落，柿树园和大部分乡村游一样，热闹过去人去楼空，浮华淡后又恢复平静，柿子价格下降，今年的柿子价格商家来收只有五毛，所以村内好多柿子自然垂落无人捡拾。急功近利的村民有的把村内的大树挖了卖给城市做了绿化树木，更有甚者看到开发矿产来钱快，不顾环境保护，私自乱开乱挖现象也时有发生。和全国所有的乡村一样被城市抽走了资源，更抽走了人才，如今三百多户八百多人的村庄，常住人口不到三百，大部分都是老弱病残，很少见到年轻人，如今村民的主要收入仍是来自打工。值得欣慰的是村庄的田地没有撂荒，种地的是一些中老年人，无论种地是否赔钱，一直在坚持。或许出于对土地的眷爱，或许是无奈的选择，但也仅仅是种着，农村想再次腾飞发展主力军显然不是他们。他们把种地当作一种习惯，甚至是一种信仰，坚守着祖宗留下的土地，坚守着这片蓝天，却眼看着子孙只把豪华的房子留下，移居到了城区，这里只是节假日回来的驿站，寄托乡愁的载体无能为力。作为村级领导乡村到底如何发展他们一直在探索，但也感到迷茫。

告别村委，村口再次与石婆相遇，石婆依然慈祥，古井已去，如今孤单地驻守在村口，随时迎接远行游子的归航。柿树园村留住了石婆，是否留住静初与悠远？

走近西安，感受历史

相距千里之遥的西安古城，对她的了解仅仅停留在书本上的记忆，她似乎就是镌刻在秦砖汉瓦之上的厚重历史，流淌在唐诗汉章风韵之中的明珠；十三代帝王建都，古丝绸之路的发源之地，张骞从这里出使西域，玄奘从此起步成就家喻户晓的西游之行；更是当今文化科技经济新都，西安这座充满神秘色彩而又魅力无穷的都市。或者是源于诗词歌赋的启蒙，也许是对当今文学大师的崇拜敬仰，更多来自家喻户晓的传说，一直希望亲近，却未能如愿。

丙申之秋，借助国庆小长假，自驾驱车，不远千里，从东海岸启程，一路向西、向西、再向西，穿齐鲁，越中原，横跨豫晋……得益于现代化的力量，东海西疆飘玉带，连霍高速宽敞便捷，当年李白要走一年甚至半生的路程，如今朝发夕至。带着一路风尘和一身的疲倦，夜幕时分，到达灯火辉煌的故都城下。青天黄土中等待千年的古城，我终于来了！

走在西安古城之中，感受这座历史与现代交融的城市，似乎每一条街、每一棵古树、每一块旧砖都在诉说曾经的过往，古老的钟楼与鼓楼遥相呼应，大气庄重似乎在讲述明代那段铁马金戈的历史。大雁塔建于盛唐，传说是玄奘法师取来真经的

收藏之地。如今依然古朴素雅，巍然屹立于古城一角，等候来
自四面八方的客人热情地朝拜，川流不息的车辆已经环成了车
海，排队的长龙蜿蜒数千米之遥。国人假期太少，扎堆出行的
无奈，我时间紧迫是无缘与大雁塔亲密接触了，只得远远看上
一眼，拍下一幅远景匆匆离去。

　　西安古城墙高大浑厚，像一位巨人张开怀抱，把古城纳
入怀中，极力庇护着子孙的安危。明代的闸城巍峨壮观，感受
古代人军事防御技术的成熟与精湛，严谨周密，布局合理实用。
漫步宽阔的城墙之上，让人想起曾经号角连天、战鼓雷鸣、万
马奔腾、寒光烁烁的古战场景。历史就在眼前，一座座瞭望台、
一块块青砖、一层层蓝瓦似乎在诉说曾经的沧桑、曾经的惨烈。
不由想起隋炀帝的跋扈、唐太宗的英明、朱元璋的胸有成竹运
筹帷幄、乾隆皇帝决胜千里的雄心。城门之上清朝的铜钟依然
隆鸣，已不再是为了警示千军而响；城门四角翘起，三层重檐，
回廊环绕，古色古香，巍峨壮观。城墙包围下的古城尽管努力
维护着古老的容颜，但仍掩饰不住新兴现代都市的俏丽多姿，
秋阳下，西安城高楼耸立入云，安静祥和而又散发着勃勃生机。

　　西安城内游走，一不留神就与历史撞个满怀，刚在渭南
河岸感受荆轲刺秦王的刚烈，转过身来脚下就是蓝田猿人半坡
文化的遗址，周文王的镐京处感叹历史悠长，鸿门宴的杀机就
在眼前，城中寻觅当年阿房宫的奢华，点点遗存中畅想大明宫
的辉煌。在错落而曲径幽深的小巷中品着关中流传千年的面食，
油泼辣子面吃得人大汗淋淋，西安的饮食也像西北的文化一样，
热情奔放大气磅礴，刀削面、臊子面、胡辣汤……满满当当带

着浓郁的香气，飘着热烈醉红的辣味，窑碗端上，碗大如盆，面堆如山，彰显着西北人实在大方厚重之气。侧耳高亢、激越、深沉的秦腔破空而来，西北汉子提袍抖袖，大吼一唱，响遏行云，那种气势、那豪情不由让人想起，广漠旷远的八百里秦川黄土飞扬，黄河之水滚滚而来的豪壮。

　　到西安不能不去华清池，一定要访兵马俑。为了避开游客高峰特在傍晚时分到达骊山，恰是欣赏著名的关中八景之一"骊山晚照光明现"的最好时光。山上松柏满坡，林涛滚滚，从远处看去，郁郁葱葱，活像一匹奔腾青骏的骊马立于渭河平原，美如锦绣，夕阳西下，云霞满天，苍山秀岭涂上万道红霞，景色妩媚动人。华清池又称华清宫，是唐朝的一座行宫，是我国著名的四大皇家园林之一。因其亘古不变的温泉资源、烽火戏诸侯的历史典故、唐明皇与杨贵妃的浪漫爱情故事成为西安旅游热门景点。游客围着一个个干枯的温泉池子拍照，导游忙着诉说过往的故事，面对千娇百媚的杨贵妃白色雕塑不由让人想起"春寒赐浴华清池，温泉水滑洗凝脂"的佳人，曾经的专宠，曾经的奢靡，"逝者如斯夫"，一切不过是过眼烟云。千年历史的风尘掩盖着如烟的风情，只留下一爿布满沧桑的青砖和破旧的残壁，迎接如织的游人，风姿卓然的贵妃和其浪漫的故事只供后人去猜想了。

　　远古的故事无从猜测，道是当代西安事变的枪声似乎还没走远，张杨两位将军的壮举在此铭刻，如今兵谏亭五间厅虽经几次易名依然挺立，人事已非，遗迹均在。蒋介石当年被追捕的地方如今游客云集，睹物思怀，透过一件件遗留物品追怀曾经的风云变幻。西安事变的是是非非，历史学家的评说仍在争辩不止。无论如何如果没有西安事变，半个多世纪来的中国历史与世界历史就要重新改写了；如果没有西安事变，一切不确定的因素，新中国也许就不会那么早成立，这是不争的事实。

为了一睹"青铜之冠"世界八大奇迹的兵马俑，第二天特地起了个大早，前往西安临潼区兵马俑博物馆。所谓博物馆是在原址上搭建而成，依序参观了一号坑至三号坑，近距离观看兵马俑发掘、开采、复制全过程。一号坑最为宏大，一排排的陶俑士兵，威严肃立，排兵布阵好一个两千年前的古代大军阵，他们披坚执锐，军容严整，气势雄伟，势不可当。新闻媒体纪录片中，关于兵马俑的图像已经了解不少，这次亲临现场，仍然感到震撼，特别近距离观察，每个兵俑，形体高大，比例匀称，动感十足。面部表情丰富，千人千面，有的巍然直立，凝神沉思；有的目视前方，斗志昂扬；有的目光凝重，随时等待出征。细微处的雕琢，更是写实艺术的完美体现。最让人惊叹的一个跪射俑的雕塑，俑身穿战袍，外披铠甲，头顶发髻，屈膝弯弓呈蹲立状，表现出杀气腾腾，持弓欲射之势，精细到衣服纹路清晰可见，鞋底疏密有致的针脚细致到针针可数，反映出极其严格的写实精神。时光似乎在穿越，不但看到的是武士，更是两千年前大秦一股浓郁的生活气息。透过一排排战车，正在嘶鸣的战马，一件件斑驳的青铜刀剑，刹那间，你会感觉历史距离的消失，一种神秘的力量把您带进喊杀震天、战车嘶鸣的古战场，秦兵势不可当，伴着一声令下横扫中原。惊叹之余也感慨秦始皇这位不可一世的皇帝，为何有如此贪婪的官权之欲，活着气吞中原，灭诸国，统天下；死后也不甘寂寞，仍然希望继续他的帝王生涯。

往事越千年，换了人间。两千年后的今天，秦晋大地硝烟已散，八百里秦川分外妖娆。沿着秦砖汉瓦铺就的文化之路，一条新的丝绸之路再度铺展开来，西安以新的高度、新的气势再塑新章。

重登泰山

丁酉年国庆逢中秋，双节相加，小长假变成了大长假，我们家一直没有确切的旅行计划，忽记起女儿已过成人之年，尚未登临泰山，作为齐鲁后裔似乎多少有点说不过去。中秋的前一天终于驾车起航奔岱宗而去。

泰山对我并不陌生，作为山东人，因近水楼台之便，曾多次登临。印象最深还是中学刚毕业那年，十五六岁的光景，时间元旦左右，因一次偶然的机会夜宿泰安，和一群女孩们按捺不住内心的激动，夜半趁旅店关门之前悄悄溜出，一路打听跑到泰山脚下红门登山处。天寒夜黑不顾守山人员的善意提醒执意而上。当时天空低沉不见星月，莽莽山林黑魆魆一片，满山无人空寂到可怕，偶尔一声夜行鸟叫瘆得皮发麻的感觉，顺着台阶探索前进，终于在天亮之前摸到了玉皇顶，向往的日出没有看到，迎来的是极顶一场铺天盖地的大雪，寒风中一个个冻得瑟瑟发抖的小姑娘却兴致不减，一路嘻嘻哈哈沿着布满冰雪溜滑危险的阶梯跌跌撞撞回到山下。多少年来，每当想起那次特殊的登山经历，感到有些后怕，也为自己年轻时"吾辈偏爱惊人趣"的壮举感到骄傲。

十年后，参加工作和同事一起再次登过，那属于单位组织，有计划有安排，提前预订了门票和山顶的宾馆，天亮日观峰前统一裹军大衣眺望东方，观云海，看日出。年轻气盛地面对泰山的险峻与巍峨，也曾意气风发、指点江山，大有一展宏图之势，信誓旦旦相约让泰山见证我们的青春、友谊与人生。

时光匆匆，转眼溜走二十年，岁月蹉跎，我由一位青葱少女变成近知天命的母亲，再度来到泰山脚下，回首往事不为当初的少年轻狂而后悔，也不为人生虚度而惭愧。然而泰山依旧英姿勃发，老的只是我的容颜与丰满却孱弱的身躯。自己内心或许已经少了份冲动多了些豁达，泰山我来了，不是为了征服，只为与你再度亲近交流。

接近午时我到达泰山脚下，天空不紧不慢下起绵绵细雨，穿上简易塑料雨衣凉爽舒适，适合登山。虽是假期但登山的人没有想象中那么多，不能用比肩接踵，熙熙攘攘倒是足以形容。

泰山，"泰"通"太"有大而稳之说。地质考证泰山形成于太古时代，距今绝对年龄约二十五亿年，先后经过大的沉降、断裂、挤压、隆起、风化，再隆起等多次涅槃重生般的地质变化，最终形成今天的层峦叠峰、凌空高耸的巍峨之势。因居华北平原之东，凌驾于齐鲁平原之上，古代传统文化认为，东方为万物交替、初春发生之地，故泰山有"五岳之长""五岳独尊"的称誉。历朝历代君王不断在泰山封禅和祭祀，并在泰山上下建庙塑神，刻石题字。泰山万代瞻仰，更是众神之州。

沿着传统的古道拾级而上，沿途石刻遍布，庙宇相连，孔子登临处、斗母宫、壶天阁、回马亭，香客云集，香雾缭绕，层层台阶带着岁月的沧桑，承载着游人的虔诚，一代又一代风雨侵蚀，已经变得光滑斑驳。也许我们刚刚踏过的石板上就曾留有孔子的脚印，停过秦皇汉武的经幡，秦汉之前就有七十二代君王来此封禅，帝王封禅多为国泰，希望借泰山灵气感恩上苍，巩固自己的社稷江山，牢固子孙万代的统治。司马相如的《封禅书》现在读来仍感觉慷慨激昂。泰山雄奇险峻、秀丽幽静，巍峨壮观的自然景色也成为历代文人骚客游览的圣地，曹植在此写下《飞龙篇》以抒胸臆；李白酒后大唱《泰山吟》；杜甫留下"会当凌绝顶，一览众山小"的豪迈。大大小小的题词碑刻留在了奇石秀峰之上，真隶篆草无所不及，泰山又成了文化圣地，天然的书法博物馆。有人说过泰山处处是文化，步步有神灵，或许真的不为过。自古名山僧侣占，泰山也不例外，泰山的宗教文化以道教为主，各种教派兼容，东岳大帝，碧霞元君都是泰山主要供奉的神灵。

　　前几次都是徒步攀登，这次明显感觉力不从心了，在女儿和先生拉扯硬拽的帮助下拼尽力气，终于到达中天门，一件衬衫竟然完全被汗水浸湿。此时雨也越来越大，我们不敢再贸然挑战陡峭让人生畏的十八盘，理智选择借助现代化工具索道直达南天门。有点恐高的我胆怯地坐进吊篮中，借一根钢丝飞跃而起，透过玻璃万丈高山落入脚下，升起，再升起，在层层云雾中穿行，掠过山腰间的树梢，轻轻滑过浮云，悠忽中有种扶摇直上的感觉，这不就是传说的升仙吗？忘记了恐惧，一种陶醉的惬意袭来，忽然吊篮猛顿了一下，速度慢了下来，瞅了一眼缆绳几乎垂直升向天空，心一下子揪提起来了，紧张地闭上眼睛，担心是不是我体重超重，钢索引擎无法承受？暗暗地抓紧了坐骑的把手，顷刻间钢索加快了速度，猛地又一次停顿，心跳到了嗓眼……喱的一声轻响，门开了，原来已经到了。顺栈道望去，南天门已在眼前。

天街之上，地势相对平缓，人来人往，商铺林立热闹非凡，一波波的游人谈笑风生，经过了一路的跋涉，游客脸上更多轻松愉快。雨已停，风逐渐加大，泰山之巅就像刚刚揭开沸腾的锅盖，蒸汽翻滚；又像波涛汹涌的大海，浪花随风卷起，层层相叠。高处乌云压顶，下面是如雪如荼，时而大队白马夹杂着羊群飞奔而来，又疾驶而去；时而丝丝缕缕柔情似纱千般缠绵，缥缥缈缈如梦如幻。人们躲藏雾中，道道白色锦缎相缠，身影时隐时现。兴致盎然的游客忙着拍照，"五岳独尊"的巨石下帅哥美女云集，闪光灯啪啪作响。我找到当年留影的那块碑刻，"雄峙天东"四个楷书依然苍劲隽永，碑身却经受不住岁月的侵蚀，中间带上一道钢骨，感觉苍老了许多。

玉皇顶上香雾缭绕，信客在虔诚叩拜，碧霞元君的宫殿得到更好地维护，玉女神像端坐其中"庇佑众生，灵应九州"，"统摄岳府神兵，照察人间善恶"。鎏金对子屹立两侧。这位泰山女神传说是黄帝的女儿、玉皇大帝的妹妹，又称泰山奶奶，护佑民众，关注到民众的生活细节，大到生老病死、小到婚姻家庭生儿育女，家道平安，无所不及。当泰山帝王封禅逐渐退出历史，民间信仰日益剧增，碧霞元君这亲民的道家之神当然受了民众的拥戴。或许是近几年佛教文化的再度兴起，碧霞祠的对边赫然建起一座观音的庙堂。我亲眼见一位香客，在碧霞祠拜叩完，转身又来到观音面前焚香。心中暗自感到好笑，但却悄悄停住，如此庄重圣门之地不敢亵渎神灵，再者也让我想起当年唐太宗泰山封禅也是先到灵岩寺拜佛，后到岱顶祭天。中华宗教文化，包容兼顾，儒释道三教合一，但像这样道佛对门在泰山这种以道教为主流教派的山上还是感到有些出乎意料。岱顶的北侧，当然是供奉孔子的文庙。听说天主教，基督教也在泰山有了自己的位置。看着天街上纷来沓至的人流，我在悄悄观察他们到底皈依为哪种信仰，为何而来，为何而求？泰山文化博大精深，泰山神包容的范围深远广大，古今兼备、天人合一、东西并存的神谱结构，不论你哪种教派信仰似乎都能找到属于自己的归属。

随着天色渐渐变暗，天街之上气温骤降，我们一家迎着天街华灯匆匆下山，南天门下十八盘上奋力攀登的游人仍然络绎不绝，萌萌的月亮终于穿越云层，透过密匝的树丛把斑驳的月色洒在台阶之上，忽然想起李白的诗句："今人不见古时月，今月曾经照古人。"也许只有这浩空之上的明月才配与亘古万年的泰山对话。

泰山像一位巨人，历经万年见证着世间代代兴盛衰竭，不在乎身上赋予多种承载，也无所谓帝王将相，更不屑达官贵人，还是平民百姓；不在乎你是摸顶叩拜，还是带着征服心态而来挑战，也不关乎你的闲情逸致，还是忍辱负重。一切在泰山面前不过沧海一粟，漫长时空中匆匆一瞬。泰山就在那里，巍然不动。你来与不来，你拜与不拜，不增不减，不悲不喜，风云变幻我自依然。泰山是部巨书，当读懂了泰山，也就学会了泰然自若！

祝丘古城叹文姜

初夏的五月，一夜北风呼啸过后，天地景明，空气清新，久久盘踞的雾霾不见了踪影，恰是出行的最好时光，出城池，过沂河，邀友驾车，一路轻尘，探访千年祝丘城。

祝丘古城在临沂城东汤河故县，离我的家乡不过数里之遥，久闻大名，上书见传，已成文化重点保护遗址，然而却一直错过，无缘一睹风采，今天终于来了，伴着五月暖风，浅夏的凉爽，赏着陌上风光，穿过层层麦浪，怀着好奇而虔诚的心情来了。有当地朋友相伴轻车熟路很快到达故县村。安静的村庄，包围在绿色的田野之中，穿过村中干道，沿一小巷，在不时被树枝遮遮挡挡中，不敢贸然前行，当地一位农民听说我们专门为看古城而来，热情指路，笑说，其实上面也没什么可看的。

轿车终于开上古城。看到两块石碑，上刻祝丘古城遗址。所谓古城就是高出周围大约有三四米的一片土地，方圆碑文记载七十七万平方米，我眼观没有那么辽阔。开车缓步爬上，弃车漫步古城之中，古城上找不到片瓦残砖，只有满眼树木，荒草萋萋。汤河当地盛产海棠，这里成为农民的育苗基地，一株株、一垄垄的海棠树已经形成了丛林。

公元前706年即鲁桓公五年，鲁桓公曾在此大兴土木，积土成丘修建祭台，名为祭奠陈公，实为巩固这片存有争议的国土。此地背依蒙山，东临沭水，西靠沂河，在山东多丘陵高山的地理环境中难得一块盆地，土质肥沃，自古有粮仓之说，水源充足，交通便利，当然也就成了群侯逐鹿之地，面对强势的齐国觊觎，富有谋略的政治家谁也不会放过此地。齐鲁争夺狼烟四起，以至于最后这里成为是非之地，已经没有了威望的周天子也无力判决，不齐不鲁成为最妥协的中庸之道。

沿着林中小道穿行，忽然有种穿越时空的感觉。似乎听到鲁桓公举行盛大祭奠仪式的管乐之声；伴着齐国烽烟，看到了美丽烁烁之华的夫人文姜驾车而来。这位齐国公主绝代佳人，诗经中大段歌唱她的美貌，巧笑倩兮，美目盼兮，多么令人销魂？齐国的姑娘远嫁鲁国，尊贵娇宠集一身。透过看似光彩炫目的福华，问文姜那可否是你内心的所求，齐大非偶的笑谈，姐姐被偷梁换柱的悲哀，也似乎总在提示女人的无奈，谁又能逃过命运的捉弄？

翻开史书句句圣人之作，却记满鸡鸣狗盗、弑君弑父、强抢烂夺的例证，哪代王朝不流血，哪位君王不嗜杀？自古春秋无义战，功成名就是枭雄，多少祸行怨红颜，天下罪名女人担，褒姒、妲己成为祸国的罪魁祸首，你的罪名更加可怕，淫荡祸国尚不够，还要加上一句乱伦让天下不耻，从此订上历史耻辱柱，滚滚骂名一起来。

你就在这里祝丘城上苦守五年，有人说你是为了政治考量，替年幼的儿子保住沂河两岸鲁国国地，有人说你为了与兄长约会方便，往事越千年只留下"春秋""史记"字几行，真假是非已难辨，也容不得争辩，那可是正史、权威呀！

面对这起伏婆娑的丛林，想象不出曾经的繁华与落寞，也难体会，一位既是齐国公主又是鲁国夫人的文姜，面对一边是自己的长兄小白，一面是亲生儿子，就像郑国那位国后得知丈夫要谋杀自己的父亲时艰难地选择。长勺之战，柯地之盟，在别人欢呼胜利之时，是否心痛？

十年佐政，十年奔波，积弱的鲁国终于强盛，一代红颜青春付水流，香消云散去。

硝烟散尽，江河仍然在，古今多少事，已付笑谈中。走下古城从故县沿一条新修滨河道缓行，道路蜿蜒，风光如画，几位农民正在菜地浇菜。与之聊起古城，只知道是古代一座废弃城池，无人知道曾有文姜。安静的村庄内老人孩子恬淡生活，他们就在这里繁衍生息，历经千年！同来的朋友很兴奋地告诉这里已经纳入旅游开发项目，将重建祝丘古城，欢迎到时再来旅游。

我真的不知道我还会不会再来了！

走马观花看上海

　　十月一日中午，我们一家在日照参加完一位朋友的婚宴，借着一身喜气迫不及待地驾车踏上沈海高速，开始了我们的江南旅行计划，当时没有目标，只有方向，就是南下，能走多远算多远，假期只有七天，我们用来旅行的时间只能安排五天。一切都是未知因素，自驾像这样的远距离我们也是第一次，还好，沈海高速异常通畅，一路疾驶，高速像一条绿色的彩带飞架南北，沿途风光目不暇给，来不及细赏就纷纷掠过，有点像时空穿梭的味道，便捷的交通缩短了现实的距离，当年推着独轮车要走半年的路程，在六个小时的呼啸声中，飞奔的车轮碾过齐鲁大地，江淮之滨，夜幕之时顺利抵达上海这座早已心驰神往的东方名城。女儿兴奋得大叫——上海我来了！

　　夜色中，驱车走在城市里一座座像随时腾飞的巨龙一样的高架桥上，领略这座灯火斑斓的都市，荧虹闪烁，万家灯火，点点萤火璀璨美丽，如珍珠串串勾画着一座座美丽建筑物那亮丽的倩影。惊叹是仙女失手打碎了琉璃瓶，万朵琼花落人间，还是王母多雅兴，翻挂银河缀浦江。俯瞰整座城市似风姿浪漫的俊俏女郎，尽显着自己卓越的魅力。忽然有种乡妞进城的感觉，又像刘姥姥闯入了大观园，满目的新奇，找不到方向，感叹举目无亲的上海，灯火中穿梭，何处是我今夜的投宿之地？好在上海是热情的，就像海纳百川吸收世界文化，与经济财富一样，张开双臂迎接天南地北的行客。我们误打误撞在市内穿梭，最后在一家客栈停下，一打听，已经进入普陀区，上海大学的紧邻。

第二天一早，开始了我们的上海第一站旅行——"上海大学"，上大和其他几座名校一样，坐落繁华的闹市中，占据了都市繁华的优势又独辟一片幽静，校里校外两重天，这里绿树葱翠，草坪碧柔，更有曲径通幽的校园风景，安静的长椅上总能看到几位莘莘学子们在捧书苦读的身影，一曲蜿蜒湖水，贯穿校园东西，清澈静美。高高的白色教学楼和着绿色的垂杨柳；宽阔的大叶子植物，点缀着点点绯红，倒映水中，相映成趣。一条白色回廊在绿色的覆盖中贯穿整个教学区，看出设计者的独具匠心和人文化的关怀，这样不论你从哪个教学点间穿梭，都不需担心烟雨江南的细雨打湿俊美靓男的衣裳。不怕骄阳晒黑倩女的脸庞；又可以隔栏看雨打芭蕉，观蝶舞梅兰；赏杨柳报春，品雪梅争艳。走在这安静幽长的回廊上，遐想当年的才子戴望舒是否在这里找到了心中的诗行？多情多艺的郭敬明是否在这里找到了《小时代》的灵感，也就有了后来《小时代》不少场景在这里拍摄。把《小时代》的故事背景定格在这座美丽的校园。校园正中，一座气势磅礴、大气豪迈的建筑像一幅翻开的巨大画卷，在画卷的边轴，刻着三个苍劲的大字"图书馆"，据说在全国名校中规模藏书量居首，像钱伟长先生题写的校训"自强不息"一样。和他们一个个熠熠生辉的校友，一起为这座国家 211 工程院校增加了一道道亮丽的色彩。

　　告别安静文化气息浓厚的"上大"，我们乘地铁前往陆家嘴看久负盛名的东方明珠——新兴浦东，有人说不到浦东等于没到上海，那里是上海的最前沿最繁华之地。地铁从某种意义上代表了一个城市的规模和繁华，看一个城市的生活节奏，地铁是不错的选择。步入地铁进入另一番天地，我们只注意了城市地面的繁荣，这里更是一片繁忙景象。我当时最大的感受是自己落后了，有点跟不上时代的节奏了，地下灯火通明，使你忘记了地下地上的感觉，看着一群犹如勤劳的蚂蚁一样，步履匆匆，不停蠕动的人流，想起一个词来——"蚁族"。购票刷卡，排队安检，或上或下，过道穿行，电梯穿梭，忙碌而又井然有序，工作人员不太多，大多数乘客都选择自助服务，生活和数字紧密联系在一起了，一切都是最高科技、程序化、数字化，听到的是南腔北调的口音，汉英夹杂的语言对白，看的是肤色各异的人种的忙碌。不愧为国际大都市，来自世界各地的淘金者在这里奔波，洗淘着自己的人生，这里是财富的集散地，当然也是人才的聚集中心。一艘艘像渡船一样的客乘列车，呼啸而来，又呼啸而去，提示每个人都是匆匆过客，这一刻还在对笑握手，下一刻马上就分割一方，再见或许永远不会再见。

　　看着纵横上下交错的布局，和花花绿绿像蜘蛛网一样的线路图，我一片茫然，这里是年轻人的世界，忽然感觉自己老了，还好女儿竟然适应得很快，她查地图，刷卡购票，带着我们汇入于奔忙的人流中，进入地铁。轨道交通的廉价便捷缓解了地上的交通压力，但也把拥堵带到地下，还好不是想象中的那么可怕，尽管是节假日，地铁中人们抓着扶手挨挨挤挤站在了一起，每当起步停车之时，都会发生一次次亲密接触，几个稀有的座位，上面的人大多面无表情，目不斜视，手指不停地摆弄着他们最亲密的情人——手机，一刻也不能分开。经过两站我有幸终于能坐下，不自觉的是掏出手机同样加入了他们的行列，没有办法借这短暂的时间，上网了解一下新闻，看看朋友的动态，和朋友做次简单回复，更重要的是要及时搜索导航，判断下一步该怎样换乘，路线时间的安排，因为在这里别想问路，不是别人不告诉你，真的没办法告诉，所有行走路线都是设计好的，高架桥上真的体会到什么叫差之毫厘、失之千里，什么是南辕北辙。网络数字一刻不敢离开，地下网，地上网，电子网，虚拟网，每个人都裹挟在网络的世界中不能逃脱，只有去适应、去接受，不然时代就像飞奔的列车一样，把你毫不留情甩在身后，只能做望洋兴叹的看客。上海"快而有序的节奏"在这里体会得淋漓尽致。

　　走出地铁一座新颖时尚的现代都市展现眼前，一栋栋高大的建筑直插云霄，美丽东方明珠宝塔，身披粉色轻纱像位羞涩的新娘，高高地屹立在群楼之中，秀丽可人，来自天南地北的游客，挤满了天桥上上下下，想拍张照片，太困难了，攒动人群，哪里容你取景，更不要说摆个造型留个倩影了。然而游客兴致不减，长焦短距，手机摄像拍摄不停。这里是上海的经济金融中心，上海几乎囊括了全中国所有的金融市场要素：上海证券交易所、期货交易所、中国金融交易所、上海钻石交易所、黄金交易所、金融衍生品交易所、银行间债券市场、中国外汇交易中心。上百家金融行业总部就设在这里，像心脏波动着细小的血管一样，牵动和影响着全国乃至世界的金融业！我清楚地知道如果十年前来到这里，我会为这些雄伟的建筑所震撼，现在已经是见多不怪了，因为每座城市都在飞快地发展。家乡滨河两岸的秀美或许并不逊色于此，但是内涵不够，这里毕竟是经济文化、金融贸易的中心，是循环和神经系统的中心枢纽。上海是全国经济的领头羊，始终起着领队的作用，带领整个民族经济腾飞。

　　告别现代奢华的陆家嘴，通过地铁来到对岸上海外滩，隔岸欣赏浦东的壮美，领略黄浦江的静美娇柔，一条水系像彩带一样，穿城而过，给时尚的上海带来妩媚和灵气。漫步走在南京东路大街上看装饰各异的街店和琳琅满目的商品。感受上海的传统与新潮，在闻名遐迩的和平饭店前驻足，在游人如织的江畔流连。上海是一座文化名城，底蕴深厚，似乎每座古老的建筑都在诉说着他们的沧桑厚重的历史。上海又与时代紧紧相连，始终引领时代潮流，集世界多元文化于一身形成自己独有的海派文化特点，包容、吸纳、进取是精髓所在，这里古老的丝绸店铺和时尚的舶来品牌"星巴克"同街开张。而且消费不是我们想象的那么昂贵。在星巴克咖啡店，我和先生各要一杯拿铁咖啡，女儿选一杯摩卡，竟然和我们小城的"曼哈顿"同等价格。饮着香甜中略带苦涩的咖啡，看窗外熙熙攘攘的人群，听邻座一位黑人外宾和一位碧眼白肤姑娘谈得正欢。

　　饮尽咖啡，我们乘巴士前往同济大学、复旦大学，感受这座城市的文化。上海的地面交通，由于地下轨道交通的缓解，以及高架桥的便捷，看起来不是多么拥堵，相对畅通，坐巴士的老年人居多，在巴士上可以听到正宗的上海吴语，尽管一句也听不懂，但是软绵清脆的语速，还是让人着迷。坐着的大多是老年人，我亲眼看见一位年轻的小伙让座给一位老年人，一位中年人让座给一位抱孩子的年轻父亲，人们礼貌谦逊，大气而绅士的风度，与这座国际都市相媲美。

我们漫步在同济大学，先生沿古老的校园道路，寻找当年读书的记忆，这座历史百年的名校，苍木参天，古朴典雅，安静的自习室内尽管是假期却座无虚席，到处是埋头苦读的学子，不禁让人肃然起敬。走过同济，看过复旦，复旦的光华楼，大气磅礴直插云霄，大有傲视群雄、气贯长虹之势，这里是教育界所称的象牙塔，个个都是过五关斩六将的得胜将军，进来的是豪杰走出的是精英，看校园中随意行走的年轻才俊，几年后或许就是总理级的政要，或各个领域的大师。正像他们的校训：博学而笃志切问而近思，一座用文化作支撑的城市会让我们看到更加辉煌的未来！

美好的时间总是转瞬即逝，偌大的上海怎么是我们一天能游完的，不觉已经夜幕降临，夜色中上海是座不夜之城，夜里十点多了地下万达广场依然人头攒动，热闹非凡，各家商铺正在繁忙中经营，经营着自己的梦想，编织着自己的未来。像这座城市一样告别一个绚丽的夜晚，再次迎来希望的黎明！迎着曙光我们告别这座美丽充满活力的城市，开始下一站旅行。

夜游西湖品杭州

　　十月三日早上离开上海，开始下一站的旅程——杭州。杭州本来不在这次旅行的计划之内，但实在禁不住江南名城的诱惑，从小对杭州的认识来自那句"上有天堂下有苏杭"的名句，杭州一直是内心的向往。我们拖着稍带疲倦的身子，踏上奔往杭州路程，意想不到的事情发生了，我们的导航出现了问题，两次在上海的高架桥上迷失方向，错走航道。直到出城时已经接近中午而且又偏离航线，没办法只好错事错安排。也许是歪打正着，错误的航线把我们带到上海的南部的奉贤区。干脆沿海行走穿过著名杭州湾大桥，领略这座世界之最跨海长龙的气势。全长三十五公里之多，飞架南北，在浩瀚缥缈的海上如巨龙卧伏，使天堑变通途。不由惊叹人类的伟大创造力，同时为我们的祖国桥梁领域领先世界行列而自豪。半个多小时的海上飞渡，有一种飘飘欲仙的感觉，八仙过海美丽的神话传说，这里已经变成了现实。

　　我们过海后，发觉好事多磨。因修路等原因，路线不好确定，为不再次发生在上海迷失方向的问题，只好原路折回。顺海湾大桥重新回到对岸海盐市，再度回到沪昆高速，直达杭州。一来二去的折腾，浪费了我们宝贵的一天时间。好在两度欣赏了杭州湾跨海大桥也算有得有失吧。我们历尽曲折百转，终于抵达朝思暮想杭州。夕阳已经开始坠落，来不及考虑直接向市中心西湖景点奔去。西湖在杭州的意义，超过其本身的知名度，不少人是先知西湖后知杭州。担心景区没有停车点，我们在距景区的前一条街上寻找，在一家小吃店前发现有车位，尽管心情有些忐忑，但没有办法只好暂且停下。因为留给我们的时间的确不多，来不及去寻找宾馆。车内放着我们行李还有手提电脑，在人家的地盘里停车真的不知是福是祸。顾不了那么多了，西湖已经近在咫尺，怎么也要看看西子那漂亮的真容。

沿西湖路步行南下，是一条古老的大街。两旁古香古色的原始建筑被很好地保留下来，显然大街对现在的汽车时代已经显得狭窄了。聪明的杭州人保留了街心的远古树木，街道在原来行道两侧又各拓展一条行车辅道。人行道显得有点狭窄，还好现代与古典和谐并存。走在一块块被磨光的青石板路上，不由得让人浮想联翩。杭州这座数千年的古城，文化底蕴深厚，博大精深！这千年的古道上，留下了多少文人骚客的足迹，如璀璨的星光点缀着杭州这座历史文化名城，这座名城也养育成就了多少代旷世名流。一代风雅的学士苏轼，近代名仕龚自珍、梁实秋，当代文学大师夏衍、郁达夫，京剧大师盖叫天，核弹之父钱学森等都从这里起航。

抵达景点，已经夕阳西下。圆圆的一轮红日挂着雷峰塔尖之上，给这位婉约的西子姑娘披上了一层红色的罩衣，美轮美奂。这就是西湖著名景点雷峰夕照。美丽的西湖在不同的季节、不同的时间，都能给你不同的惊喜，环湖四周，绿荫环抱，山色葱茏，画桥烟柳，云树笼纱。逶迤群山之间，林泉秀美，溪涧幽深。园林布局借真山真水、历史文化、神话传说，把山外有山、湖中有湖、景外有景、园中有园的风光点缀得淋漓尽致。

随着夕阳下沉，天色暗淡下来。我们正为不能看清西湖美景而懊恼不快之时，抬头一轮明月已经升上了半空。各处景观华灯依次点亮，整个西湖湖天一色，波光粼粼，五彩缤纷。半圆的月亮在微微荡起涟漪的水中，摇摆逶迤，碎作一湖的月色。此时正是赏平湖秋月的绝好时期，我们的目光应接不暇，月色中沿湖游人如织，灯火通明，西湖步步为景，寸寸如画，游人在画中穿行，又成了画中一道风景。

西湖太大了我们走不过来，搭乘游览观光车，绕湖一圈，借萌萌月色，看断桥倒映水中倩影，赏苏堤绿色方浓。岸边一棵棵巨大婆娑的古木，向你诉说他们历史的久远。东坡居、柳园、岳庙彰显着她曾经的辉煌。向远处看去城市现代化的参天楼群的荧红，为可爱的西湖又增加了一道绝美的背景。

西湖的东线，不大的广场上，管乐吹起，歌声悠扬。几位年轻的歌手正在引吭高歌，使人不禁想起"山外青山楼外楼，西湖歌舞几时休"的诗句。不过时过境迁，他们所唱的绝对不再是"后庭花"。看西湖的游客是悠闲的、舒心的。在西湖边上缓步慢行，和着月光、湖水，景色相映成趣。我们走下游览车，正准备回返之时，一阵婉约华丽、柔软绵长的曲调似这粼粼月光一样悠扬地飘来。寻声音看过去，一位年过花甲的老人手拿一个伴奏音乐盒，正在自娱自唱。身体随曲子的缓慢激荡，有序地伸展，脑袋微晃，一副陶醉的状态。他正唱的应是当地

著名戏曲，号称江南兰花的昆曲《牡丹亭》的唱段，最后一句
"不到园林，怎知春色如许？"唱得哀怨细腻，可谓九曲回肠。

　　这迤逦歌声在旖旎的风光中显得更加迷人，一种感觉杭
州人好雅致呀！说到雅致，看杭州人的经商，这里生产龙井，
他们把饮茶当作了文化。湖边一个个高雅素洁的茶社，装修个
性、古朴典雅，使人常有一种时光倒流的感觉。西湖的北岸各
种外来品牌的咖啡店，依次排开，更增加几分雅致，沿湖边，
摆上一方古香古色的小圆桌，上面点一盏油灯，缓饮一杯清咖，
赏着湖景，和心爱的人轻叙心语，上演一部新的断桥艳遇，邂
逅一段感情，演绎一场浪漫，这么好的创意也只有浪漫雅致的
杭州人想得出。

　　西湖的美丽使我流连忘返，时光已过九点了，仍然不想
离去，在先生催促下，忽然想起我们的车子还放人家的店前，
不知道如何呢？美丽的西湖只能告别了，离开西湖匆匆返回，
这时才发现肚子已经饿了，快一天没吃饭，街边一份卖小吃的
摊点吸引了我们，蒸笼上热气翻滚，阵阵清香飘来，老板娘打
开方形的蒸屉，里面一组米糕玲珑可爱，如玉白色的是糯米糕，
紫中偏黑色的是香米糕，还有黄色的是黄米糕，用精致的模具
刻成可爱的心形、梅花形，晶凝剔透，好精致，太喜欢了！我
们各自选了自己喜欢的一种，大口吃起来，满口桂花香味漫卷
开来，这就是杭州著名的小吃桂花糕了。

　　我们顾不得劳累飞快地寻找着我们的车子，心里闪过多
种的想象，人家会不会对我们占用车位做出过激反应，会不会
借机暴宰，会不会车子被砸，女儿最担心她的电脑是否安全。

一路忐忑中，走近了，令我们欣喜的是，我们的车子完好无损，东西都在，一股感激之情从心底悠然而生，作为对这家店主人的答谢，我们决定在这里享用晚餐，推开不大的玻璃门，一家装修雅致的小店展现在我们面前，大概已经到了打烊的时间，这里已经没有了客人，很安静，一位看上去接近古稀的老人，清瘦素净、温文尔雅，身穿一身白色衣服，谦和地迎接我们。店内摆着传统的八仙桌、太师椅等明清时期的仿古家具，墙壁上挂着苏东坡的诗词《海棠》行书潇洒俊逸。墙上的菜价牌都用工整的小楷书写，只有三种面食：馄饨、烧饼和土面。

我们选择每人一碗馄饨和一个烧饼，老人干净利索现场给我们制作。墙上的字画使我们发生了兴趣，细细观赏，老人见我们有兴致，欣喜地给我们讲解，介绍中，才知道这些字画全部出自老人之手，不禁让我们肃然起敬。更饶有兴趣地走到他们楼上观赏，楼上宽阔的大厅，排开一面墙的古式书橱，书橱前面一条长长条几上面摆放着文房四宝，右侧的墙上挂着狂野奔放的草书，苏轼的《赤壁怀古》，表现出主人高端大气、沉稳奢华而不张扬的性格内涵。对面的楼梯回廊上，一幅幅山水，泼墨尽染，墙角一棵大型根雕更加提升了着主人的品位。

一楼楼梯的转角处，厨师介绍图片：上面的一位年轻的男子佩戴高高的厨帽，简介是主人获得过央视的招牌名厨称号。老先生说那是他的儿子，这店是儿子的店，他调侃说，跟儿子打工，平时喜欢舞文弄墨，以文会友。开着小店更多的是结交志同道合的朋友。

说话间馄饨已经做好，洁净的白瓷碗盛来，一只只煮开的馄饨像一朵朵含苞欲放的玫瑰花，晶莹可爱，一把细小的香葱像碧绿玉片一样点缀其中。吃过各地的馄饨，能把面食做得如此精致的还是第一次见到，让人不忍吃下。一会儿，一个个金黄圆圆得像一轮圆月的烧饼也端上了桌子，那是用火炉烤制的，外脆内香，非常可口。

我们用餐时间天南地北和老先生聊开来了，当知道我们从山东开车自驾过来，一直不住称赞我们了不起。我们聊得太开心了甚至忘记了时间，最后告别时，我身为女性主动伸出了右手，与老人握手道别，老先生出户相送，直到我们倒出车子，我们再次摇下车窗，挥手再见，老人一再说下次来杭州一定再来。我们也真诚地欢迎老人去山东旅行。

告别老先生，使我想起那位久负盛名苏轼先生。他的苏堤、东坡肉成就了一代贤明文人官员，这位儒雅的书生商人一样是杭州这座美丽城市独有的亮点。女儿不理解说：就吃一顿饭有必要和人家搞得那么亲热吗？我家先生会心地笑了：我们是山东人，不远千里有缘遇到如此贤雅之人，不能丢了我们的范，尊重别人就是最好地尊重自己！

夜宿深圳

隆冬时节，告别万木凋敝的北方，开始为期一周的南行之旅。乘汽车，转飞机，上午自淮安机场，一个时辰的光景，越群山跨长江，到达南国之城珠海，为了第二天的行程，前往香港，只得与这座美丽的滨河城市匆匆暂别。换乘汽车，沿曲曲折折的海岸线直奔深圳而去。到达深圳时安排好住宿夜幕已经降临，因本次旅行对深圳没有特殊安排，只是为了明天的香港之旅的一个借宿。

深圳这座改革前沿的城市，富有传奇的城市，此时就在眼前，怎能擦肩而过。顾不得疲劳，匆匆和女儿一起走上深圳的街头，感受特区独特的风光。

此时的南国之城，正是绿荫葱葱鲜花盛开的季节，卸下厚厚的冬装，感觉似乎时光倒流又回到了夏末初秋的时节。走在城市的天桥之上，看万盏灯火，霓虹闪闪，夜色中街道上明亮车灯排起了长龙，宽阔的大街成为灯火的长河。周围一座座高耸入云的大厦，绚丽多彩的招牌，显示它们高贵的身份，"恒大集团总部""百度""永隆""大新"传说中的大企业似乎都在这里落脚。

深圳这座年轻的城市，改革开放的产物，仅用三十年的时间，由一个小渔村跃然成为世界知名大都市，以独特魅力与对面的香港傲视相对。

要想充分感受一座城市的生活文化，或许地铁是不错的选择。我们从机场附近上地铁到市中心世界之窗去感受深圳的豪华与快节奏的生活。地铁和所有国内城市一样，几个有限的座椅，只是象征性的，大批的人都在站着。深圳此时季节有点像北方的初秋，气温温暖适宜，不热不冷，行人着装也很有意思，短裤裙子、棉袄、大衣都有。无人售票机处取出两片卡片，匆忙中走错了上车通道。工作人员礼貌地拒绝入内，这才看清楚，普通车卡竟然走了商务车厢。原来这里还有等级的。看到一节写着女士专用的车厢随人流入内，发觉里面男士比女士多。尽管播音喇叭不停地重复着，此车厢为女士专用，无人理会。列车内，年轻人居多，大家都在安静地看手机，或者熟人间低声聊天。煞风景的一个蓝眼睛的老外在高声地打着电话，通过语速我大约判断出他应该来自中东。他在安静的人群里扯开嗓门高声呼喊着，似乎想把语音直接发到他的故乡吗？人们似乎已经习惯了，无人搭理，直到他到站下车还在叽里呱啦说个不停。这座城市就像包容不同的穿衣风格一样，包容着不同的文化。来自不同人群，有着不同的背景，是移民城市的特点。大家都来自不同地方，每个人或许都是过客，无人关注你的昨天，只在乎当下是否从容。

地铁站口，吃了河南人的麻辣豆腐，买了一双浙江老板的布鞋，行走在世界之窗前。看着行色匆匆的路人，我不知道他们来自何方？但都有一个共同目标，来此打拼，来此追逐心中的梦想。

二十世纪八十年代初期，邓小平先生在中国的南海画下几个圈，从此深圳珠海迅速崛起。深圳更是得天独厚，既有特区独有的优惠政策，又有国家集中办大事的坚强后盾。深圳神话般的发展，创造着一个又一个的奇迹，深圳速度成为时代的象征。深圳也召唤和吸引大批外地淘金者，外商、港商、台商纷纷来此投资，大批的知名企业来此落户；五湖四海青年来此寻梦，他们在这里挥洒着自己的汗水，也付出了青春。三十年过后，深圳突飞猛进式的发展，城市的扩建，为当地居民带来巨大的财富，有多少农民一夜之间身价千万，拥有着大批房产成为房东，千里奔波而来打工仔、打工妹，当青春不在，已经成为尴尬的一代，回不去的故乡，高昂的房价扎不下根的深圳，

到达深圳后，网络软件的先进，深圳的文友得知我不远千里来此，发来热情洋溢的问候，我本来旅程紧张，也不便打扰朋友，匆匆中与他们擦肩而过，谈起去留问题，朋友选择了沉默，他来深圳二十年之久，孩子父母成为留守一族，还在遥远的故乡，如今自己已过不惑之年，面对迅速成长起来的"90后"，就业已经没了优势，徘徊在回与不回两难之间，一个奋斗二十年的城市却成不了第二故乡，劳动法宣传鼓动了不下三十年，然而真的落到实处能有几家？大批农民工的利益如何维护？前不久的新闻，似乎已经远去，富士康楼上坠下的年轻的生命，是否带我们去思考？深圳注定是劳务者人生的驿站吗？

世界之窗的灯光依然绚丽，我在此只是匆匆过客！

深秋，方城怀古

方城一个以城命名的乡镇；方城是一座曾经的古城；方城注定是个有故事的地方。

霜林尽染，晚秋正浓，应兰山文联之邀，随文友踏落叶，沐秋阳，西行探访兰山西北这座神奇的重镇。

从小读国学时，常听先生讲起，圣人孔子的祖籍就在临沂，仲尼的父亲叔梁纥曾为官于防邑，防邑就是今天的方城，那里有老子的庙宇，那里是颜鲁公的故里。今天我终于实实在在地踏上这片古老而神奇的土地，从内心一种崇敬之情油然而生。

大巴在乡间公路上行驶，目之所及装满各种木料板材的大型运输车不停往复穿梭中，路边厂房林立，给人的感觉繁忙而又充满活力的景象。方城作为全国著名的板材基地，其产品已经远销五洲四海。

方城人大概从基因里就具有能工巧匠的技能。这里曾出土的黑陶、玉器、石器等文化遗存，向世人证明早在四千年前这里已经有人类居住，而且文明的程度已经达到新石器时代的顶峰。我们在西西蒋村龙山文化遗址前停留，寻找先人的足迹，感慨古老的东夷文化的神秘。

站在时光的渡口，感受岁月是一首分行书写的诗，每个时代都有其独特的句点。春秋战国时期，这里成为鲁国的东疆重镇，面对虎视眈眈的强齐，鲁君派重兵防御，也就有了入经立传的名字"防邑"，《春秋》曾八次提到防邑，孔子先人任职于斯、葬之于斯，史书记载孔子后来多次来防寻祖。

如今我们在防城旧址探古，站在芳草萋萋的古城墙上，看着日光从参天的大树间隙透过，任思绪放飞：两千年前，齐鲁交战的烽火几次在这里点燃，多少萧萧班马狼烟四起，几度刀光剑影杀声震天；也曾有过硝烟散去，礼乐升平，隐公会齐侯的和谐景象。夕阳西下，孔子周游列国的车轮也许就在此碾过，曾经踌躇满志的圣人仕途的一次次碰壁，面对沂河滚滚流水不禁感叹，逝者如斯夫！

时光之河流淌到汉代，华城再度选择了防邑这块土地，"临沂"二字最早出现在石刻之上。如今城墙虽经岁月侵蚀，断根犹在，多少英雄已付笑谈中。

孔子的得意门徒颜回一直向往"君臣一心，上下和睦，丰衣足食，老少康健，四方咸服，天下安宁"的无战争、无饥饿的理想社会，但他当时生在缺衣少食的年代，吃不饱穿不暖，在整理《易》过程中，呕心沥血，以致劳累而死，却把修身、齐家、治国、平天下的儒家理念传给了后人。颜之推的一部《颜氏家训》已经成为历代家庭教育的典范。颜家子孙忠良贤德的品质让人钦佩，双忠颜杲卿、颜真卿为官刚直，不畏权贵，坚守直道，英勇不屈的斗争精神激励着后来无数忠贞爱国之士。颜鲁公真卿的书法博众家之长，自成一体，其楷书端庄敦厚，气势雄浑，行书遒劲郁勃，圆润而不媚俗，世称"颜体"受历代书法家称道，其作品成为民族文化的瑰宝。如今在远离战火，衣食无忧的盛世崇文尚武仍是颜氏家族的家风，故里诸满村民依然信奉耕读治家、忠孝信悌的传统。众人多喜爱书法，自发组成的书法协会达两千余人。集颜鲁公字而成"孝悌里"三字牌坊，高高地矗立在村头，成为颜氏后裔的骄傲与自豪。

如今的方城人，在历史厚重的文化丰土上继续耕耘，此时，霜林尽染，却到处跳动着色彩斑斓的韵律，熏染出丰收归仓之后依然延续的喜悦。方城西瓜、方城大饼早就是闻名遐迩的地方特产，新时代的方城人在传统的基础，借助科技的力量，让新兴农业再次腾飞。勤劳的方城人重农惜农，认真呵护着养育人类千年的土地，但又不单纯地依附于土地，在改革的浪潮中航行，在发展中创新。当下方城为县区明星乡镇，是板材、粮食、畜牧生产大镇，素有"板材重镇""稻米之乡""瓜菜之乡"之称。借助资源优势，方城镇明确了"南工、北农、中城镇"的产业布局。上规模企业不下百家，年工业产值达三十七亿元，大型的板材加工制造业已经发展为集约化，形成产业链。制鞋、食品、机械、苗圃等已遍地开花，同时也带动当地服务行业，解决了城乡劳动力就业难题，使居民过上人人有岗位，家家乐安居的新农村新生活。

我们在郭兴庄村走访时，秋阳之下看到的是整齐划一干净温馨的画面，微风中，房新街正，池塘清波微荡，杨柳倒影，亭榭疏离，古碾静卧，一派祥和安静的新时代田景象。村支书的言谈中充满豪情与自信。现代人最为关注的村庄"空心"现象，作家常常感叹的村庄的凋敝，在这里找不到，看到是欣欣向荣，一片生机盎然。当听到村庄人口两千余人时，我一再求证是常住人口吗？得到的答复是肯定的，而且像这样的村庄在方城还有很多，郭兴庄村仅仅排列第六，全镇常住人口达十一万之多，人口之所以如此兴旺，得益于当地的产业的兴隆，村民无须远走他乡打工，当然也就不存在留守老人和留守儿童的问题，而且吸引了大量外地务工人员，带动搞活了多种经济的发展。

孩子是国家的希望，有孩子的地方富有活力和生机，国之大计教育先行。大大小小的幼儿园在方城乡镇主干道两侧随处可见，中小学校舍焕然一新，多媒体教室、塑胶操场、数字化食堂、智能宿舍，全是当下高标准的现代化配置。在新桥中学，我们看到了一群富有朝气的孩子，接受着传统教育的同时，吸纳更多新的教育理念，以桥为桥的校文化，"求真、求善、求美、求健"的校训已被广大教职工熟稔于心，"敬业、严谨、务实、创新"的教风，"好学、乐学、勤学、善学"的学风已经形成；"求实、求精、求细、求新"校风激励着全体师生在育人、求知的海洋里扬帆远航。

方城自古商业重地，文化厚土，如何解决保护与开发的矛盾，完善继承与创新的关系仍是今后的发展的核心问题。二十一世纪的今天，放眼未来，感叹岁月漫长，芳华像种子一样历经荣枯，开满山野。秋尽冬至之时，乡镇街道两旁一棵棵高大的柿子树，在秋风中赫然挺立，张扬地炫耀着它红彤彤的果实，穿枝直插蓝天，如一幅幅隽永的丹霞泼墨图，给本应萧瑟的晚秋增加了无限的暖意，光阴染香，岁月静好！

十里春风樱之崮

春分时节，微风轻荡，暖意融融，文友相邀去樱之崮采风。樱之崮这个名字早有耳闻，时常见于报纸杂志、网络媒体，经常有从蒙阴归来的朋友，发文赞叹其风景如画，称其休闲度假的最佳去处，今日有幸前往，岂不乐乎！

三月杨柳吐绿，杏花盛开，心情也像这舒缓的季节一样欢快，伴着春风，从临沂城出发汽车沿顺畅的高速行驶，不足一个时辰转过几个山坳，穿过一片农田，下高速一条蜿蜒但平坦的柏油马路，延伸到巍巍蒙山深处，司机师傅驾轻就熟，真有春风得意车轮轻的感觉，忽然眼前豁然开朗，停在一片如雪如棉的杏花林旁。

樱之崮到了，樱之崮？这么快？见我似乎有点不相信，一位朋友向北面远处一座山峰一指：看，那就是孟良崮，樱之崮就在孟良崮的山前怀。樱之崮三面环山，南面一片开阔坡地，难得的是坡地前面一个天然湖泊，四周溪水源源不断，涓涓而流，潺潺复潺潺，真是好的造化所在。

离座下车，迫不及待地想融入这片杏花林中，樱之崮的主人喜欢舞文弄墨是我们诗词协会的文友，热情接待了我们。一座典雅大气高级酒店掩映花海从中，中西结合的建筑风格，借助天然地理造势，古朴大方又洋溢着青春的气息。站在楼上放眼望去，北侧孟良崮纪念碑雄悚山顶，三支利剑直插云霄，似乎向来往的客人诉说当年曾经的惨烈。

周围村庄星罗散布，红色的屋顶掩映在初春新绿之中，楼前不远处波光粼粼，湖水倒映着蓝天白云。樱之崮的主人理解我们迫切的心情，简单介绍后，带我们漫步花海之中，松软的草坪泛着鹅黄之绿，绿树甩着长长的发丝对湖乔装打扮，此刻开得最热烈的要数杏花了，湖边、山前、路旁一不留神就与浪漫撞个满怀。杏树花朵浅白略带一丝微红，不像梨花那么灿白，不如桃花那么娇艳，有点低调，一丝淡薄，恰如国画水墨的风韵，不急不缓、不温不火，如淑女出阁，庄重带羞，恰到好处让人爱到心疼。有人说杏花代表了幸运之神，一年伊始杏花总是提前把美送到人间。

花海中散步，更多的愉悦，不要说美女，阳刚的男士此刻内心也柔软了，相机的快门咔咔不停，听到最多的是惊呼："真好看！"是的，也许此刻所有的语言都过于苍白，只有发自内心的感叹和洋溢在脸上愉快的笑容才是最好的呼应。这么美好的季节相遇如此美好的风景，夫复何求？

一群鸽子飞起，吸引了我们目光，穿过小桥流水，走过磨盘小路，一片宽阔的广场，一座西式小型教堂坐落其中，只只白鸽散布草坪中悠闲地觅食，一切如此祥和安静，告别市井的繁杂，远离快节奏的生活，似乎一切都慢下来，整理自己的心绪，更多是初心的回归。沿湖路边看似随意点缀着，几处别墅，几间精致的小屋，楼台，轩榭，垂钓小椅，一切那么自然，而又优雅别致，让人有种恍惚是不是来到了童话世界，那个精致的小屋可否是白雪公主的柴房？

一群欢快的孩子在飞跑，和父母做着亲子游戏，在他们的城堡里，演绎着自己的童话。远处高高踏梯之上，一群朝气蓬勃的青年在攀岩、登高拓展训练，展现青春的活力。我们沿着一条通向远处山头的小路，拾阶而上，路两旁成片桃树正在悄悄地孕育，可以想象再过几天，杏花退场之时桃花马上就会盛装登台。其实桃树，杏树还不是这里主场，真正的大群体是满山的樱桃树，此时樱花正缀满花骨朵，等待一声令下万朵齐放。这里樱桃、樱珠是尚品，已经远销海内外，樱之崮的开发也带动了周围乡村的经济发展，从各家一座座别墅式的民房就看出当地民众的生活水平。每年春夏之交樱桃花烂漫时节，来此拍婚纱照的年轻情侣乐意不绝，甚至需要提前预约，有时一票难求。据说这里的樱花是樱桃之花，最适合象征爱情美满，因为不像日本的樱花，只绚丽一场但没有结果，樱桃不仅花开动人，如霞如云般的烂漫，香飘万里；硕果更是晶莹剔透，鲜红欲滴，如宝石，如红心深得年轻人喜爱，被誉为"有结果的爱情之花"。

沿着盘山小路一路前行，眼前一行大字：垛庄樱之崮镇，"垛庄！""垛庄！"我反复地念着这两个字，记忆的钥匙在不停地转动，垛庄曾是孟良崮战役中，重要的据点，1947年陈毅、粟裕将军就从这里对盘踞在孟良崮的国民党七十四师发起了总攻，孟良崮战役的胜利也奠定了解放战争胜利的基础，扭转了国内革命斗争形式。从此孟良崮、垛庄载入了史册，也牢牢刻印在每个中国人的内心深处。沂蒙山人民的淳朴善良对革命无怨无悔的支持形成的沂蒙精神传遍神州。

真正走近这片土地，还是三十年多年前的一个冬季，刚刚中学毕业的我，第一次离开家乡从临沂坐汽车去省城，刚出临沂时天气尚好，汽车沿着蜿蜒曲折的公路，喘着粗气，慢腾腾地爬着，一进入蒙阴地段，天气越来越暗，竟飘起雪花，开始还是小雪，越下越大，直到天地朦胧一片，路上积雪越来越厚，汽车终于在一个陡坡前抛锚罢工，不再前行。路边一个停车牌刻着两字"垛庄"，这就是垛庄？我真的没想到心中的圣地竟然这样相遇。汽车停在了山腰上不去也下不来，那时的汽车简陋根本没有空调，通信也没现在方便，一车人又冷又饿，一开始还有看雪景的兴致，有人指点着北面一个模糊的山头："那就闻名天下的孟良崮。"如今已经银装素裹，在一片苍茫中与群山一起高高矗立在那里，依然威严雄壮不失英雄之山的气势。随着雪越下越大，天气越来越冷，车内的人终于开始抱怨起来："这鬼天气，汽车停在这里怎么办？"

眼看时间一分一秒地过去，雪却不见停下，正在大家无奈之时，远处一抹红色映入眼帘，一辆小独轮车上一边坐着一个全身红衣的新娘，一边是一个盖着红色包布的筬子，沿着一条小道缓缓而来，鲜艳的红色在苍茫洁白的天地间，格外地抢眼，多年后这个场景一直留在记忆，后来我依照回忆曾写过一篇《雪地新娘》的散文。这是沂蒙山特有习俗——新娘回门，结婚后第一次和新郎一起回娘家，订好的日子风雨无阻。空旷山野，忽然来人了，大家兴奋起来，独轮车渐渐靠近，大家围了上去，新娘子拉拉红头巾羞涩地下了车，新郎忙着解下一边的篼子，新娘子把里面一袋子炸果子交给我们："这是我们回门的礼物，你们先垫垫。"新郎更是安慰我们："大家不用急，山里的天气变得快，也许一会儿雪就停了，前面不远是我姑妈家，我过去让我表弟来接你们，可以去那里烤火喝水暖和暖和。"说完新娘再次坐上小推车，他们慢慢远去，我们嚼着新娘留下的炸果子，暂时充饥，等待着……

新郎的表弟能来吗？每个人的内心都打着大大问号，大家跺脚，哈手驱赶着寒冷，眼看天色渐晚，内心绝望起来，忽然一位不足十岁样子的少年出现在大家视野里，少年扬起手臂："跟我走吧！"大家似乎见到救星，跟着少年来到路的拐角处少年的家，几间低矮的半瓦半草的房顶，房门开启，女主人是位齐耳短发的大嫂面带微笑，从容大方。我们一行十多人带着一身寒气鱼贯而入，大嫂热情招呼着我们这群不速之客，室内燃起柴草，呼呼的火焰带来温暖，少年忙着给每个人盛来热腾腾的汤水，那一夜我们就在大嫂家喝水、聊天、烤火中度过，第二天果然天气大晴，日高雪化，救援车终于来了。我们重新上路后大家不禁感叹，沂蒙山名不虚传，民风依然淳朴。

岁月在尘世转了几数轮回，多少年过去，雪地的新娘新郎、那位热心的少年、善良的大嫂一直留在心头，却未曾再度谋面，我对于他们或许如红尘过客。

没想到三十年后，我再次邂逅垛庄，这里已成为美丽的花海，樱之崮哪里还有那低矮的半瓦半草的平房，昔日新娘如今应该已是中年母亲，那位少年也应该是朝气蓬勃的壮年了，那位大嫂该做了奶奶，他们现在在哪里？当时未曾问过姓名，哪里去寻找他们足迹？

看着山中带着孩子在嬉戏的老人，他们的笑声那么开朗舒心，也许当年的大嫂就是她们其中一员；看着樱之崮一群信心满满、富有朝气经营者，也许那位少年就在其中，那么善良的沂蒙山人必有好报。

教堂前的广场上，走来身披洁白婚纱的新娘，绿水青山下妖饶美丽，让我再度想起雪地那一身红装的新娘，她们都是樱之崮的精灵，都有一颗纯美之心。很多时候，人就在一抹记忆中，疏离了岁月，然而生命，在记忆中阑珊、在记忆中芬芳，让一些暖暖的记忆，在岁月里缓缓流淌，我就在这里，倾情祝福生命的美丽，祝福十里春风美如画的樱之崮。

附：我在樱之崮等你

樱之崮的花开了，美到心软

鲜花旁边我在等你

樱之崮的天蓝得醉人

蓝天之下我在等你

樱之崮的春风，飘着花香

我在春风里等你

樱之崮的湖水装下蓝天白云还有高高的山岗

我在湖边等你

三十年前垛庄那个小小的停车点

留下你的温暖

记下一袭惊艳的红装

三十年后我来了

曾经贫瘠的山峦

披上了醉人新装

却寻不到你踪迹

杏花，桃花和樱花布满芬芳

湖水，草坪，青山还有一座新教堂

寻不到过去模样

如今樱之崮美丽新娘披上婚纱住进了洋房

善良的新娘你在何方？

我知道你就在樱之崮的家乡

永远在我的心上

武河湖畔闻天籁

武河湿地的美景早闻名遐迩，却一直未能亲临一睹风采，周末见朋友写的武河赋，再度激起内心的向往，去！去看看，说走就走，背包驾车直奔临沂城南，罗庄的黄山镇。热情的文友早已在那等候，给我们做起免费导游。

此时正是草长莺飞的四月，乱花渐欲迷人眼的春光，武河我来了！朋友告诉我，这时游武河，来的不是最佳时机，如果赶到夏季，或者秋季，武河满池的荷花争奇斗艳，一眼望不到边的芦苇青翠撩人，可以欣赏"蒹葭苍苍，白露为霜。所谓伊人，在水一方"的曼妙，此时仅仅是娄蒿满地芦芽短。但我相信多情美丽的武河什么时候都有她独特的风姿，一定不会辜负我这远道而来的客人。

武河是属运河水系，上游为涑水，湿地公园位于临沂罗庄黄山镇境内，东临沂河，北接蒋史汪橡胶坝、南至廖家屯闸。武河风景区此时较之外面恣意浪漫的春色，这里似乎刚刚从沉睡中苏醒，去年干枯的芦苇还在风中摇曳，底下新的生命已经郁郁葱葱，一根根苇芽，尖尖翠翠的甚至还带点羞涩，藏在枯萎的芦苇丛中，但压不住对春天的愉悦，正在奋力生长。所以远看似乎仍是冬季的萧条，细看正在孕育春的希望。一股勃勃生机正在悄悄酝酿，也许一夜之间就会一碧万里、春意烂漫。

武河湿地全长 15 公里。分为中央公园、鸟类公园、湿地植物园、湿地探索园、湿地生产园等几部分。武河绵长，为了在有限时间内看完全貌，只好乘车漫游。今天不是节假日，这里游人相对稀少，沿着湖中间蜿蜒曲折的人工栈道，缓缓地开着车子于湖中穿越而行，两旁碧绿的蒲草嫩芽携着蓝天白云一起倒映在清澈的湖水中，构成一幅静美的图画。平静的湖面上掠过两只飞翔的水鸟，嘎嘎的叫声打破了这里的沉静，我们已经来到鸟类湿地，弃车步行，漫步揽堤之上，水草中悄然传来簌簌的声音，那是鱼儿在跳跃，吱！吱！咚冷！那是谁在弹琴？咕！咕！两声谁在打节拍？我赶忙打开手机录音功能，想捕获这来自大自然的天籁。

此时的武河需要沉下心来欣赏的，丢掉红尘的浮躁，忘却世间烦恼，凝神细品感受时光静好。一只野鸭妈妈身后带着两只小鸭，一起缓缓游来，看不见它们的红掌，只见身后一条放射状的水纹在无限地拉长，方知它们在滑行；微风吹来，几株芦苇轻轻摇曳，几只小小的苇莺轻轻掠过。"叮咚、叮咚"，是几只青蛙吗？入水的声响，这应是《春光曲》的旋律，舒缓灵动，声声慢，拍拍脆，似一股清泉，沁心入肺，让人陶醉。

继续沿木质围栏缓步前行，如果说刚才是低缓轻快的《春光曲》，这里已经是富有节奏感雄壮奔放的交响乐了，宽阔的水面在眼前铺开，去年的残荷衰败在水中，新生的嫩荷还没有露出水面，这里自然成水鸟们的表演舞台，水底小鱼总是扎堆地出现，似乎在偷窥大千世界，一条条清晰到能够看清它们那细小斑纹；野鸭的一家正在郊游，不慌不忙，温馨恬淡；油鸭扇乎着油亮的翅膀，咕咕地诉说着爱情，此时正是繁殖季节，忙着孕育它们的后代；最欢快当属黑嘴鸡了，迈着绅士的步子在岸边散步，不时鸣叫几声，呼朋约伴好不热闹。

高嗓门要数咚答鸟，具体学名我不清楚，只是根据它独特的叫声当地百姓这么称呼它，它的叫声很有特点："咚！咚咚！"恰似一个乐队中打节拍者，不停地，咚！咚！

长嘴的红鹤，敏锐地注视前方，忽然呼噜一声，以迅雷不及掩耳之势，火红的长喙插入水，迅速夹起一条小鱼，仰仰脖颈一吞而下。最卖力的演唱者当属满湖的青蛙，"呱！哇！""呱！哇！"此起彼伏不知疲倦好敬业的歌唱家呀！太多水鸟叫不出名字，却忙着高歌，大有百家争鸣之势，赶着发布春的宣言。

一场交响乐伴着大合唱，把整个湿地赋予了灵性生机，在奔放的协奏曲中我们来到了白鹭岛，无声白鹭上下翻飞，用美丽的身姿诉说"春天的故事"，恰是"此时无声胜有声"的妙境。几只灰鹤岸边单腿秀芭蕾，修长的身材在水中倒立，忽然翅膀砰地打开，奋起一挫，振翅而去，一声嘶鸣响彻空中，为一场演出画上一个优美的休止符……

此时，信步湖边俯下身子鞠一捧湖水，清澈透明；闲坐木亭内展开双臂沐一缕清风，温暖轻柔，感受这远离城市喧嚣的静谧，品味春天的惬意。武河湿地静心的良好去处！

再游天马岛

金秋时节，和青藤文友一起相约去天马岛。

天马岛是由马亓山和天马湖共同组成的，山为湖转，湖绕山走。从湖中看山为岛，从山上远观，湖如裙带。马亓山位于莒南县城北十公里之处，面积二十六平方公里。海拔六百六十多米，巍峨雄壮，气势恢宏，为鲁南第二高峰，仅次于蒙山。此山全景如烈马扬鬃，形似奔马，故名马髻山。天湖三面环山，方圆二十多公里，湖水环绕，波光粼粼，与马亓山相依相偎。

天马岛其实并不陌生，早在十多年前和家人一起去过。那是一个让人魂牵梦萦去了还想再去的地方。记得那年恰逢五月初，正是山丹丹盛开的季节，满山的映山红，燃遍整个峡谷山脚。一条条蜿蜒的小道上，山菜长得正旺，山涧溪流潺潺无处不泛着朴实而又带些野性之美。现在是深秋又会给我怎样的惊喜？

清晨从临沂出发穿过浓浓的雾霾，在一片对污染抱怨声中，艰难地行走，时近九点终于到达久违的天马岛旅游区，走下车的伙伴，忙着舒展腰身做起深呼吸。这里是人间净土吗？天那么篮，蓝得让人心醉，空气清新中带着点点潮湿的味道，展在眼前的是一片碧波荡漾的湖水，微风吹来，层层涟漪，岸边泛起朵朵白色的浪花，如果不是远处巍巍群山的点缀真以为就是辽阔的海洋，几只水鸟不时鸣叫着划过空中，数艘漂亮的游船从远处鸣笛而来，恍惚中似乎来到江南吗？

面对如画的江山，朋友一起谈论文学，吟诗作词当为雅事。文友一个个诗兴大发，虽说没有问苍茫大地、谁主沉浮的豪迈。但也有指点江山、激扬文字的豪情。中午受当地文友盛情品过素有"沂蒙浔"之称的天湖大鱼，足有半米之大，味道清爽，绵滑鲜嫩，大口地享受了朵颐的快感。乘舟入湖，融入这湖天一色之中，游船徐徐开动，在深蓝色中冲开一道白隙，又缓缓扣合，此时天是蓝的，水是蓝的，天映湖中，湖在天中，被一片湛蓝包围，而又那么剔透，朵朵白云悠闲悬在湖中，似在宝石中游弋。兴致文友引吭高歌，唱得如痴如醉，带有拉魂腔味的歌声把我带向久远的年代，打鱼郎和村姑的对唱，似乎就在眼前；这里一切那么原始，又如此的现代。不觉中船至湖心，一切安静下来，远处的山峦已经露出倩影，烈马的雄姿傲然挺立。快速地捕捉着美丽的瞬间，刚想把这美好的定格和远方朋友分享，才发现此处已经没了信号，一切归于自然，此处只有风景，每个人都是风景的一部分。天湖像一位羞涩的少妇干净纯洁，安静唯美，把马亓山轻轻揽入怀中；一切那么安静，那么祥和，微微清波轻轻拍打红尘中浮躁的内心，享受难得的静谧。

几只鹭鸶水中秀着芭蕾，提示到岸了，弃船登岸，沿岸满地山菊花簇拥着，烂漫着豁然铺开，那么热烈，又那么恬淡，浅紫、淡黄、粉白，花朵星星点点，不温不火，采下一只，感觉有点弱小，但灵巧可爱，汇成一片却又那么壮观怡人。步入雄健的山门，拾级而上，一株株苍健的古松，弘枝横陈，层皮龟裂似乎在向游人诉说千年沧桑；两侧圆滚的巨石，没有棱角，看出历经岁月的侵蚀，古意苍茫；路中不时会被一棵棵巨树遮挡，参天杏树，可以想象春天盛花时节该是多么的娇媚。行走间，忽然眼前绝壁如削，一条小径蜿蜒上浮，山路陡峭得每上升一步都需要付出足够的勇气，正在气喘吁吁之时，一汪山泉汩汩流出，清澈干净从高处跌落下来，泄在软绵的翠草之上，泛起颗颗珍珠挂在叶尖。山因水多了份灵气，水因山而秀美，山水相依，恰是马亓山的绝妙之处。

尽管此时已是深秋，看不到瀑布激流的壮美，但条条山溪相伴，不时给你惊喜。走过一段艰难的陡崖，喘息中进入山主峰了，山路却相对平缓起来，在大自然鬼斧神工的雕刻下，似各种形态的奇石不下千种，如诗如画，美在自然之古朴、奇在形神之兼备，粗犷与精妙，阳刚与阴柔，拙朴与玲珑，正所谓"十万巨石天外来"。一峰坐地似神游，一石则奇幻千寻！无一不蕴含和谐的天地之气。每一步都不忍心错过，每一块石头似历尽沧桑的老人，温韵质朴，如玉般细腻，让人感到疑问这是山石吗？不由俯下身来用手去触摸，感受那温润的质地。这是因为这里雨量充沛，千年的水流冲刷，溶蚀而成，时间的魅力，顽石在天地间，失去了棱角也学会了圆滑，构成了特有的地貌。

山高水高这里成为现实，也就有了"芦苇长上天马石"

的四奇之一，金盆顶上地势平缓，一片开阔平地，传说南宋抗金英雄杨妙真在此山下寨，率十万精兵演绎出一曲"巾帼不让须眉"的抗金乐章，那仍然清晰可见的石刻，练拳处的深坑在默默地向游人讲述曾经的辉煌。此时正是深秋天马石上芦苇，不再葱绿，裹上一层红色的嫁衣，微风中摇曳，被称为"朱芦"的绣娘如此娇媚、如此孤傲，雄耸山巅，又千娇百媚。真的不知道人们怎么就把它想象成了烈马之鬃了呢？

夕阳西下，山顶看晚霞沉湖，美妙的天湖水天相连，半湖瑟瑟半湖红，眺望群峰层林尽染；漫江碧透，一切皆笼罩在粉霞之中，如梦如幻，让人忘却了喧嚣的尘世，犹如置身瑶池仙境。沉静不知归路，归否？归否！

义行天下

——登梁山所感

　　夏至，正是烈日炎炎之时，途经曲阜短暂逗留，告别圣人故里，久负盛名的梁山据此不过百公里之遥。水浒中的人物，个个栩栩如生，梁山英雄的传奇故事激起我们的好奇之心，顾不得酷热，匆匆驱车拜谒久违的英雄之地。

　　高速奔驰，中午时分穿过古老的梁山县古城，到达山下，"八方共域，异姓一家"的横额高悬在梁山寨前，气势恢宏。梁山一直是心中传奇的圣地，感觉眼前的这座小山，多少有点不够雄伟，海拔不过两百米，远远看去就是个小山包，很难和水浒中八百里水泊梁山联系起来。想象中登取梁山应该像游天马岛一样，乘船涉水方可进入，应当险峻雄壮，毕竟是水浒一百单八将啸聚山林、纵横江湖之地。

　　大概由于天气炎热的原因，游客稀少，买好通关门票从梁山寨处，拾级登山。烈日下的梁山少了一点雄魄，更多了一些古意，梁山植被覆盖茂密，以黑松柏为主，很少见到其他杂树，而且树木大小一致，分布整齐，感觉像排排士兵一样排阵布列，在林中穿行，多少带来些清凉，减少了酷暑的煎熬。沿宋江马道一段相对平缓的碎石小路，蜿蜒展伸，穿越青龙山、狗头山，骑三山，曲折回旋，直达黑风口，北宋时期，晁盖、宋江等英雄好汉据守梁山，杀富济贫，"替天行道"这条小道传说就是他们运送粮草的主要通道。

黑风口地势险要，传说无风三尺浪，有风吹掉头的重地，黑旋风李逵在此把守，巨型手持双斧的李逵雕像威风凛凛，大有一夫当关、万夫莫开之势。说实在内心不太喜欢李逵，虽说他武功高强，为梁山立下赫赫战功，可是他乱杀无辜、打家劫舍抢夺泼皮无赖、为达目的不择手段的卑劣做法，实在与好汉难画等号，正直、善良、匡扶正义、惩恶扬善的人才是真好汉。如今北面山口处树木茂盛，已经看不到当初的险峻，风是有的，没有那么夸张。倒是当代书法家沙孟海先生的手书"黑风口"三个大字，酣畅浑厚，俊逸雄壮，大有力扫千钧之势，让人感觉杀机四伏，阴风倒灌而来。高高矗立的号令台让人想到曾经的战鼓金锣齐鸣的紧张战事，时过境迁，鼓锣还在奏响，只是现在已经成为游客祈求平安多福的道具、娱乐的一种方式。

顺山势上行，忠义堂前"替天行道"的大旗在山风中呼呼作响。忠义堂最早晁盖称之为"聚义厅"，广招天下义士，宋江上山后，扯起了替天行道的大旗，改聚义厅为忠义堂。宋江豪情仗义，喜欢结交江湖上的好汉，他有计有谋，对人也极为仁义，所以弟兄们非常信任他。因为宋江想"招安"，导致整个梁山被利用，一百零八名好汉被派去压制农民起义，朝廷趁此借刀杀人，结果只剩下了三十六位。他壮大了梁山，却亲手毁灭了梁山。宋江是富有争议的人物，如今忠义堂内排排座位尚在，已不知英雄去向，一面面鲜艳的旗帆似乎在呼唤远去的英灵。宋江的第一把交椅，宽大古朴豪壮，霸气十足。我学着当年宋江的样子，在第一把交椅上坐定，感受当初他面北背南，面对群雄的心态，也算过了一把瘾，但慌忙起身离开。我知道这个位子也许众人向往，但高处不胜寒，不好坐，身居要位，才感觉担子沉重。众英雄为义而来，宋江也靠义气赢得大家尊重，做到首领位置。他要为梁山兄弟寻找个体面的出路，由于他性格的多重性及人生经历意识形态的局限性，注定了他的格局仅仅停留在两方面，其一，他以扫除社会黑暗势力为己任；其二，他又以尽忠国君为最高行为准则，他打出的替天行道，反对的是奸臣，不是天子，他们所打劫的是平民，不是将相。鲁迅曾经尖锐地指出："终于是奴才。"当他举起忠义两全的大旗之时，也是他灭亡之时。梁山英雄的目标更为狭义：大块吃肉，大碗喝酒，大秤分金银。为金钱美色而战的是山贼；为政治任务而战的是士兵；为理想而战的才是勇士！梁山的悲剧从一开始的就埋下了铺垫，失败是他们的必然宿命。

梁山英雄的价值观，他们的信条就是"义"，义在儒家五常中（仁义礼智信）排行第二，说文解字繁体"義"由"羊"和"我"组成，义的源字是羊在上，下边是人手持戈。上面的羊，有两种解释：一种是形，上边两点左右均分，中间也是左右对称，象征公平之意。第二种解释是祭祀的羊，表达的是信仰。而下边是持戈的武士，也可以是我的意思。原字的意思就是：为了公平（或信仰）而战斗，对个人则是我为公平（或信仰）而战斗。义更有情谊之说。梁山英雄是否真的守住了"义"？

宋江的忠义，大军以来，忙着招安；李逵的情义，仅是对兄弟宋江的忠诚；林冲毁在信义，报仇无望之时，抑郁而死，演绎了英雄气短的悲剧；鲁智深的道义，他的境界更接近于一种顿悟，所以如果要说他是梁山"义"的最高体现的话，实至名归。

离开忠义堂，在靖中庙前俯瞰梁山城全貌，这里已经远去硝烟，高楼林立，交通秩序井然一幅繁荣的现代化都市，沿蜿蜒山道途经天书阁、练武场、左军寨等景区，山道依山而建，山下就是陡峭险峻的山崖，虽然没有看到八百里水泊的壮观景色，站在这里感觉到了梁山的险要，山崖上一层层的水波侵蚀的痕迹似乎在诉说曾经波涛汹涌的壮阔，陡峭的程度几乎达到垂直，绝对是易守难攻的战略重地。梁山三面都是陡峭山崖，当时还是波浪滔天的大湖，仅有西北一处可入，所以梁山的战略防护全在北路，雄伟的一关、二关，层层布控，戒备森严。梁山虽然海拔不高，但由于突兀在鲁西南平原之上，周围又有深陷的湖泊显得格外雄浑粗犷成为兵家必争之地就不足为怪了。

在山脚下梁山碑林，见到自甲骨文开始历代"义"的各种不同写法，形成风格隽永的"义"字墙，凸显天道水浒，大义梁山之文化内涵。青山依旧在，几度夕阳红。借当地文人范曾先生《水泊梁山记》结尾：以德治天下，正兴国之本兮。

义行天下英雄所见略同！

走近东盘

——古老文化与现代文明并存

腊月二十五，随青藤文友们一道参加临沭东盘村赶年集、寻年味采风活动。

一大早从临沂出发，伴着新春的喜悦，迎着微微晨风，一路向东，经临沭县城，再行 15 公里，327 国道左侧下来就是东盘村了。一路疾驶不足九点到达，车子刚刚停稳，年集年味已经伴随着乡音乡韵，扑面而来，大红的灯笼攀上了高高的树梢；火红的对联红透了整条大街；吱吱啦啦炸麻花，油锅正翻滚，香气十里飘；喇叭音响，传统叫卖，讨价还价声，声声入耳，热闹非凡。

我们一群文友徜徉于熙熙攘攘的人群中，忙着抓拍，急着寻觅，这里有太多的记忆，泛起我们的乡愁，红红的对联印刷制品精致漂亮，还好在这花花绿绿的印刷对联街头，我终于见到了两位白发矍铄的老人，正在挥笔泼墨，隽永的字体赢来一阵阵喝彩之声。红的海洋里我看到了一抹紫色，虽说仅有一缕，那也勾起我记忆，这是家乡习俗，每逢春节家家户户贴对联，有刚失去亲人没过三年的家庭，为了既表示迎接新春，又祭奠逝去亲人，就选择低调的素净的赭篮色题黑字的对联，既不太热烈，又显得庄重。我们的摄影师咔咔拍个不停。一位出摊的大爷笑着说，"我认识你们，去年你们就来拍过，今年又来了！"我们打着哈哈，知道他认错人，这里有淳朴的乡情，每年各级文化单位都来采风，来拍照的人当然多了。

面对可爱的老虎帽，猴子面儿童枕，绒绒的，好亲切哦，便服花棉袄，手工做得针线精细，纯棉软软的，那么温馨；手工制作的扎花，艳艳的，那么俊俏；猴子爬杆，花儿棒槌，可爱的儿童玩具，还是那么俏皮灵巧，似乎触摸到了曾经的童年，嗅到了妈妈的味道，看到了爷爷的沧桑。

红红的被面，喜庆的包袱皮，还有那似火一样的新娘盖头，似乎看到了农家嫁娶的喜庆。传统并没有走远。街边大块的卤石，年轻的文友已经叫不出名字，我似乎闻到了年底豆腐的清香。曾经的农具在这里还能找到，筼子、筛子、罗筐子、扫帚、炊帚、面盖顶、擀面杖、搓面棍还有纸戳子。我看上一对老年夫妇的盖顶，小巧玲珑，用高粱的顶杆加麻线穿钉而成，细细咻咻，似乎能够闻到高粱秆的清香。试探着问价？老奶奶告诉我三元一个，五元一对。哇！我怀疑我听错了，再次求证。笑得满脸是花的老奶奶说道：自己家的秸秆，没事穿几个，打发时间呢！成捆的炊帚只要五元。文友说笑着鼓励我多买些，满满的收获，拎着盖顶，抱着炊帚留下了欢喜的定格。

大锅的年糕冒着热气，泛着糯米的香味，熟练的卖主一刀准的技术，吸引着我们的目光，切上一块，咬上一口满嘴的香味。糖葫芦，串串香，糖炒栗子开口笑，米米酥，核桃饼，刚出锅的大麻花，热腾腾的包子才下笼……刚逛了不到一半的街，采购的食品，已经背不动了。

随着人流来到屠宰一条街，鲤鱼鲜活，鸡鸭鸣叫，现场屠宰的牛羊肉冒着热气……不行，这里有些血腥，不敢久留，匆匆离开。

穿过热闹的集市，在当地朋友的带领下，我们走出商贸街，来到村庄老房区，历史似乎在这里定格，宽阔的马路两边，是低矮荒凉的老屋，有的已经残檐断壁，荒草兮兮，过去的土坯墙体斑驳层裂，墙院内藤蔓已经攀上了树梢。低矮的柴门，缝隙微张，挡不住荒草的肆虐，此时是寒冬，棵棵干枯的荒草在寒风中摇曳。几经辗转，在一个小巷内，找到了当年刘少奇办公的原址，小院上锁，透过破损的门缝，看到里面有县级政府立的文物保护石碑，几间低矮的青瓦房，那里应该就是当时115师军部队指挥所在地，刘少奇1942年就在这里居住办公，指挥千军万马，展开艰苦的抗战救亡活动，曾经的壮烈和辉煌已经记入史册，如今的几间青瓦房淹没在众多高大的房舍中间，显得更加沧桑，似乎在无声地诉说曾经的过往，通过宽阔的院落依稀可以想象当初的热闹和曾经的繁忙。此时虽说荒草萋萋，有些冷落，但能够平静安好存在，无人惊扰或许也是最好的保护。

正在我感叹时光如水、逝者如斯之时，同行的李先生，当地学者作家，告诉我这里村西100米就著名的"一片热土，涵盖七种足迹"的东盘文化遗址，发掘了北辛文化、龙山文化、岳石文化和西周、春秋、西汉、东汉时期等7个时代的文化遗存。其中北辛文化遗存的发掘是鲁东南地区首次正式考古发掘发现，填补了区域文化谱系的空白。新石器时期，这里就已经有人类活动的足迹，千百年来这里的人们在此繁衍生息，源远流长，养育了一代又一代杰出的英才。春秋时，孔子曾经在这里广聚天下义士讲学复礼，老子的学生尹喜曾经在此布道东游；三国的谋士徐庶曾经在此修炼入道；唐朝大将军罗成就在此屯兵百万，扎下两个营盘也就有了如今村庄的名字，西盘、东盘。抗战时期，这里的人们奋起反抗，曾经是山东的主战场，当时不过万人的小县，三千人血洒沙场，曾经的东盘血流成河，大批的抗日英雄是他们永远的骄傲。

走在东盘的村庄，街道上感觉随时就可以和远古的人在对话。现代文明时常在和古老的文化发生着碰撞，低矮的草屋紧挨宽阔的柏油马路；破碎柴门旁边停着一辆现代越野汽车；一位红发的时髦女郎从古老的草纸作坊门前走过；原始的碓臼边，一位牛仔少年正在用手机上网。一切那么富有冲击力，却又那么自然和谐。这是一个普通的村庄，却又具备着厚重的文化内涵，这里的人们勤劳朴实，而又精明强悍，他们有着骄傲和辉煌，也有曾经的苦难和哀伤的记忆。

下午接受了文友盛情的招待，前去东盘村文化公园"玉圣园"参观游玩，再次触摸历史的痕迹，感受文化的厚重，富有前瞻眼光的东盘人，在经济大潮下不甘落后，走江湖，闯市场，生意满天下，村前的东西横贯的一条商业街，层楼叠翠，商铺林立，让你恍惚，这哪里还是偏远乡村，现代文明已经在这里开花结果，高档的时装店、美容厅，能够讲一口标准外语的姑娘接待着四海的来宾，传统的柳编制品已经远销海外。

故乡情结是流淌在我们血液和骨髓的基因，富裕的东盘人没有想到享乐，也不会到海外去疯狂购物，显摆穷人乍富的浅薄。他们看中的是文化。投资千万不去建豪宅，一座富有地方文化气息的文化公园建起。这里有汉朝的石羊、元朝的碑文、清代的石刻，更有当今的文人墨客的瑰宝。在这里你可以寻到万年的化石——珊瑚树，可以寻觅远古东夷文化的点滴遗存，可以了解到佛文化的发展，也可以触摸到历史的辉煌和厚重；更可以追思绵绵的乡愁。

当我们离开东盘村时，商贸街的霓虹灯已在闪烁。告别这古老的村庄，告别这现代的家园。

邂逅压油沟

"压油沟"如养在深闺待嫁的新娘，忽然被揭开了盖头，美名从此传遍天下，宾朋四方蜂拥踏来。文友的游记篇篇妙笔生花，纳景入文，如闻天籁、如饮仙醪。早就勾起了内心的馋虫，一直期待相遇，然而七月开园之日，暑气正浓，看看磨盘大的太阳，深藏冷房，不敢前往。

浅秋时分，虽说时令已远夏入秋，可秋老虎的威力依然势头不减，恰逢一夜暴雨过后，气温朔降，应文友相邀，终于可以一睹压油沟的芳容。出临城，过兰陵，西去不远便进入金陵镇，地形稍稍起伏，平坦的地面上断断续续鼓起几处翠绿的小凸包，像画师不经意间在画布上甩了几滴绿色油墨，压油沟就藏在小包怀中。远远望去不显山、不露水，安静得近乎酣睡，和鲁南大多数乡村一样，没有崇山峻岭，更没有险峰嵯峨，也听不到高山流水，看不到瀑布飞溅的壮观景色。缓步随游人沿一道山谷入内，一个小小村落渐渐进入视野，村庄靠山而建，村民房屋依沟而起。这条山沟大概就是传说中的"压油沟"了。

压油沟的名字来源两种传说，其一，北宋末年，人们在银铜山上开银矿，经常从南方拉油经过此地，供开矿耗用，因此给村子取名"拉油沟"，后转为"压油沟"。其二，八仙云游此地上空，铁拐李与韩湘子两位神仙云中嬉闹，铁拐李奚落韩湘子乞丐身世，韩湘子恼怒抽出笛子，向铁拐李打来，或许因为用力过猛，铁拐李的葫芦被砸落大地八宝山上，砸出一个葫芦形的垭腰山沟，俗称"垭腰沟"，叫得时间长了成了"压油沟"。两个传说，一个偏于现实，一个富有神话色彩。其实压油沟到底起于何时，已经无从考究，但从村口半搂粗的杏树，以及老屋边沧桑的涯壁、风化的石碾也足以看出这个村落应有数百年的历史。村庄至今不过百户，村民不过三百，这说明近百年村庄发展得相对缓慢，人口不够兴旺，在开发前一直是省级重点扶贫单位也就不足为怪了。

如今的压油沟赶上国家政策，借助扶贫投资，走向了世界，追上潮流，村头高高的门牌立起，气势恢宏，"压油沟"三个大字苍劲隽永，大气豪放，笑迎八方来宾。走在古碑、磨盘铺就的小路上，总有一种穿越时空的感觉。每个磨盘下承载多少家庭的故事，磨走多少青春岁月？块块石碑记录下多少人生悲欢？时过境迁沧海桑田，沿着新路寻旧怀古。我在爿爿店铺中寻找儿时的记忆，尽管游人如织，感受却是热闹中的静谧。燕柳湖湖水静静地倒映着蓝天白云，高耸的芦苇无拘无束地生长，两股溪流由高及低缓缓流淌。水绕山流，山因水秀。这是个不缺水的地方，随处一个便道、一个侧缝，随意中一股溪流曲曲折折、层层叠叠、潺潺而下，溪水清澈带着富有节奏的韵律，坠入山沟主流之中，流水声音舒缓没有瀑布的激昂，更似古琴吟唱，此刻需要静下心来细品，方得"流水无弦赛古琴"的曼妙。水润青山，因水的充沛，山上山下植物葳蕤茂密，湖畔燕柳也叫"枫杨"棵棵粗壮，富有灵气的荚果像燕子一样排起别致的翅膀，微风中舒展摇曳。枫杨是对环境要求很高的树种，喜水适合温带，对空气污染特别敏感，据说一旦硫化物超标，便可一夜之间叶落而去。这里干净湿润的环境成了枫杨的家园。半山腰的旺泉与媒松的故事，赋予了压油沟神秘的色彩，水育生命，"摸摸松媒树，牵手良缘路。喝口旺泉水，孩子爬满腿"成为了美丽的传说。此刻正是秋季，满山果树正在孕育丰收。田陌交错，玉米吐穗，大豆结子；一束野花钻出石缝悄然开放；溪头、陌边一簇簇野玫瑰与决明子恣意地生长。没有名贵花草的娇惯，也不具有牡丹的国色天香，但素雅大方一样装点着古朴的村庄。

浓荫蔽日，酷暑季节这里清凉舒适，远离都市的村庄，似乎被时间遗忘。民居就地取材，碎石当砖，薄岩为瓦，随势堆砌，雨水的泽润之下青苔遍布，凡草滋长，已经与自然浑然一体。墙院、屋山处几块标语牌显得醒目，提示曾经远去的岁月，"大跃进"的口号、主席的语录仍然清晰可见。火红的年代"文革"大潮也曾波及到这个小小村落。当下远离了政治的血雨腥风，人们记住的是二十世纪"大跃进"的战绩，当年激情满怀的热血青年，响应号召，敢于天地争斗，手提肩扛，创造辉煌。在当时生产力有限的条件下修建成这座"旱可灌溉，涝可蓄水"的水库，现今名为燕柳湖。淳朴的村民不愿评说历史，但是知道燕柳湖从此受益历代。

村边一个个小作坊，似乎把我们带到悠悠的岁月，石碾压出的酱香，反面折叠的煎饼，土法酝酿的老酒，石磨推出的豆浆带着童年的记忆穿越风尘而来，"压油沟"是个乡愁泛起、适合怀旧的地方。吃过大娘的豆腐，饮过一杯老烧；吊床上慵懒地小憩一会儿，慢慢踱步；沿木质栈道，赏农林风光，可骑马，可饮牛，可呆坐，可遐想，高兴与老乡聊上几句；也可在磨盘石桌边与好友对弈一番。此刻我忽然想到一词"烂柯"或许"观棋烂柯"的传说也只能在这慢生活的山水中演绎。

　　数百年来，这里人们在此平静地生存繁衍，过着"枣熟从人打，葵荒欲自锄；风落收松子，天寒割蜜房"花开花谢、四季轮回的恬淡生活。或许没有轰轰烈烈，也无须大起大落，正如村中正在上演的当地剧目"柳琴戏"，它演绎不出帝王将相的叱咤风云，也不愿意鸣奏"十面埋伏"的铿锵激烈；瑟瑟琴弦，娓娓乡音，唱的仍是才子佳人，演的是贫民生活。峰回路转，曲径通幽，在山林盘旋，在村庄中迂回。再度与对面杏花街隔水相望，高大牌坊两字匾额"翔凤"不禁使人想起班固《幽通赋》中"翔凤哀鸣集其上，清水泌流注其前"的句子，如此尚好的环境当然是凤栖之地。牌坊的一副楹联"凭雅何须到辋川，揽胜此处即桃源"既像广而告之，也说出了压油沟的自信。"辋川"传说为唐代大诗人王维隐居之地。参禅悟理，学庄信道、精通古典而又崇尚自由的诗人不知他听到此事该做如何感想？

都市有辋川

人类从钻木取火、穴洞窑居走来，经过了漫长的岁月，逐步走向文明，自古有"仓廪实而知礼节，衣食足而知荣辱""民安居才可乐业"。居者有其屋，是千百年里人类共同的愿望。杜甫安得广厦千万间的夙愿，在人类文明走到二十一世纪的当下，已经不再是遥远的梦想。我们赶上社会大发展的转型时期，城市的扩容，随时代的步伐，大批的人挣脱了土地，把家安在了城池，然而当乡村田原牧歌渐渐远去之时，我们又一次次深情地回望，进亦忧退亦忧注定成为我们这代人的宿命。

人们拼搏在竞争激烈的职场，游走于喧嚣的市井，寻觅一片栖息之地，安放疲惫身心成为多少人努力的方向，在高楼林里穿梭、钢筋混凝土中生存，而又能兼顾山水，亲近田园，成为当代人的奢望。自古多少文人雅士，为了放飞心灵，追寻自然，可舍弃仕途，隐居山林。陶渊明因迷恋"采菊东篱下，悠悠见南山"的隐士生活，几度离仕甘做五柳先生，秉承道家文化独享"幽兰生前庭，含熏待清风"的幽静与惬意。王维四十多岁的时候，特地在长安东南的蓝田县辋川营造了别墅，在终南山上，过着半官半隐的生活。在《辋川闲居赠裴秀才迪》写下"倚杖柴门外，临风听暮蝉"豪放的诗句让世人感怀。然而当下快节奏的生活，城市却是我们不得不选择的谋生之地，能在闹市中享田园之快，"都市辋川"常常成为我们的梦想。园林因"不出城廓而获山水之怡，身居闹市而得林泉之趣"，逐渐为世人趋之若鹜。时常在想，有一个家，推窗沐清风，出户能近水。春有百花秋有月，夏有凉风冬有雪。无须太大，无须豪华，浅笑对山水，与岁月缠绵岂不美哉？

浅夏时光和文友的一次采风活动，有幸亲临城开首府，算是见识一次都市辋川之旅。

开元首府，坐北面南，从南方正门入，门庭以古典庭院入户的方式，不算高大，但黝黑沉稳符合内敛收福的中国传统习俗。随一侧门扇缓缓打开，一道幽径逐渐深入，举目望去，整个小区以古代官府的风格，后高前低，深红色的建筑，古朴端庄，错落有致，深深浅浅掩映在一片绿色植被之中。区中楼房间距大密度小，楼层多在二十层以下，中间豁然开朗，置入其中给人感觉心旷神怡，有点点自我放松起来，少了一些普通社区高楼林立的压抑紧迫感。点点亭台，宽宽廊道，古意苍苍，时而有种穿越的感觉，似乎嗅到魏晋风度、大唐时光的气息。一盏灯饰、一组屏风、一处假山、一弯溪流都具有独特的设计风格。古钱币式内圆外方的漏窗、方形水台圆形水磨的设计无不彰显着儒家文化圆中有方、方中见圆的中庸之道。透过点滴文化元素，也看出设计者的匠心独运。

中国传统园林文化讲究布局，自然与人工融于一体，长窗、空廊、敞轩巧妙搭配链接，浑然一体。秉承中国园林精神讲究厚重沉稳，轩榭、露帘多为深青色，古朴大方，没有皇家园林那么奢华，也不像江南园林那么灵巧，给人感觉更加大气厚重。为了增加景色的层次，漏窗在这里大量使用，隐隐约约，层层叠叠，透窗而观，别有韵味，或见"庭院深深深几许"，或见"柳暗花明又一村"，或见小桥流水或见曲径通幽峰回路转，或是步移景易变幻多端。更使人观之不尽，回味无穷，也让人体会到传统文化的含蓄所在。

园中植被多红枫、女贞、黄杨等名贵树木，还有好多叫不上名字，设计者精心搭配，做到季季能赏花、时时有惊喜。初春可以与草长莺飞撞个满怀，寒秋感叹绿肥红瘦，夏日与映日荷花相遇，隆冬裹裘踏雪赏梅。既有高耸入云的乔木，也有低矮的灌木，层层密密，不禁让人想起谢灵运的《山居赋》："竹葳蕤以翳荟，灌木森沉以蒙茂。萝蔓延以攀援，花芬薰而媚秀。"水溪中芦苇摇曳，蒲草吐絮，大片的花草巧妙布置在汀溪之岸、通道两侧，创造出具有诗情画意的景观，每一处都独具韵味。在园林中游赏，伴着鲜花的馨香，随着缠绵的绿色，犹如在品读诗行，又如似在画中徜徉。蜿蜒的塑胶跑道，绵延伸展在各栋楼宇之间，一脚踩上去，绵柔回力富有弹性，可想清晨、傍晚闲暇之余，居民在此或散步或锻炼，犹如画中穿行，岂不快哉？

自古山川多阳刚，秀水多灵气。开城首府的流水也设计得恰到好处，竹桥林夕，汨汨水流，九曲回肠缓缓而来，几处富有灵性雕塑点缀其中，一群首尾相接的兔兔，似乎在嬉戏，又似乎在搭救落水伙伴，紧张有序，而又俏皮可爱，一下子给整体园林增加了生机；两排小小狮子神态各异，憨态可掬，看它们可爱的表情总让人忍俊不禁，瞧脚蹬绣球的惬意，似乎刚刚完成一场表演赛，等着观众鼓掌；三盘小巧的石磨在水流的推动下，缓缓旋转，让人想起久远的农耕时代，有些怀旧但绝不沉闷，因为小巧的石磨伴着流水更多增加的是乐趣。

设计者注重古典传统文化，每一个细节，一个提示牌，一处摆件，都要细心融入文化元素，但是作者又不拘泥于古典，敢于大胆突破创新，结合社区特点，把南方私家园林小巧玲珑的设计放大化，犹如国画的泼墨晕染一样，狂放但不失精致，高大屏风做成宽大敞亮轩榭，配上暖色的吊顶和地板，敞开不失温暖，成为夏季乘凉、冬季赏雪的绝佳妙处，粗犷结实的条形方几、阔木条凳一摆适合多人在此休憩、聊天品茶，干净利索、大气实用，凸显大道至简道家风范。

整片园区为了业主出行顺畅安全，也为了使景观浑然一致，做到人车分流，车辆全部走地下，地上只留步行通道。楼宇之间或小径蜿蜒，或小桥画廊连接，处处如景，步步入画。我们在园区散步不觉之中，来到了西门，西门较之南面正门庄重规矩大气的风格，这里显得活泼轻松一些，采用棕黄暖色格调的方正大门，两边各有漏窗式黑色屏风，屏风前面站着一对镇宅神兽。镇兽在中国神话传说中是龙生九子之一的狻猊化身的狮子。一般而言，石狮子的形象特征都是昂首挺胸、鬃毛涡卷，它们张口露齿、目光炯炯逼人，其雄风震宇的神态像极了真正的丛林里的百兽之王。石狮子在民间，还有辟邪纳福之意，同时狮子也是勇敢、刚强、智慧的象征。造型大多源于中国的传统艺术样式后肢弯曲蹲坐于地面，而开城首府的镇兽更为夸张，后肢低矮半蹲式前臂修长直挺，线条简单刚硬，头部毛发简洁粗犷，口中圆球简化成了圆环，做出随时都会奔腾出击之势，给人感觉像美术作品的大写意，有点抽象更注重的是神似。这也恰是开元的精神，见素抱朴，勇于创新。

纵观开城首府，宅园合一，可居、可赏，是在人口密集和缺乏自然风光的城市中，邂逅一片心怡的风景，茫茫红尘与自然依恋，不负岁月韶华。"虽由人作，宛若天开。""抱孤念，爱丘山"的诗人陶公地下有知当欣慰，摩诘居士觅梵音不为辋川忧，谢公如有意应续"新居赋"。

阡陌红尘，浅淡人生，风一程，雨一程。相思不言愁，天涯祈相守，因一个人爱上一座城，因为一座房，爱上一个家，为爱做巢，都市有风景，无须去辋川。

荞麦花开

——柳老爷的传说

　　沭河是临沂的两大水系之一，千年流淌在齐鲁大地，浇灌鲁南苏北大片的农田，养育着两岸世世代代生活在这里的黎民百姓，沭河的中游岸边有个不大的村庄，全村没有一户姓柳的人家却叫柳庄。问起原因，村民会告诉你，我们村庙里的柳老爷姓柳。

　　柳庄靠河而居，大部分田地是河滩。在那久远简陋的农耕年代，大部分时间靠天吃饭，赶上风调雨顺，粮食喜获丰收，农民衣食就有着落，赶上大旱，或者大涝有时颗粒无收，就是百姓所说的歉年。逃荒要饭，贫困交加，远走他乡。柳庄靠河，最怕的就是涝灾。历史记载在道光年间涝灾频发之时，曾经使上万的沂州人流离失所，远去东北逃荒，饿死冻死的灾民不计其数。

　　话说这年沭河流域，暴雨连连，一直下了七七四十九天，沭河水位大涨，漫过堤坝，一片良田变成了汪洋，刚刚拔节生长的谷子、穆子等农作物全部淹没，洪水过后一片沼泽，哪里还有庄稼的影子，再想播种已经错过了农时，眼看一年的收成泡汤了。大灾之后必有大疫，村民莫名其妙地患上一种怪病，无人能医，全身溃烂，疼痛难忍，欲哭无泪的村民，叫天天不应，呼地地不灵，该怎么度过歉年的饥荒？

正欲携妻带子远走他乡讨饭为生之时，沭河的岸边来了一位白衣书生，风度翩翩，骑一毛驴，给村民开出药方，医好疾病，毛驴上驮着一口袋，每到一处，从口袋里捧出一种带棱角的种子，告诉农民怎样播种，只见他沿沭河而走，遇人就分散种子，口袋里的种子却不见减少。人们第一次见这种种子，奔走相告按照书生的说法种上，这种植物生长得很快，青枝绿叶，很快到了盛花期，沭河岸边犹如七月降雪，大地一片雪白，秋后大获丰收，人们度过了荒年，给这种三个棱角的灵巧粮食取名"巧麦"，后人逐渐改为"荞麦"。第二年书生教着村民种起了杞柳，杞柳喜水再也不用担心涝灾，家家户户做起柳编的生意，村庄改为柳庄。沭河当地也称之为柳公河。

从此沭河两岸有了种荞麦的历史，那位书生就是传说中的柳毅,进京赶考的柳毅在沭河岸边遇到了遭丈夫欺凌的龙女，柳毅问明缘由，决定要解救小龙女。柳毅当时做出一个书生很难做出的决定，他毅然放弃赶考，解救龙女，他的这一英雄气概让小龙女为之感动。柳毅让龙女写一封信，他要亲自交给龙女的父亲老龙王，龙女就把自己的遭遇如此这般写了出来，后来小龙女被解救了，最后和柳毅结为连理，传为一段佳话。

玉皇为表彰柳毅的义举，特封柳毅为靶子（冰雹）神，称为靶子老爷，奉上天旨意，专门惩罚冒犯苍天的地方，降下冰雹以示天威。善良的柳毅被人们称为柳老爷，柳老爷爱民如子，更知道农民种田的辛苦，他怎么会忍心降冰雹打坏农民的庄稼呢？但天命不可违，每年的春夏之交，总会走过沭河，把袖筒里的几粒冰雹撒在沭河的沙滩上，也算完成了任务，保护当地村民，每当看到沭河沙滩落冰雹，就知道柳老爷来了，村民为了报答柳老爷，在村头修建柳老爷庙，每到逢年过节，或荞麦开花之时，搭戏台唱大戏隆重的焚香祭拜。

关于柳老爷的传说都是小时候听姥姥讲的，比较零碎，稍作整理，再次和朋友一起分享，也算是对已故姥姥的一种怀念。

夜半歌声

——关于老万的传说

奔腾不息的沭河，从沂源山涧流出一路汇集大大小小的支流，水面逐渐宽阔，到达中游有条从汤头温泉流出的小河，名曰：汤河，由于上游起源于温泉，河水温暖，蕴积大量的水草、浮游物，适合生物生长，汤河不长，流域大约有几十公里就汇入沭河，两河汇流之处，芦苇蒲草茂盛，鱼虾成群，河水在盛水期水面宽阔，波涛涌动，两岸距离绵延几公里，靠船舶轮渡，枯水期相对水位下降，中间裸露出大片沙滩，形成天然小岛。在河的右岸有一个村庄，村民临河而居，过着半农半渔的生活，由于河道鱼虾繁多，在每年夏季涨水时，几乎家家都打鱼晒鱼为生，此村被当地称作"鱼窝"，后感觉这名字不够雅致，改为"于屋"。

话说于屋村庄最后面，河面有一处渊子（深水区），看起来河水呈深蓝色，即使在枯水期这里仍是深不见底，此处被称为"老万"，因在庄的最后面，又称"后老万"，据说无人知其深，猜测上万尺，并且和多处水源相通，有一年沭河发大水，村庄内一群鸭子不慎跌入水井，后从老万处游出来。传说这里是东海龙宫的入口之地,当年柳毅为救龙女就从这里入海,到龙宫传书。正准备去京城赶考的书生柳毅,路经过此地,到他柳庄舅家歇脚(柳庄和于屋隔河相望,在河的左岸),巧遇在河滩放牧的小龙女,小龙女嫁给沭河龙子后,备受婆家人虐待,被婆母赶到沭河沙滩放牧羊群,整日忍饥受冻,受尽磨难。恳求柳毅传书给她父亲东海龙王,柳毅毅然放弃科举考试,决定帮助龙女,但不知如何入海,龙女告诉他去沭河对岸,于屋的后老万可入海,为了便于记忆,龙女特把一碌碡(打场用的一种石器)放在水边当作标记,从此碌碡,不论河水涨落总是一半浸在水里一半露出水面,水涨碌碡长,水沉碌碡沉,千百年来,河道有过淤积,有过疏通一直不变,至今仍是沭河一景。柳毅历经千难万险传书成功,龙王闻后大怒,当即率兵前往杀死沭河龙子,救出龙女。后龙女与柳毅结为伴侣成就一段爱情佳话。

老万岸边的居民,遇到月圆星稀的晚上,总能听到悠扬的歌声,但一定不要弄出响声,静静地欣赏即可,传说一年沂州府当地拉魂腔名角丘门弟子丘子,路过此地夜晚投宿在沭河岸边,深夜难眠,沿河边散步,忽见一处,灯火辉煌,锣鼓喧天,琴弦悠扬,一戏班正在演戏,只见武生威风凛凛,旦角俊俏秀美,唱腔哀婉绵长,恰似当地戏曲拉魂腔的调子,丘子看到尽兴之时不禁喝彩,掏出自己的乐器柳琴演奏一曲,博得对方称赞,相互切磋技艺后问,何处戏班,演技如此高超?答曰:于屋戏班。天亮后到于屋村打听,竟无人知晓,村民说于屋根本就没有戏班,一定是见到老万龙宫的演出了。

　　传说老万水深，多年的鱼虾已经成精，每到他们节日之时，就会搭台开演，只能有缘的人才能相见，他们看守严密，一旦发现有陌生人介入立即驱赶，一年夏季，河边一老叟，在靠近河岸的地方种了一片西瓜，夜间在瓜地看瓜，忽见一年轻女子打着灯笼，向河边走去，边走边喊："姐姐开戏了，看戏去。"另一女子应声，与其结伴而行。老叟悄悄地跟在后面，只见月光底下，好一片戏台，一群群的红男绿女翩翩起舞，更多的虾兵虾将，在舞台上来回跑龙套，耍把式，武功了得，一女子轻轻一甩抛袖直达半天云，唱腔悠扬，好似天籁，人间哪里能听到如此美妙的歌声？老叟听得如痴如醉，屏声息气，不敢弄出动静，但他痨病犯了，最后实在忍不住，轻咳一声，这下可不得了。哗！灯光没了，歌声停了，眼前一片河水，月光下隐约可见几头特大的鱼儿，跃出水面，又沉入水中，随机刮起一股大风把他向岸边刮来，一路被狂风裹挟着飞奔，他想停下，怎么也停不住，终于被赶到一片树林，遍地树枝，死死抱住，才算停住，第二天醒来看见自己正躺在一片紫槐林里，身边死了一只几尺之长的大黑鱼。想起夜间的事，不禁后怕，那条黑鱼应该就是老万龙宫的护卫，因为驱赶他，远离了水域回不去了，死在了紫槐丛林中。

　　从那以后，人们对老万充满了敬畏，打鱼捞虾总会远离，老万更增加了神秘的色彩，老万也给予了回报，沭河次次涨水，始终不会超过那条警戒线——碌碡，于屋虽临河而居，却从未遭受水患。有一年，一村民的孩子不慎落入老万水中，却在水中盘旋，久久没有下沉，当地村民相信是水中鱼神相救。

如今到处江河湖海污染严重，甚至惨不忍睹，不知道老万是否还能保持自清，那里还能歌舞升平吗？附近的居民半夜还能听到悠扬的歌声吗？

数点梅花天地心

拾贝篇

今夜我和王子有个约会

　　深秋的傍晚，微微中有了些许凉意，少了夏季的浮躁，多了些冷静，大街上不时有浓妆艳抹的落叶在飞舞。不由得感叹，孕育了一春，疯长了一个夏季的草木，终归熬不过季节的定数，然而最后的谢幕依然如此华美。踏着满地的落叶，迎着深秋的凉风，裹紧了飘动的风衣，加快了脚下的步子。今夜我去赴约，有点欣喜，有点悦动，甚至有点好奇……他来了，他从大洋彼岸而来；携着一路风尘而来，带着大奖桂冠而来；带着众多乐迷的期盼而来。他就是音乐天才，北美的爵士王子——麦克凯莫，他带着他的爵士，游走了整个世界，带着他的布鲁斯，泛着蓝色波澜，激起一波摇摆的狂潮。他来了，他如约而来！他就在小城的中心，音乐的殿堂等候有缘人的赴约。

　　爵士音乐，初次认识你，那是来自托尼·莫里森的小说《爵士乐》。作者巧妙地运用爵士音乐作为背景，讲述一个忧伤的爱情故事，一对美国黑人青年男女在生生死死中挣扎，故事充满忧郁绵长而又让人不能自拔。我一直在想"爵士乐"到底是什么？为什么那么多人为它着魔，日本作家村上春树说："所谓爵士就是人生的一种价值基准。"在广漠时间中，我们的人生如何在风中闪光、是如何在风中燃尽的？沉寂在爵士音乐中我们能够找到些什么。春树为爵士音乐而着迷，音乐给他灵感，让他成就《且听风吟》的诞生。

一提到爵士音乐，似乎总和高大上联系起来，因为总感它太奢华，其实，爵士音乐的诞生来自美国本土，黑人音乐，它来自生活的最底层，当然随着不断的发展，也融进了欧洲古典音乐的高贵气质，它是个混合物，适合各种群体，似乎每个人都能从爵士音乐中找到属于自己的情愫。麦克·凯莫偏偏把爵士演绎到绝妙，每次打开音频，陶醉于他指尖翻飞，他的深情与投入，特别是他的即兴创作，常常把现场嗨翻。伴着他的激情，乐曲如潮水一般向四周弥漫，先如一缕清风、一波轻烟，荡开，荡开，忽而如激流一般袭来，闭上眼睛，任由潮水上涨，心中低低呼唤：布鲁斯、布鲁斯、蓝调、蓝调，找到了就是他，就在窄窄的十二音节里回旋、荡漾，让人窒息，又让人欲罢不能，随着绵绵甚至有点凄厉的旋律，一种绝望袭来，是的，人生注定就是一场悲剧，就和落叶一样注定的结局，谁也不能逃脱，我看见滚滚的蓝色潮水慢慢没过全身，水中漂浮着彩色的落叶，落叶在汇集，落叶带着风来的，风里裹着朵朵白色的花朵，是的，是花朵，先是一朵，然后蜂拥踏来，瞬间明白什么是绝望中的奢华。透过坠落的繁花，我看见《爵士乐》中的男女主角在美洲广袤的大地上奔跑追逐他们酸涩的爱情；我看见我灰色的童年；我看见村上春树慵懒地抱着他的花猫在他的咖啡馆里思考人生……

爵士含有大量蓝调，但爵士音乐绝不仅仅是蓝调。爵士音乐是自由的，当挣脱了蓝色的忧伤伴着爵士鼓强烈的节奏刺激，可以和麦克·凯莫一起起舞狂欢，可以吼叫，可以宣泄。爵士音乐是散漫的，也是激情的；是理性的，也是温暖的。听爵士不需要正襟危坐，可以懒散，可以幻想，爵士就是一种自由的释放，让身体和灵魂同时放松，让音乐把耳朵叫醒。在爵士乐曲中体会的不论是忧伤还是快乐，那都永恒的感觉。

今夜，与王子约会，等待麦克凯莫演绎什么叫爵士音乐，和他一起陶醉、一起疯狂！

激情与速度的绽放

期盼了两个月的《大河之舞》终于来了，在圣诞的前夕，在北方冬至数九严寒的第一天，带着她踢踏的节奏，带着爱尔兰的地域风情，不可阻挡地飞跃而来；带着她的绚丽，带着她的激情与速度绽放在沂州大地。

万木萧条的冬日，临沂大剧院内，此刻春意正浓，冒着严寒从四面八方赶来的朋友，等待着，等待着一场音乐与舞蹈的盛宴，《大河之舞》如雷贯耳的名声，早已响彻世界，2009年的春晚上虽说只看到一个片段，也曾为之震撼。她是世界舞蹈的瑰宝，更是整个爱尔兰民族的骄傲。

期盼着，大幕终于拉开，随着一组布景变换，把我们思绪带到时光的隧道，似乎回到了远古的时空，人类祖先在蛮荒的大地上奔跑，寻找生命的供给，带着懵懂，勇敢地尝试，太阳下一群不屈的精灵，和自然抗争，和饥饿抗争。他们崇拜太阳，把太阳视为图腾，太阳赋予我们生命、光和火，人们用舞蹈赞颂这一伟大而仁慈的力量；太阳是清晨之光，明亮且鼓舞人心。随着铿锵有力而又富有野性的踢踏舞动，我的眼前浮现的出我们祖先炎黄、神农、大禹一群不屈不挠的东夷人在黄河岸边刀耕火种，在大海边捕捞狩猎。他们是我们民族的源头。

文化是相通的，音乐没有国界，地域的也就是民族的，民族的也就是世界的，踢踏舞最早起源于美国的下层民众，主要是爱尔兰民间舞蹈和非洲黑人舞蹈的结合，以开放自由，没有过多程序化限制，注重脚下打击节奏的复杂技巧的展示。踢踏舞强烈节奏感注定是奔放与激情的结合。《大河之舞》是踢踏舞中的经典之作，富有油画质感，绚丽多彩，以浓重的红、蓝色格调，大胆张扬的图画为背景，把一股西方异域风情豁然展现在观众面前，不仅将爱尔兰人民热爱自然、崇尚生命的精神表现得尽善尽美，并且使演员和布景完美地融合在了一起。你中有我、我中有你。而此时的观众更是在布景的提示下，不仅深深地读懂了演员所要表达的理想、内容，并且有一种身临其境、驰骋忘归深刻的生命体验。

而爱尔兰管弦乐团的演奏及女声歌剧的咏叹调的天籁美声更是起到了画龙点睛的作用。悠扬绵长的单簧管，如泣如诉的小提琴，配着富有灵气的打击乐；时而把剧情转入电闪雷鸣的咆哮中；转瞬又把观众带入闲适的劳动之余的欢快之中，伴着演员幽默滑稽的表演让人一次次忍俊不禁；时而哀怨悲歌，歌唱他们民族英雄悲壮的故事。婉转悠扬苍凉的爱尔兰风笛延续着古老的情怀，激扬的小提琴挑动着每一根敏感的心弦；挺拔的英俊北欧舞王，伴着风情万种的西方女郎紧跟芭蕾的旋律翩翩起舞，随着剧情的转变，大河在奔流，波涛在怒吼，踢踏声声，大段集体舞如万马奔腾，如搏击战场的勇士，以所向披靡之气势，如潮水一般汹涌纷沓而来，酣畅淋漓，令人屏息凝神，场面豪迈壮丽，震撼心灵，忽而鼓乐戛然而止，观众席响起沸腾般的、经久不息的掌声。就这样一次又一次被爱尔兰的文化和历史所感动。为演员精湛的表演而陶醉。

　　看完《大河之舞》我在久久回味，大河之舞是雄壮的怒吼；它是柔美的倾诉，大河之舞是激情的绽放，狂飙的速度，是变幻无穷充满魅力的节奏，大河之舞是一首演绎爱情的浪漫情歌，更是一部讲述民族不屈不挠的斗争史诗。《大河之舞》是一场力感、动感、质感与美感兼具的音乐歌舞盛宴。如果你还在感叹生活的平淡、日子的乏味，去看看《大河之舞》吧，她会给你极大的震撼、回归原始的悸动，促使心灵的升华……

美人鱼不再是童话

　　大年初四没有外出旅行，与家人在影院看一场电影，也算享受了一顿精神大餐，周星驰的年度巨片《美人鱼》于大年初一上映，据说当天票房 2.6 亿元之多，三天累积一度突破 10 亿元大关，星爷的名气再度大振。

　　《美人鱼》3D 效果、音画质感冲击力强，开头以星导特有的搞笑方式开场，夸张的喜剧表演，剧场内一阵阵开怀大笑。看着看着再也笑不下去，一个个怪诞、荒谬、血腥的画面，伴着 3D 的效果直接血淋淋地冲击到观者眼前，大大挑战着我们心理的承受能力。故事讲述：地产大亨刘轩，在实行房产开发时，填海工程威胁到靠海为生的居民。因为人类对大海及生态破坏，人鱼类只能被赶到了一艘破船里艰难生存。人鱼类恨透人类，也为了本族生存，派遣单纯美丽的小美人鱼姗姗前往阻止计划实施，伺机暗杀刘轩。刘轩是一个靠自己努力才取得成就的人，虽然表面有钱但实则空虚寂寞的他和美人鱼珊珊在交手过程中互生情愫。刘轩最终因为爱上珊珊而停止填海工作，但珊珊却因意外受伤而消失于大海。

　　美人鱼的童话故事重新演绎，电影用特效的技术展示人类的杀戮、贪婪、残暴甚至邪恶。用惊悚的画面敲击人的心灵，提示人们环保生态问题的严重性。男女主角的一句对白，直接而又富有震撼力："如果世界上连一滴干净的水，一口新鲜的空气都没有，挣再多的钱都是死路一条。"

人物塑造：刘轩是一个白手起家的大富豪，急躁易怒、嚣张跋扈的地产大亨，但内心却是个小孩子，既敏感又单纯。为了应对复杂的社会，证明自己很厉害，他贴上了胡子伪装成大人，掩饰自我，变成一个唯利是图的人。他是一个像海胆的人，浑身是刺，但其实内心寂寞空虚，很柔软。当美人鱼珊珊揭下了他的伪装面具"胡须"，一切都在那刻发生改变。是纯真的小美人鱼的出现唤起了他的本来面目。她邀请他一起吃烧鸡，唤起他贫穷时与父亲一同分享捡来的鸡腿的美好回忆。她和他一起唱无敌歌，撕掉他用暴力堆砌的面具。她把一百万元的支票扔进火炉，粉碎了拜金女人为他塑造的价值观，一次意外让刘轩走近她的生活，看到人鱼族因人类破坏面临的悲惨境况，他亲身感受声呐的危害是如此的恐怖决定关闭声呐。此人物寓意因过度追求金钱而迷失的年轻人，作为人的善良内心并没有泯灭，只是需要唤醒，或许也就导演制作此片用意所在。故事结局他停下灭绝生物的声呐装置，冒死救下负伤累累的姗姗，放她回归海洋。

姗姗不再是那个安徒生笔下的善良的海的女儿，她是以间谍身份出现的，乔装进入人类社会，担负着拯救人鱼族群和其他海洋生物家园的使命，但在一次次接近和交手中，她却爱上了要刺杀的目标，几次能得手的机会放过，最终却用真诚善良感化了刘轩。

李若兰是刘轩的商业合作伙伴，也是他的情人，精明强悍，为获取钱财不择手段，看到小金鱼被声纳测试粉碎会害怕得不敢看，但又要求助理拍下来以后看。她和平常人一样，有同情心，却不会和钱过不去，该挣就挣，拯救世界交给别人去做吧。为了研究鱼人族获利，大规模采用先进的人类武器杀戮人鱼族，场面惨烈，血腥残暴到极致。

《美人鱼》达到了笑点与泪点同时纷飞的强烈刺激效果，海洋生物在人类地驱赶下，遍体鳞伤，鲜血暴涌，海洋成了残忍的屠宰场。观看中几次有想逃离的感觉，惨不忍睹的画面，似重锤敲击每一位观众的心灵，只要还有良心尚存的人，谁也不会无动于衷，扪心自问：我是千百个杀戮者之一吗？残酷杀戮的后果是什么？美人鱼中那位老祖母以讲历史故事的形式，一再说人鱼和人都来自共同的祖先鱼类，人和鱼类应和谐相处，不应该是仇恨。指出人类贪婪、凶狠、邪恶的一面，同时也肯定了人类尚有正义存在。六百年前的郑和伤害过人鱼类，也救过人鱼。

同时演员夸张到位的演绎，罗志祥饰演的八爪鱼人的个性表情，以及美人鱼刺杀土豪刘轩的过程中各种搞笑情节喷薄而出。整个影片节奏感强烈、紧凑，剧情发展迅速，毫无拖沓之感。不论土豪的嚣张跋扈，还是情敌的咄咄逼人，抑或是人类对人鱼的围追堵截以及残忍杀戮，都让观众强烈地感受到这场人鱼与人类争抢生存权力的游戏必定灰飞烟灭。不时让观众忍俊不禁，顷刻又让你潸然泪下感怀深邃。

《美人鱼》上映以来，褒贬不一，媒体正反两面评论激烈。

或许我和普通民众一样，不懂得艺术的欣赏，但对于关注生态、关注环保的主题还是给予认可，也不枉费星导三亿元的巨额投资。有人算过一笔账，三亿元的投资，加上后期宣传接近四亿元的天文数字了，票房收入有人预计将再创新的纪录有可能真的突破四十亿元。我不禁在思考，或许保护生态是实实在在的工作，不是作秀，也不是炒作。上亿元的投入希望是一次灵魂的觉醒，而不是一次娱乐、一次媒体追踪的花边爆料、人们茶余饭后的谈资。

东风夜放花千树

——写在东夷书院创建一周年

又到艾草飘香的季节，东夷书院走过春秋，迎来周年华诞。拙笔抒怀，以文记之。

——题记

王兆军老师是我的同乡，也可以说是一直崇拜的人。记得年少时，伴着老师的文字成长，尽管那时年幼懵懂，一些文中道理尚不清楚，但陶醉于其文笔的优美与娴熟，特别是文中运用家乡语言的亲切。有人说过：读一本好书，就是和大师对话。如果恰好碰到的大师讲你家乡语言，以家乡为背景讲故事，该是何等幸运！在那个阅读相对匮乏的年代，我欣喜在王老师的文字中徜徉，《蝌蚪与龙》《她从画中来》《油煎包子铺》《霜降》，长篇《拂晓前的葬礼》等，在文中寻找家乡的痕迹，甚至揣摩作品中原型与现实对比悄悄对号入座。

莫言曾经说过故乡是一个作家的血地。放眼世界文学史，大凡有独特风格的作家，都有自己的文学共和国。威廉·福克纳有他的"约克纳帕塔法县"，马尔克斯有他的"马扎多"，鲁迅有他的"鲁镇"，沈从文有他的"边城"，莫言有他的高密东乡，王老师的文学共和国当然就是我们熟悉临沂河东这片故土。

如果说喜欢小说的人物与故事，更加偏爱他的散文，怀着一种好奇，特别愿意看，作家如何用文人的眼光去看待生他养他的故乡。欣赏作家以自己亲身经历，去编织、去演绎心中梦境，梦境演绎成文字，就赋予了思想。或许作家的眼光、思想水平的高低，决定了他作品的高度。

当然王兆军老师的文字也是紧紧地和家乡依附在一起。他对家乡的评定极为中肯。不至于像《天使望故乡》的作者托马斯·沃尔夫，作品发表后不敢回故乡。也没有像莫言对家乡点评得那么辛辣，"高密，我的故乡是一个人杰地灵的地方，也是一个最王八蛋的地方"。当然也没有像沈从文先生把故乡湘西写那么唯美；也没有像当代作家龚立华先生把他的桃花江写得那么深情挚爱醉人。

王老师这样写他熟悉的故乡，"不算内陆，也不算海滨，有水水不深，有山山不高，有岭岭不秀"；如"人们渴望过上好日子，但苦一点也能熬下去"；"勤劳，朴实，保守，厚道，狭隘，乐观，有追求好日月的热情和毅力，也有听天由命的迷信和麻木。他们不像渔民那么粗犷，又不如牧民那样豪爽，缺乏猎人的彪悍，又没有商贩的狡诈，他们是在没有传奇色彩的地方上生活的没有传奇色彩的极普通的人"。

真正喜欢上王老师的文字，因为他豁达开明的人格，他的文字中不会有愤青式的亢奋极端；更不会像某些不负责任的文人轻率与迂腐，写些苟且偷生粉饰太平的文字；更不会是当下所谓流行的小资、时尚的浅薄口水之谈。他更多的是站在文人的高度以学者的眼光去探寻世间万象，诠释他对文学的理解和追求。这需要有文人的担当和勇气，更重的是看问题的敏锐与高度。艺术必须有思想，深邃的思想。思想要有深度，思想要有穿透力。深度思想，看问题的高度这些从哪里来？这恰是王老师与众不同的地方。

这里我不想用"学富五车、才高八斗"这些庸俗的字眼。王老师博识古今，中西贯通，以及不同寻常的人生阅历，注定了他既有理性的、现实、世俗的行走，也有感性的、理想化梦想的追求。如今已到古稀之年，既有经事还谙事，阅人如阅川的洞察能力，又有"心如止水鉴常明，见尽人间万物情"的豁达情怀。他的作品享誉海内外，成为文学界的标杆也就不足为奇了。

就是这样一位老人，至今仍然笔耕不辍，活跃于当今文学界，成为多少年轻文学爱好者膜拜的对象。本应安享晚年之时，他却远离热闹喧嚣的北京，回到他的故里山东临沂办了一处乡村书院——东夷书院。他说，在乡村，有些东西是不应这么轻易丢失的，因为它们都很美好，如简朴、如平和、如闲趣。乡村未必要如此紧张地追求时尚而牺牲传统，未必要脚步匆匆忘却信义和祖宗。

就在去年的艾草飘香的季节，东夷书院应运而生，我有幸成为东夷书院第一期的学员。至今记得第一堂课王老师送我们礼物——一枝香艾。因为那天正是端午节。王老师所讲的主题恰是《中国传统文化及乡村生存》，一切是那么应景，也可谓用心良苦。说实在的对于我一个农村长大、没有接触过高等教育、已经步入不惑之人，是幸运的。迈进了那片古朴的小院，听着熟悉的钟声，似乎回到了久违的童年。这里没有豪华的厅堂会所，也没有幽雅的山涧流泉，更没有花前煮酒、月下抚琴的浪漫。有的是一群渴望知识的学子，勤于躬耕的老师。不会写诗的我兴奋之余写下"端午时节艾草香，东夷书院书声朗。先生博识析论语，学子钟情读春秋。私塾校园钟声起，圣贤门下聚鸿儒。孔孟之道远流长，沂河之滨赛梅塘"的句子用以表达当时的心境。

王老师带我们穿越远古，探索东夷文化的根源，领略春秋之风韵，汉唐之风度；品读诸子百家的深邃，教会我们"行成于思"的道理。论语书中识的孔子面，道德篇里赏老子，更重的是王老师教会我们从典籍中看传统价值观和方法论。那时才真正明白什么是学者，他没有像当下一些所谓国学班那样高大上地炫耀，读经文，抄古籍，什么日读"论语一百遍"般的哗众取宠，而是实实在在地讲，深入浅出，结合实际，告诉我们客观公正用发展的眼光去看待古典，认识其价值所在，也要看到其局限性、时效性。讲授合理取舍中庸之道，撷取老庄之学回归自然。读"离骚"之风雅，赏"诗经"之曼妙。常记王老师几个有代表性的观点：价值观和方法论同样重要；奴隶社会有其巨大的进步性；大国的好处，再坏的政府要比无政府好；儒学的圭臬在于"秩序"；对春秋笔法的肯定；正确对待主流文化，无论哪个民族，都需要一种健康的主流价值观和意识形态，但是任何体系都不能成为唯一的，更不能排斥、压制、迫害的方式对待非主流文化……

那个夏天是炎热的，也是激情的，同来的学子不论青春少年，还是花甲老人，同室而坐，吸取文化的营养。课间之余读得老师办书院心得，听老师谈建设书院的初衷与过程，可以想象一位七十岁老人回乡办院建房的艰难，俗话说："与人不谋，劝他垒墙盖屋。"盖房子是件累死人的大难事。如今一切皆成为谈笑风生的话题，看王老师潇洒一笑：一事能狂便少年。面对那么多热心乡邻朋友的帮助老师却始终心怀感激，一句：原来落叶也有情，包含无数感恩之情。透过"休说清风不识字""自在草木都是诗""青山到处是风景"等章节看出老师做事的严谨与认真，他带着赤诚而来，带着对家乡的眷恋而来，所有课程认真准备，对当代社会是如何从历史传统演变，从庞杂浩瀚的知识中去梳理，一次看到王老师的教案厚厚的上万字的材料，不禁潸然泪下，岂是一句感动可以概括？我常常在想，一位老人为何如此地付出？答案只有一个，爱家乡，爱这片土地。

来书院学习得到老师的教诲，同时也认识大量有缘的同学，两位杜姓班长的热情至今难忘，同学中有美术大师，也有文学大家，他们来自各界，带着对文化的敬仰和渴望，相聚于这恬静的小院，面对热情同学的付出我常常感到自愧，师恩无以回报，唯有认真听课学习，以不辜负老师的期望，常用"皓首方知学识浅，老来正是读书时"的自勉。去年一学期结束时，和同学一起参与课题讨论，在老师帮助下认真地做了社会调查，完成了"当地婚俗"与"丧葬习俗"的课题。或许还很幼稚，但我知道自己在进步！

今年蔷薇花盛开之时，赶上书院第二期文化班开课，再度和同学相聚，听取老师讲授"文化的冲突与融合"。这是个大课题，老师从春秋文姜的故事入手阐述齐鲁文化的冲突与融合；从中西文化的交流中看融合重要性，跳出圈子看世界，从欧美发展中寻找解决冲突与融合的良策。知识在于学习，文化在于积累，不知不觉中提升着每个人的文化内涵。王老师在办学感悟中曾谦虚地称"未敢轻作梁甫吟"。这里我想说，我们应当自豪，东夷书院此刻正是：东风夜放花千树，山兮水兮总关情！

穿越千年说文姜

文姜，春秋时齐国公主，鲁国夫人。以才华惊当世，美貌压众芳，其才以"文"赋之。其貌诗经盛赞"巧笑倩兮，美目盼兮"。因姓氏姜，以至后人常以"姜"贯称美女。文姜出齐赴鲁，嫁桓公，生庄公，辅佐幼帝，整顿朝纲，展现出非凡的军事政治才能，使鲁国由积弱小国逐步走向强盛，甚至敢于和当时的春秋霸主齐国抗衡，《春秋》十余次记载，在古往今来中绝属罕见，然而就是这么一位美貌多才女子，一直绯闻不断，争议四起，甚至是骂名滚滚。

文姜出生于齐国国都临淄，现在山东淄博，是齐僖公的小女儿，天资聪明而美貌出众深受父亲的宠爱，年轻时她喜欢上郑国太子姬忽，托父王向郑太子求婚，却得到太子忽委婉拒绝，姬忽说："每个人都有自己的配偶，齐国是个大国，不是我的配偶，我不能高攀。"后来北戎部落入侵齐国，齐国向郑国求援，太子忽率领郑国的军队，帮助齐国打败了北戎。齐僖公再提起这件事，太子忽坚决推辞。理由是我来帮助齐国克敌，是出于仁义，如果娶人家公主，岂不让人误解认为因攀亲而为。也就有了"齐大非偶"成语的来历。这次追求爱情的失败，这对当时年轻的文姜是一次严酷的打击。她没能把握自己的婚姻，而且颜面失尽。

姐姐宣姜也是一位美貌女子，元前718年，年方十五岁的宣姜正是情窦初开的年纪。夏天，卫国派来了使者，为太子伋向宣姜公主求婚，齐僖公当然愿意。然而嫁过去的宣姜哪里知道娶她的已经不是年轻帅气的太子伋，新郎却变成了是本应为公公的卫宣公老头子。原来本为太子伋（急子）娶妻子的卫宣公，把宣姜迎娶到卫国。见宣姜是个美人，就趁儿子伋子出使郑国的机会，把宣姜霸为自己的夫人。齐僖公知道后，尽管大为生气，但是从政治角度考虑，女儿毕竟成为卫国夫人，也就默许，任凭宣姜这只美丽的蝴蝶在政治旋涡中沉浮。姐姐的经历让文姜感叹：男权社会里女人不过是男人的玩物，政治的棋子，女人的命运薄如翼，轻如萍，任人摆布，哪里有尊严？哪里有自我？

文姜为爱所伤，不再相信爱情，痛恨天下男人，悲天怨地烦闷苦愁抑郁成病。同父异母的哥哥姜诸儿受父命前来安慰妹妹，缺爱的小女子却从哥哥安抚中得到温暖，认为哥哥才是最好的男人。本来姜诸儿与文姜从小就在一起游玩，兄妹情长，两小无猜，如今俩人虽已长大，但是彼此也不顾忌男女有别，授受不亲，照常往来。姜诸儿知道文姜病了，就时常来看望、安慰和照顾；妹妹的婚事遇到麻烦，做哥哥的也感同身受，时日久了，两人本来是兄妹之情，天生率性的姜氏兄妹却过于暖昧起来，姜诸儿写道："桃树有华，灿灿其霞，当户不折，飘而为直，吁嗟复吁嗟！"齐文姜答曰："桃树有英，烨烨其灵，今兹不折，证无来者？叮咛兮复叮咛！"也成为后人讥笑的把柄。其实这两首诗真正其义，或者是否存在还待考证。如果说仅以此断定兄妹通奸过于勉强，毕竟文姜当时不过是十四五岁的小姑娘，涉世不深，单纯有余。

由此可以看出文姜从小骄横随性的个性，这与她从小受到家庭教育和生活环境分不开的，其一父王娇宠，贵为一国公主，养成了骄横跋扈的性格，敢于随意妄为。其二文姜生于齐国。齐国是周代诸侯国，功臣吕尚的封地营丘（后改称临淄），就是现在的山东北部及河北一带，靠近大海，东夷文化的发源地。姜尚即姜太公子牙，太公至营丘后，顺应当地风俗，简化礼节而修政，接纳了东夷的文化，使之与周礼相互融合。齐国文化海纳百川是一个开放、包容的国都。

正在齐僖公为女儿继续物色人选之时，公元前706年鲁国国君鲁桓公前来求婚，僖公欣然同意，在齐国宽松文化环境长大的文姜要嫁到以知礼、明礼而闻名的鲁国是福是祸尚且未知，而出嫁的第一件事就载入《春秋》："齐侯送姜氏于欢，非礼。"齐僖公高规格送女到达边境，鲁国认为齐国不符合当时周朝礼制，超出规格了。此事即看出齐僖公对文姜的喜爱，或者是齐僖公的不拘小节，当然也受到鲁国后人的质疑。由此也看出齐鲁文化的差异与冲突。鲁国是周公之子伯禽的封国：鲁，王礼也，天下传之久矣。伯禽要把鲁国建成宗周模式的东方据点，因此，他们代表周王室担负着镇抚周边部族，传播宗周文化的使命，极力推行周朝礼乐。鲁国礼仪之人层出不穷，如臧僖伯、柳下惠、曹刿、孔子等人。

文姜嫁过去后，因聪明漂亮深得鲁桓公喜爱，三年后为鲁国生太子姬同，后又生公子友。看似很为幸福的文姜，忍受着鲁国严格礼仪制度，嫁出的女儿不能回国探亲，即使公主也不能如愿。

鲁桓公十八年据《史记》记载鲁桓公前去沥（今济南）参加齐襄公的盛会，携夫人文姜一同前往。已是岁月几度，时光流换，转眼十五年，昔日的少女已是他国之夫①，故地重游，感慨万千，此时父王已逝，昔日的哥哥姜诸儿成为国君齐襄公，见到了久违的哥哥，回首往事潸然泪下，与哥哥重温旧情，却在不经意间超越礼制，被丈夫桓公发现大怒责骂，称其罪该当死。文姜害怕至极，慌忙将鲁桓公的责骂告诉哥哥齐襄公。同年四月初十日，齐襄公宴请鲁桓公饮酒，将鲁桓公灌醉，宴会后，鲁桓公上车要走的时候，让公子彭生抱他上车，结果鲁桓公就不明不白地死在了车上。鲁桓公死后，齐人通知鲁国，说桓公饮酒暴死，鲁国人闻讯后告诉齐国说：我们国君尊重你们齐国，前来友好访问，却无缘无故死了，让我们怎么向其他诸侯国交代，请求严惩凶手，杀掉彭生向世人谢罪！齐襄公于是杀死公子彭生来向鲁国赔罪。彭生在临刑前大声痛骂，把齐襄公与妹妹私通之事大鸣于天下。当时鲁桓公已死已无对证，唯一的就是彭生临死的愤怒之言。

鲁桓公死后，鲁国人带回殡葬，立姬同为鲁庄公，鲁国后来接文姜回去，她走到祝丘之地说：我喜欢清静，不愿意回去，就在这不齐不鲁之地住下。鲁庄公依母所愿在祝丘为其建造行宫，传文姜在祝丘居住五年，遥控指挥鲁国政治，辅佐幼

———————
①夫，夫人。

年的儿子执政。然后就是《春秋》《左传》中一次次记录她与哥哥齐襄公的约会。（鲁庄公二年，夫人姜氏会齐侯于禚……四年，夫人姜氏享齐侯于祝丘……五年夏，夫人姜氏如齐师……七年春，夫人姜氏会齐侯于防，冬，夫人姜氏会齐侯于穀）左丘的论断为奸也！文姜回到鲁国以后，一心一意地帮儿子鲁庄公处理国政，由于她在处理政务上展现了敏锐的直觉，同时在军事上也表现出非同一般的才能，没过多久，齐文姜就掌握了鲁国的政治权柄，还把鲁国这样的羸弱小邦发展成经济军事强国，在诸国战争中屡屡得胜。文姜于公元前 673 年死后，鲁国厚葬！

　　到此似乎无可争议，正史已经明确定性，文姜就是淫乱之女，然而透过重重迷雾让我感到迷惑，里面太多的问题不能自圆其说，甚至让我怀疑《春秋》这部经典著作的真实成分。首先我们看《春秋》，学术界对于《春秋》的史学价值存在质疑。胡适认为："《春秋》那部书，只可当作孔门正名主义的参考书看，却不可当作一部模范的史书看。后来的史家把《春秋》当作作史的模范，便大错了。为什么呢？因为历史的宗旨在于'说真话，记实事'。《春秋》的宗旨，不在记实事，只在写个人心中对实事的评判。"徐复观先生也说："可以断定孔子修《春秋》的动机、目的，不在今日所谓'史学'，而是发挥古代良史，以史的审判代替神的审判的庄严使命。可以说，这是史学以上的使命，所以它是经而不是史。"显然看出文姜死后一百年的孔老夫子对她很不满意，不入眼，认为她的一些行为不符合礼制，是礼乐崩坏的罪魁祸首。从她出嫁第一天进入鲁国，娘家的送亲方式就不对。所以整个过程中也就带了个人感情在里面。回过来再看，文姜的个人传记史，有人说从郑国公子委婉拒绝即可看出文姜在娘家时，已经与哥哥通奸的事实，如果这种假设成立的话，那么鲁桓公一个礼仪之邦的国君会亲自派人上门求婚吗？而且所有的皆为传闻，没有任何证据，文姜嫁入鲁国后三年生姬同，姬同的血缘没有任何问题，恪守鲁国礼制十五年没有回国省亲，鲁桓公死于公元前694年时三十七岁，文姜应该更小，甚至不足三十岁，再也没有生育。所谓回齐国与齐襄公通奸害死鲁桓公也仅有彭生临死的一面之词。

后来记述说文姜不敢回鲁，在不齐不鲁之地"祝丘"建行宫居住五年，只为和哥哥私通。这里面就有了疑问。祝丘在鲁国的东南现在临沂的河东，而当时齐国国都临淄在鲁国的东北，文姜从齐国临淄回鲁国曲阜，本应走沥（济南）经莱芜，正像她出嫁时走的路线菟裘（今山东泰安东），为何文姜要南辕北辙呢？千里迢迢奔祝丘所去，祝丘为何是不齐不鲁之地？有人说因此地荒芜，在齐鲁两国边界。祝丘地理上处于鲁南的两大河流之间，东靠沭河，西依沂河，是鲁南丘陵地带少有的平原，应该是一块肥沃之地。我们从春秋时期地图可见，鲁国以曲阜为中心，虽说地盘很小，但都是良田；齐国虽说地域广大，但多为丘陵荒山，能够开垦者偏少，祝丘处在两河之间的平原地带，又是齐鲁莒相交地带，这块地盘齐国早已觊觎多时，春秋之时无义战，弱肉强食，面对齐国的虎视眈眈，《左传·桓公五年》记载："夏，齐侯，郑伯如纪。天王使仍叔之子来聘。葬陈桓公。城祝丘。"因此不齐不鲁只是说这块地盘，齐鲁两国存在争议。在鲁桓公五年时就已经在此修建祭台，为何在远离国都临近大海之地修建祭台？桓公有他的政治考量，为了固守沂河两岸这片领土。

文姜在此居住五年还能遥控指挥辅佐儿子，这显然她并不是长期居住而是当作行宫，不时地前去探访，她更多是出于政治考虑必须守住这片鲁国疆土，至于春秋中记载几乎每年一次与齐襄公约会，更多应该是政治交往，鲁国常年积弱，刚刚继位的鲁庄公年仅十二岁，内忧外患，朝廷斗争更是风云变幻，如果没有一位得力靠山很难立足于乱世。他靠的就是母亲文姜的聪明才气，笼络齐国，和齐国套近乎，拉关系，以求取一方偏安。文姜曾做主把齐襄公幼小的女儿许于鲁庄公为夫人，干涉鲁庄公的婚姻幸福，其实也看出文姜在打联姻牌，稳住齐国，守住边疆。她多次出使齐国，而且是大张旗鼓地出使，丈夫初逝，自应守丧含悲，替夫挂孝，安分守己才是；然而文姜照样服饰光鲜，巧笑倩兮甚至公开地与齐襄公同车出游，招摇过市。试想通奸有这样光明正大的吗？而且是兄妹，显然文姜心里是坦荡的。但在鲁国这就是低级下流，伤风败俗不能忍受。

鲁庄公八年即公元前686年齐襄公被身边乱党残杀，而文姜公元前678年，又来到了齐国，那她这次去找谁呢？又有了情人吗？显然不是，这是她去找她另一个兄弟小白，那年他称霸了，就是春秋五霸之一齐桓公。在公元前674年和前673年，文姜两次出访了莒国，频繁出访为了什么？一起结合起来看，文姜出访是经常的，唯一的解释就是为政治斡旋。文姜眼看着齐国一天天强大，她不会无动于衷，也试着把齐国的一些治国方式带到鲁国，对鲁国实行改革，文姜的政治治国天才也的确为鲁国带来空前的发展，鲁庄公时代是鲁国的鼎盛时期，鲁庄公十年长勺之战，迎战的可是齐国的名将鲍叔牙的军队，以少胜多成为历史佳话、十三年柯地会盟，以曹刿的勇猛收回齐国强占的土地，敢和强大的齐国抗衡，皆看出鲁国当时实力已经不容小觑。鲁庄公执政时期尚在幼小，迅速取得这么多成绩，与文姜的辅佐是分不开的。文姜既然处在政治权利的中心，在残酷的内外斗争中周旋，也会像各代的改革者一样付出惨重的代价，李斯、商鞅都是例证，文姜不可能全身而退，而且她张扬开放随意的个性，和她所在的鲁国文化冲突是必然的。搞垮一位女人，坏掉一个对手，一些政治家无所不用其极，在武力不能达到的目的的情况下或许绯闻是最佳选择。文姜的不拘小节显然给对手留下足够的把柄。

通过文姜的一生我们可以看出尽管齐鲁两国比邻而居，文化的差异不容忽视，其中的冲突与融合，在不断演变，文姜虽有治国才能，却无法与鲁国文化很好融合，做到收敛，讲究细节注意保护自己；反之或许不会百年之后被鲁国后人所诟病。春秋末年，孔子看不惯层出不穷违背礼乐制度的现象，他希望恢复周礼，推行"王道"于天下，但却没能使鲁国摆脱被楚国灭亡的厄运。

历史的真相到底在哪里？难道就像一位可以任意乔装打扮的小姑娘，也可以是无尊小丑任凭抹黑丑化一万年？时光如水，毕竟东流去，荣辱富贵转眼化烟云，是是非非皆付笑谈中。

狭缝中生存

——读《三奶奶》有感

唐风先生的小说《三奶奶》早就写好了，因为最近很忙却一直未能静下心来读，今天因和先生谈起他的新文章《文学杂谈》再度提到。中午利用午休时间打开先生空间，终于可以读到久违的文字了，先生文字朴实清新，很快就沉浸在文字的氛围之中，一口气把《三奶奶》读完。整个下午三奶奶那鲜明个性的人物形象，一直萦绕在我的眼前。一直想在文后留点感慨之词，但是不争气的手机阅读留评，太不给力了。总是不能遂人心愿。下午下班回来意犹未尽，打开电脑第一件事，再次品读先生力作《三奶奶》。

唐先生用调侃、幽默、风趣的语言，塑造了一位生活在社会最底层的小人物"三奶奶"，三奶奶用文中的话：除了屁股、肚子没人了！三奶奶不美，胳膊腿都短，像只肥墩墩的麻雀。三奶奶不够灵巧，上不得厅堂，下不得厨房。唯一的特点就是爱放屁，这也就成了众人取笑的理由，似乎每个人都可以嫌弃她，婆婆不喜欢，丈夫可以任意打骂，晚辈可以不尊重。全篇以三奶奶放屁为线索展开，用轻松、诙谐、风趣讲故事的方式叙述着，时常让人忍俊不禁，然而看着看着，就再也笑不起来。三奶奶她清楚自己的身份，所以与世不争，看似呆滞、不合时宜的做法，其实又怎么不是小人物把自己低到尘埃里去生存的唯一办法呢？她的需求不高，只求能够活下去，能够吃饱，能够有个睡觉的地方，不在乎别人的冷嘲热讽，不在乎别人的白眼、别人的取笑，她活得已经没了尊严，只求能够生存。

三奶奶是善良的，她用丈夫的烟卷换糖果给孩子，想讨好孩子，对丈夫的暴打没有任何抱怨；三奶奶是勤劳的，一辈子没有放下她的小抓钩，她唯一最擅长的活，就是拾草，她不停地抓拾着谷茬，一生都在劳作；三奶奶是宽宏的，对嫌弃自己的婆婆没有抱怨，只有尊重，甚至分家产时把她忘记，在老祖宗的帮助下，终于可以在一间低矮的小房子住下，她结结实实地磕下一个头。这是她唯一能做的，也是她做得最出彩的。谁说三奶奶不懂人情世故，她知道长幼，知道轻重，懂得感恩。谁又把她当作一回事呢？哪怕只有一次。她比那些自诩文武全才的所谓明白人不知要高明多少。

三奶奶的遭遇一次次叩击心灵，她冒着挨打的危险，换来送给孩子的糖果被扔进了粪坑。她在别人唱大戏一样分家产中被忘记。为一块地瓜遭受白眼时的自嘲。特别是全家团圆的中秋夜，所有人都在分食月饼之时，在美好的月色下，可怜的三奶奶作为家族中最老的长辈，却在谷茬地里拾草。因背负的谷茬太重，仰面翻到，被抓钩划破了脸颊。读到此时，一股辛酸凄凉涌上心头，泪水终于模糊了双眼。作者在此不惜笔墨来了一大段的景物描写，把中秋的傍晚、夜间的田野写得美轮绝伦。用对比的手法反衬人物凄惨悲催的命运。如果说细节决定成败，作者把细节刻画达到了淋漓尽致。一粒沙里见世界，半瓣花上说人情。让我们充分体会了人间悲凉冷暖。

由此我想到鲁迅笔下的人物，她像祥林嫂一样的苦命，却没有祥林嫂的灵巧和相貌；她有孔乙己的自嘲，却没有孔乙己的才华，她只会讲关于屁的谜语；她像红楼里的刘姥姥没有自尊，却没有刘姥姥的奸诈和聪明。她有的只是她的憨厚和忍让与世无争。三奶奶的欲望最低，就是能活下去，她可以不要尊严、不要面子，就在社会的狭缝中生存着、挣扎着。或许是上天的眷顾，馈赠给了她五福中的长寿。三奶奶就是三奶奶。

在为文中人物唏嘘不已之时，也惊叹作者驾驭文字的功夫，通篇用喜剧的方式去讲一个悲情的故事，把控得恰到好处，以"屁"为全文的主线，构思巧妙，每一处都衔接自然、天衣无缝，语言朴实诙谐。在你每一次想笑时，却含着泪水，达到了超高的艺术效果。一次次笑过却又把像鞭子的笑声无情地打在一个个道貌岸然的君子身上，甚至包括我们自己，让我们笑不出来。作者通篇对文中人物"三奶奶"充满了同情。全文在三奶奶死后嘴里含着一枚铜钱，还是屁钱。最后人们忘记她周年祭，却仍用一句：你这屁为何不早放半月的调侃中结束。既照应全文，又把悲剧成分和着喜剧表演再度推向高潮。

苦难的土地

——读《最后的庄稼》所感

收到鲁雁老师的长篇小说《最后的庄稼》异常欣喜，当天就捧书赏读。伴着磅礴大戏拉开序幕，在跌宕起伏的情节牵引下，用了一天的时间一气读完。掩卷沉思，无限思绪涌入心头，惊叹作者驾驭文字的能力之余，更加钦佩作者敏锐的感知度，及看问题的高度。想写下点文字，却迟迟不敢动笔，思绪万千，又无从谈起。正如书后一些专业人士的点评，这部小说融历史与现实为一体，深刻表现历史悲剧及现代人性迷茫的力作。主题是多义的，既写中国农村百年的灾难史，又是当代农村的现代史。既有对商业大潮下人们浮躁内心的思考，又有古老农耕文明与现代工业文明的冲撞。

静下心来再次去读、去体会，好在我与鲁雁老师本是同龄同乡之人，他笔下的人物故事亲切自然，似乎就发生在身边。三遍读完之后，文中的人物正如一幅幅油画，又似一件件雕塑，排兵布阵一样，如潮水、如肆虐的蝗虫、如跋涉的蚁族，穿过苍茫浩荡的八湖庄稼地蹒跚而来。迷茫的"玉米"、壮志未酬悲满天的"高粱"、大彻大悟顿然坐化的"谷子"、商海中沉浮的"豌豆"、迷茫中凋零的"荞麦"，为了保护古书不惜拼尽性命留着前清小辫的鲁秀才，能够通鬼神，走阴阳却抓不住自己命运的二奶奶，脚下冒烟，裸身走过五盘热鏊子的"石榴"……他们生在这片土地，依附于这片土地，又急于摆脱这片土地，他们是这片土地上一茬又一茬的庄稼。

莫言说过故乡是作家的血地，不幸的童年是作家的摇篮。放眼世界文学史，大凡有独特风格的作家，都有自己的文学共和国。威廉·福克纳有他的"约克纳帕塔法县"，马尔克斯有他的"马孔多"小镇，鲁迅有他的"鲁镇"，沈从文有他的"边城"，莫言有他的高密东北乡，当然鲁雁老师的文学共和国正是沂蒙故土即作品中的沂东八湖。我一直有个习惯喜欢关注本土作家如何写家乡，怎样以作家的眼光看生活的这块土地。欣赏作家以自己亲身经历，特别是感情经历去编织、去演绎心中梦境，梦境演绎成小说，就赋予了思想。或许作家的眼光，思想水平的高低，决定了作品的高度。如果说二十世纪八十年代《平凡的世界》讲述中国七十年代至八十年代二十年乡土历史，从某种意义上说《最后的庄稼》是其续写。最后的庄稼讲述以"60后"一代人的成长经历，又穿插讲述沂东八湖这片土地近现代的苦难历史：蝗灾、洪水、饥饿、匪徒盘剥、日寇侵扰、"文革"骚动。这块本是肥沃的土地，颐养众生的土地，本该收获沉甸甸庄稼的土地，却饱受了那么多的苦难，承担着累累的伤痕与辛酸；这片苦难的土地记录着厚重悠远的乡土从中国远古走来的行踪，它是乡民世代生死相依的生存道场，养育着一代代的庄稼，却又有那么多不成熟的庄稼倒在故土之上，以至于本是天真无邪中长大的少年（开篇立春为我们铺开一幅淳朴的农乡百子图），却急于摆脱这片贫瘠的土地。文中写道：我们自然地长大成人了，都神使鬼差得到了州城，到了我们向往已久的地方，我们一直认为那地方是我们这茬善想象、能吃字优秀者的归宿，因为谁也不愿意接父亲的班继续留在八湖当庄稼人。

一茬庄稼终于摆脱了生养的土地，城市钢筋混凝土太硬，能适合他们成长吗？所有人似乎都在急于扎根，慌不择路拥挤上升，又都在迷茫、纠结中彰显了分裂多面的人性，单纯善良的荞麦最终做起皮肉生意，内心始终保持着对玉米的一片痴情，换来的金钱积攒了大量的图书，自杀后骨灰却被故乡人扬掉。谷子的一句"不过是一群蚂蚁咬死一只蚂蚁"，听起来冷酷到让人战栗；成为文人的玉米在商业的大潮之下，尽管还保存着那部《古文观止》内心已经不能坚守文人的清高与孤傲，在妻子怀孕期间与赞助商豌豆意乱情迷，陷入不能自拔的沼泽地，他一直在反思，却又一直在随波逐流；稻子、麦子急于苦争上爬，几乎达到不择手段、忘记廉耻的地步，仕途中却一再摔跤。一直最为成功的高粱，为朋友仁至义尽最终却栽在自己的亲人手上，命运竟让他也成了杀妻死犯。所有的人似乎都在经济浪潮中，想抓到些什么，急功近利到忘记亲情、毁灭爱情，更是把几百年来祖宗的家训，丢得一干二净。一代庄稼就这样在浮躁的环境下，浮躁地生长着，最终结局让人惊叹。迷茫的玉米在经历太多惨痛之后开始反思，刚刚出生的儿子，这最后的庄稼该如何成长？是"从之"还是"改之"？纠结中带着荞麦留下的书籍归回故里，在曾经的土地上思考……

这部小说创作于上二十世纪九十年代，距今二十年的历史，惊叹作者敏锐的视角，看问题的高度，有人说作家应有升上半空以上帝的眼光去看芸芸众生的勇气，中国在二十世纪经过深刻变革之后走向现代之途时，离开乡土的现代知识分子们深情回望着农村家园，又深沉思考着农民在城市的未来。正如作家赵德发先生所说：我们一边随波逐流，一边深情回望，这是我们的宿命。作者穿梭于历史与现实之间、在人文与自然，发展与坚守、人与人之间、道德文化与利益冲突中，剥开虚伪的外衣，展示血淋淋的人性之丑。震撼心灵，引发思考，对乡土中国的发展作出了一次深刻的追问。这恰是一个作家的良心与担当的体现。时至今日我们看到的是否仍是浮躁的后果？重读《最后的庄稼》，我们在欣赏其艺术价值的基础上，也带给我们新的思索。正如诗人艾青所言：为什么我的眼里常含泪水？因为我对这土地爱的深沉……

为生命开放

——读紫陌散文集《半枝莲》

□雁　阵

当我品读紫陌的散文集《半枝莲》时，一个优美的诗意形象跳跃而出——为生命开放。为生命开放，其实包含了两个过程，一个是作家生命本体的开放过程，另一个是艺术生命的开放过程。这两个过程，同位一体，相辅相成，其同构成作家生命中最美丽的景象。

紫陌酷爱文学，在几十年的创作生涯中，选择了散文作为生命开放进入心灵的一种最佳方式。紫陌经历下岗的苦痛、求职的艰辛、人生的失意，甚至与死神擦肩而过，但她内心始终不变的是坚忍不拔的追求，把文学当作她生命中灿烂开放、默默展示的一种形式。从广义上讲，她的人生历程和文学创作合为一体，皆为生命而开放。

打开《半枝莲》这部散文集，我试图近距离地察看紫陌文学生命的绽放和成长历程。我发现，在她的内心深处，隐藏着一种顽强的内在力量，这种力量不断支撑着她，使她锲而不舍，她以独特的生命奋斗方式，不断追寻着真和美，不断提升自己的生命价值。

紫陌首先把大自然作为生命书写的一种重要载体。她在同万事万物的感知和对话中，注重表现生机盎然的生命景象。在《半枝莲》《海棠花开》《雪原何必留香樟》《紫陌养花》这些散文中，她洞察大自然绚丽多彩的形态，让自己的生命也融入其间，让大自然的物象染上生命绚丽的色彩。

也许紫陌对人生事理有着比较深刻的参悟，她对"半枝莲"那么钟爱，因为半枝莲是希望、阳光和朝气蓬勃的象征。它为阳光而生，阳光愈强烈，它的生命力愈旺盛。半枝莲地位卑微却不失其志，身处"草根"之列却又积极向上、奋发有为。"我不知道她们为什么会有那么好听的名字，是因为夏季唯一可以和莲花一样在骄阳下盛开的生命吗？她没有莲花那么高雅，那么孤傲，那么拒人于千里之外，她也没有那得天独厚的一汪清水的拥抱，但她具有了莲的气质，为生命开放……平凡的不能再平凡的人，也有闪光，也有灿烂；没有显赫的身世，没有科班培养的荣耀，甚至没有适合生存的土壤，有的只是坚韧和不堪的经历，不曾屈服的努力，奋力地挖掘争取难得的机会，只要给点土壤、给点阳光、给点雨水就会活出生命的璀璨，就如这半枝莲盛开时照样风华绝伦。"《半枝莲》寓意深厚，作者以"半枝莲"自喻，暗含作者人生的志向、平凡而峥嵘的人生。

为生命开放，亲情、爱情、友情、乡情自然是其中最重要的元素。在这部集子中，《夕阳下的父亲》《父亲与老家》《母亲的嫁妆》《怀念姥姥》《孤寂的村庄》《家有芳邻》《孩子，我拿什么爱你》等系列亲情散文，作者在寻常的生活景象中，于细微之处着力表现生命中"情"的真诚可贵。在作者笔下，那些铭心刻骨的亲情、温馨感人的友情、不绝如缕的乡情，让人感动。迟暮之年的父亲，善良慈爱的姥姥，吃苦耐劳、勤俭持家的母亲，与人为善的邻居，这些人物以不同的情爱形式影响着作者。作者围绕着"情"，诉说着生命中一个个感人的故事。从《父亲与老家》《夕阳下的父亲》两个前后根脉相连的场景中，透视出父亲精神品质的可贵。父亲把老家视作生命之根，他对于老家有着眷恋之情，牵念于心。岁月清苦，父亲勤俭持家，任劳任怨，以坚强之躯，为家庭幸福默默付出着。迟暮之年，一起意外的车祸，使父亲大伤元气，和年富力强的父亲相比判若两人。父亲的形体、性格、言谈举止都发生了巨大变化，那个充满自信、意气风发、多才多艺的伟岸形象没有了，取而代之的是孱弱、呆滞和苍老，面对父亲的变化，作者感慨生命的兴衰沧桑和世事的无常。生命中唯一不变的，是世间的真情。姥姥是作者倾情刻画的人物，她一生命运坎坷，她的幼年历经战乱、裹足之苦，也承受亲人离殇之痛，锥心之痛没有把她打倒，反而使她更坚强了。姥姥以柔弱之躯挑起家庭的重担，含辛茹苦供养着孩子，让一家人度过艰难困苦的年代。姥姥心灵手巧，编芦席，结蓑衣，懂"天乾"，纳鞋底，做裁剪，给我们带来温暖、温情。姥姥以微弱的生命之烛，照亮着人生。姥姥为风中残烛之景，更为动人。生命中有情，才使人有着非同凡响的精神世界；人生中有爱，世界才显得多姿多彩。

　　为生命开放，紫陌选择了行吟的方式，让生命更加瑰丽多彩。紫陌的散文中有相当一部分山水游记，她对于游览中国的江山名胜，作为寄情山水、绽放生命的另一种方式。作者在文字背后寄情山水表达自己的心志和品性，把自己的生命、审美和自然美景融合起来，让我们感受生命的辽阔、壮美，让生命更加灿烂的绽放，发现生命里不一样的美。

紫陌的山水类散文，情景交融，百态纷呈，流动着诗画的情致韵味。比如，《身在蒙山中，何处不风景？》《江北水乡——沂蒙河东》《浮华过后柿子园》这些散文，是带着强烈的主观情致去观察自然的，她笔下的自然是经过眼睛观察和心灵过滤、加工过的艺术再创造，是生命化了的艺术形象。她把自己的情感寄托于美丽的自然之上，在自然山水中表现着她的命运感慨、现实感受和人生理想，体现对山水美景的热爱。《千顷棠林舞彩蝶，万亩荷塘飞白鹭》《五河湖畔闻天籁》《十里春风樱之谷》《邂逅压油沟》等散文，以清新优美的笔触，生动细腻的描绘，创造出一幅幅自然山水的鲜明画面，生动地表达了人对自然美的比较深刻的感受，由此赞颂生态之美。山水之景重塑了生命之美，它与生命是一体相连的："很多时候，人就在一抹记忆中，疏离了岁月，然而生命，在记忆中阑珊，在记忆中芬芳，让一些暖暖的记忆，在岁月里缓缓流淌，我就在这里，倾情祝福生命的美丽，祝福十里春风美如画的樱之崮。"《夜游西湖品杭州》《重登泰山》《深秋，方城古镇》《祝丘古城叹文姜》《走进西安，感受历史》这些篇什比较接近文化散文，在行游中感受历史和文化，以生命视觉来关照地域文化，表现出鲜明的文化意识和理性思考色彩。比如，西安古城，它是镌刻着秦砖汉瓦的厚重历史，流淌在唐诗汉章风韵之中的明珠，十三代帝王建都，古丝绸之路的发源之地，更是当今科技文化的经济新都。作者感受着这座历史和现代交融的城市。大雁塔，玄奘取经，华清池，兵马俑，西安惊雷，八百里秦川，哪一个不铭刻着历史辉煌和痛点？紫陌试图在抒情中交融着历史的感知，在历史叙述中反刍生命的味道，表现出对中国历史、中国文化的追溯、思索和反问，引起读者的反思和追问。

生命的价值，在于追求，生活的意义在于奋斗。紫陌的一些散文，涉及生命价值和人生目标的追求。她在《都市有辋川》《文字情怀》《做网站编辑所感》《浅谈人生》《为自己喝彩》《东风夜放花千树——写在东夷书院创建一周年》这些散文里，表明自己的情志。《都市有辋川》富有哲性，作者站在审美哲学的高度，对身处都市之中的带有古典风格的现代建筑开元首府，发掘它独特的美学价值。这座建筑蕴含着儒家文化的中庸之道和道家文化的自然和谐与天人合一的境界。《做网站编辑所感》一文道尽人生之味，做网络编辑工作有苦有乐，作者甘于奉献，送人玫瑰，手留余香，在编辑工作和创作中不断提升人生的境界，燃烧人生的梦想，坚守灵魂的净土。《东风夜放花千树——写在东夷书院创建一周年》则从艺术生命的角度，从著名作家王兆军的艺术生命的粲然绽放对作者艺术生命的影响，以此实现人生的价值意义。"东风夜放花千树"，用来形容王兆军的创作成就并不为过。灿烂、繁华的生命景象，唯有历经上下求索、不断磨砺，才能厚积薄发、玉汝于成，这样才会美丽淡定地绽放。紫陌试图从生命的角度，与名家对话，拂去历史的烟云，聚焦璀璨的文化，去探讨王兆军老师非凡的人格魅力和具有传奇光芒的人生。

　　统观这部散文集子，多以知性认知真实刻画生命世界的一段段心灵旅程，其中不乏深刻的理性思考和情理交融的雄阔壮丽之篇。紫陌试图拓宽散文视域来开创散文艺术之境，她勤奋笔耕不懈努力着，取得了可喜的成绩。散文艺术需要不断创新。若从艺术创新的角度来讲，紫陌在思考着如何突破和创新，克服自身的不足，力求透过语言的繁华，保持生命的素朴；剔除烦琐的叙述情节，多关注生命蓬勃的新意。生命是不断成长的，散文创作艺术依然，若以生命的情怀去察看客体世界，那种主客一体的散文本身就是一种超越。祝愿紫陌，在散文创作中取得更大的成就。

2021 年 4 月 21 日于月亮湾

　　（雁阵，山东作家协会会员，中国散文学会会员，文学评论家。）